correndo descalça

Também de Amy Harmon

Beleza perdida

Infinito + um

AMY HARMON

correndo descalça

Tradução
Débora Isidoro

1ª edição
Rio de Janeiro-RJ / Campinas-SP, 2018

VERUS
EDITORA

Editora
Raïssa Castro

Coordenadora editorial
Ana Paula Gomes

Copidesque
Cleide Salme

Revisão
Raquel de Sena Rodrigues Tersi

Capa, projeto gráfico e diagramação
André S. Tavares da Silva

Foto da capa
© Dani Vivanco/Unsplash (casal)
© Chris Liverani/Unsplash (piano)

Título original
Running Barefoot

ISBN: 978-85-7686-466-0

Copyright © Amy Harmon, 2012
Todos os direitos reservados.

Tradução © Verus Editora, 2018
Direitos reservados em língua portuguesa, no Brasil, por Verus Editora. Nenhuma parte desta obra pode ser reproduzida ou transmitida por qualquer forma e/ou quaisquer meios (eletrônico ou mecânico, incluindo fotocópia e gravação) ou arquivada em qualquer sistema ou banco de dados sem permissão escrita da editora.

Verus Editora Ltda.
Rua Benedicto Aristides Ribeiro, 41, Jd. Santa Genebra II, Campinas/SP, 13084-753
Fone/Fax: (19) 3249-0001 | www.veruseditora.com.br

CIP-BRASIL. CATALOGAÇÃO NA FONTE
SINDICATO NACIONAL DOS EDITORES DE LIVROS, RJ

H251c

Harmon, Amy, 1968-
    Correndo descalça / Amy Harmon ; tradução Débora Isidoro. - 1. ed. - Campinas, SP : Verus, 2018.
    23 cm.

Tradução de: Running Barefoot ISBN 978-85-7686-466-0
1. Romance americano. I. Isidoro, Débora. II. Título.
18-47683   CDD: 813   CDU: 821.111(73)-3

Revisado conforme o novo acordo ortográfico

Seja um leitor preferencial Record.
Cadastre-se no site www.record.com.br e receba informações sobre nossos lançamentos e nossas promoções.

Atendimento e venda direta ao leitor:
mdireto@record.com.br ou (21) 2585-2002

Para Shauna, a primeira a ler e amar meu livro,
e porque ela ama Levan

1
prelúdio

SEMPRE MOREI EM UMA CIDADEZINHA CHAMADA LEVAN, EM UTAH. Fica bem no centro do estado, e todas as pessoas da cidade brincam que Levan é *navel* de trás para a frente. *Navel* é umbigo em inglês. "Somos o umbigo de Utah", dizem. Não é muito elegante, mas acho que ajuda as pessoas a lembrarem do nome. Gerações da minha família moraram em Levan, desde os primeiros habitantes, nos anos de 1860, quando o povoado tinha o apelido de Pequena Dinamarca. Aquelas primeiras famílias que fundaram a cidade eram mórmons em busca de um lugar que pudessem finalmente chamar de lar e onde tivessem paz para viver, criar seus filhos e orar.

A maioria das pessoas ali descendia dos Danes, gente de cabelos claros. Meus ancestrais, Jensen, estavam entre os primeiros habitantes que vieram da Dinamarca, e meu cabelo ainda era bem claro depois de tantas gerações. Minha mãe, que tinha cabelo castanho, era a única diferente em uma família de loiros, e ela não tinha chance contra a teimosa genética dinamarquesa. Meu pai, meus três irmãos e eu tínhamos os mesmos cabelos claros e olhos azuis que meu tataravô Jensen, que atravessou as planícies ainda muito jovem, instalou-se em Levan e construiu uma casa e uma vida.

Muitos anos atrás, Levan era uma cidadezinha próspera, como meu pai contava. Ao longo da rua principal havia o Armazém do Shepherd e uma sorveteria cujo sorvete era feito com blocos de gelo cortados e guardados nos meses de verão em um grande buraco coberto com terra, sal e serragem. Tinha uma boa escola fundamental e uma prefeitura. Depois construíram a estrada nova, e ela passou alguns quilômetros longe de Levan. A cidade nunca cresceu o suficiente para chamar atenção, mas começou uma decadência lenta quando o sangue novo parou de correr. A sorveteria tinha deixado de existir quando nasci, e o armazém também fechou.

A escola decaiu até existir apenas uma sala, porque a nova geração cresceu e partiu, e não havia mais ninguém para ocupar as carteiras que essa gente deixou vazias. Os mais velhos viajavam meia hora de ônibus até uma cidade vizinha chamada Nephi, onde faziam o ensino médio, e, quando cheguei à idade de ir para a escola, só havia uma professora que cuidava do jardim de infância ao segundo ano, e outra que se encarregava do terceiro ao sexto. Algumas pessoas foram embora, mas a maioria das famílias que estava ali havia gerações continuou por lá.

Tudo o que restava na rua principal era um pequeno armazém onde os moradores da cidade podiam comprar qualquer coisa, de leite a fertilizante. O lugar se chamava Centro Comercial Country. Não sei por que, mas aquilo era a coisa mais distante de um centro comercial que jamais existiu. Há muito tempo, o proprietário acrescentou uma sala de cada lado da loja e alugou os espaços para comerciantes da cidade.

De um lado havia algumas mesas e uma cozinha pequena que funcionava como lanchonete, onde homens idosos se sentavam para tomar café todas as manhãs. "Betty Suada" Johnson (nós a chamávamos de sra. Johnson quando ela estava por perto) comandava a lanchonete desde que eu conseguia lembrar. Ela fazia tudo sozinha. Cozinhava, servia as mesas e administrava tudo sem ajuda. Fazia donuts caseiros bem fofos e as melhores batatas fritas do planeta. Tudo o que ela preparava era frito, e seu rosto tinha um brilho constante, resultado de gordura e calor, e é daí que vem o apelido Betty Suada. Mesmo quando estava limpa e arrumada para ir à igreja aos domingos, seu rosto brilhava, e, infelizmente, não era a luz do Espírito Santo.

Do outro lado, minha tia Louise oferecia cortes de cabelo, tintura e boa companhia para a maioria das mulheres em Levan. Seu sobrenome é Ballow, mas a pronúncia é "Balu", com ênfase no "lu". Ela deu ao salão o nome de Ballow's Do, mas a maioria chama o lugar simplesmente de Louise's.

Na frente do "centro comercial" havia duas bombas de gasolina e um quiosque de raspadinha chamado Skinny's, de que os filhos de Louise (meus primos) cuidavam no verão. Bob, o marido dela, era motorista de caminhão e passava muito tempo fora, e Louise tinha cinco filhos que precisava manter ocupados enquanto ela cortava cabelos. Então ela decidiu que era hora de abrir algum negócio que fosse da família. Assim nasceu o Quiosque de Raspadinha Skinny's. Bobby construiu uma lojinha de madeira que acabou ficando parecida com uma cabana alta e fina, daí o nome skinny, que significa magrelo. O armazém vendia blocos de gelo, e eles tinham um fornecedor conveniente para a raspadinha. Louise comprou um raspador de gelo e um pouco de xarope do distribuidor de Cola em Nephi, além de alguns canudos, guardanapos e copos térmicos descartáveis em dois tamanhos. Era um modelo comercial bem simples, com um custo muito baixo. Louise pagava aos filhos cinco dólares por dia de trabalho, mais as raspadinhas que quisessem tomar. Minha prima Tara, que tem a mesma idade que eu, tomou tanta raspadinha em um verão que enjoou. Ela não suporta raspadinha até hoje. Tem ânsia até com o cheiro.

Havia uma pequena agência do correio na mesma rua e um bar chamado Pete's bem ao lado da igreja — lugar interessante, eu sei —, e isso era Levan. Todo mundo sabia que habilidades tinha cada pessoa, e havia lá um ferreiro, um padeiro, até um fabricante de velas. Meu pai punha ferraduras em um cavalo melhor do que ninguém. Jens Stephenson era um grande mecânico, Paul Aagard, um carpinteiro competente, e assim por diante. Tínhamos costureiras talentosas, cozinheiros e decoradores. Elena Rosquit era parteira e havia trazido ao mundo muitos bebês que nasceram sem aviso prévio, tão rápido que não houve tempo para levar a mãe ao hospital em Nephi. Vivíamos trocando nossas habilidades, tendo ou não uma placa na porta.

Com o tempo, algumas novas famílias se mudaram para Levan, gente que achava que a comunidade não era tão distante de cidades maiores para onde tinham que ir diariamente. Era um bom lugar para se assentar, para criar e manter raízes. Em cidades muito pequenas, todo mundo ajuda a cuidar das crianças. Todo mundo conhece todo mundo, e, se alguma coisa ou alguém pode dar problema ou causar confusão, os pais ficam sabendo antes que a criança tenha tempo para chegar em casa e contar sua versão. A cidade não tinha muito mais que dois ou três quilômetros quadrados, sem contar as fazendas no entorno, e esse era meu mundo quando criança.

Talvez o tamanho reduzido desse mundo tenha tornado minha perda prematura mais suportável, simplesmente porque eu cuidava de muita gente e recebia cuidados de outras tantas. Isso tornou mais difícil me recuperar da perda posterior, porém, porque foi uma perda coletiva, uma vida muito jovem perdida, um choque para a sonolenta comunidade. Ninguém esperava que eu superasse. Como um sapato cujo par é perdido e nunca mais é usado, eu havia perdido meu par e não sabia correr descalça.

A perda prematura a que me refiro foi a morte de minha mãe. Eu ia completar nove anos quando Janelle Jensen, esposa e mãe, sucumbiu ao câncer de mama. Lembro claramente como fiquei aterrorizada quando seu lindo cabelo caiu e ela passou a usar uma touquinha cor-de-rosa para cobrir a cabeça lisa. Ela ria e dizia que ia comprar uma peruca loira para finalmente combinar com o restante da família. Não comprou. Morreu depressa demais. O diagnóstico foi dado logo depois do Natal. O câncer já havia se espalhado para os pulmões e não havia possibilidade de cirurgia. Ela morreu quatro semanas antes do 4 de Julho. Eu me lembro de ouvir os primeiros ruídos da comemoração da independência do nosso país e odiar a independência que me foi imposta tão repentinamente. Os estalos, estrondos e o chiado dos fogos de artifício na vizinhança fizeram meu pai comprimir os lábios e cerrar os punhos.

Ele olhava para nós, seus quatro loirinhos sérios, e tentava sorrir.

— O que acham, Equipe J? — perguntou, usando o apelido favorito da minha mãe para a família. — Querem ir de carro até Nephi para ver os fogos?

O nome do meu pai é Jim, e minha mãe achava que o fato de eles terem a mesma inicial era a prova de que tinham que ficar juntos. Por isso deu a cada um dos filhos um nome que começava com J, para manter o padrão. Não foi muito original, porque em Levan havia famílias inteiras com nomes que começavam com K, com B, com Q. Qualquer letra, dava para escolher. As pessoas tinham até temas para o nome dos filhos, dando-lhes apelidos como Rodeio e Vaqueira. É sério.

Na minha família éramos todos J. Jim, Janelle, Jacob, Jared, Johnny e Josie Jo Jensen. A "Equipe J". O único problema era que, cada vez que precisava de nós, minha mãe tinha que recitar toda a ladainha de nomes com J antes de chamar o filho certo. Não sei por que me lembrei disso, pequena como eu era, mas, nos dias e semanas que antecederam a morte de minha mãe, não me recordo de ela ter errado o nome dos filhos. Talvez os detalhes da vida diária que a distraíam e confundiam tivessem perdido a importância, e ela dava total atenção a cada palavra que dizíamos, cada expressão, cada movimento.

Não fomos ver os fogos naquele ano. Meus irmãos e eu saímos para ver os vizinhos soltando foguetes e rojões, e meu pai passou a noite no celeiro tentando fugir dos barulhos debochados da comemoração. O trabalho duro tornou-se o remédio do meu pai para a depressão. Ele trabalhava o tempo todo e deixava o álcool preencher os intervalos.

Tínhamos uma pequena fazenda com galinhas, vacas e cavalos, mas a criação não rendia muito dinheiro, e meu pai trabalhava na usina de energia em Nephi para ter um salário. Com três irmãos muito mais velhos que eu, minhas obrigações na fazenda eram mínimas. Mas meu pai precisava de alguém para cuidar da casa e cozinhar, e eu achava que tinha que ocupar o lugar que havia sido da minha mãe. Jacob, Jared e Johnny eram sete, seis e cinco anos mais velhos que eu. Minha mãe sempre dizia que eu havia sido uma linda surpresa, e, quando ela era viva, eu adorava ser a caçula, mimada pela família inteira. Quando minha mãe morreu, tudo mudou, e ninguém mais queria um bebê.

No começo, tínhamos mais ajuda do que precisávamos. Levan é a única cidade que conheço onde não há atribuição de tarefas para alimentar uma família depois de um funeral. Tradicionalmente, nós nos encontramos no dia anterior ao funeral e novamente uma hora antes do velório. Depois, família e amigos voltam juntos à igreja para uma grande refeição servida pelas boas mulheres da cidade. Ninguém nunca diz "Eu levo um bolo" ou "Eu cuido das batatas". A comida simplesmente chega, uma variedade de carnes, saladas e acompanhamentos, bolos, doces e tortas. As mulheres de Levan sabem pôr uma mesa como você nunca viu. Lembro-me de andar entre as mesas cheias de comida depois do funeral da minha mãe, olhando para a bonita variedade sem ter vontade nenhuma de comer. Era jovem demais para entender o conceito da comida que conforta.

A doação continuou por dias e dias depois do funeral. Pessoas diferentes levaram o jantar todas as noites durante três semanas. Nettie Yates, uma idosa que morava do outro lado da rua, vinha quase toda noite e organizava a comida, guardando tudo em recipientes e congelando porções para mais tarde. Nenhuma família seria capaz de comer a quantidade de alimento que recebíamos, nem mesmo uma com três adolescentes. Mas, depois de um tempo, a comida parou de chegar, e as pessoas de Levan foram cuidar de outras tragédias.

Meu pai não era muito habilidoso na cozinha, e, depois de meses de sanduíche de pasta de amendoim e cereal, pedi à minha tia Louise para me ensinar a preparar algumas coisas. Ela veio em uma tarde de sábado e me mostrou o básico. Eu a fiz explicar em detalhes como ferver água (deixar a tampa até ferver, tirar depois que começar a fervura), fritar ovos (tem que manter o fogo baixo para cozinhar os ovos!), hambúrguer (vai virando até não ter mais nada rosado). Anotei tudo com cuidado, fazendo Louise descrever cada passo. Escrevi receitas de panquecas (vira quando aparecerem buracos nela, como crateras na lua), espaguete (uma pitada de açúcar mascavo no molho era o segredo de Louise) e cookies com gotas de chocolate (é a gordura que deixa a massa macia e fofa). Louise estava exausta no fim do dia, mas eu tinha listas e listas de instruções detalhadas, escritas com minha caligrafia infantil e presas à geladeira.

Depois de um mês, todo mundo enjoou de panquecas e espaguete. Meus irmãos nunca enjoaram de cookies com gotas de chocolate, e Louise disse que a cabeça dela explodiria se "tivesse que fazer tudo aquilo de novo um dia", por isso comecei a perguntar às mulheres da igreja se eu podia ir vê-las fazer o jantar. Era o que eu fazia toda vez que precisava de uma receita nova. As mulheres eram sempre bondosas e pacientes, falavam comigo durante o processo, descreviam os ingredientes e onde eu podia encontrá-los, no armazém ou na horta. Até fiz desenhos de latas e ingredientes para não esquecer o que era cada coisa. Fiz um gráfico de vegetais com descrições coloridas dos quatro principais ingredientes (cenouras, rabanetes, batatas) para saber o que arrancar do chão. Não tivemos uma horta nos dois primeiros anos depois da morte de minha mãe, mas Nettie Yates me deixava colher coisas da dela sempre que eu queria. Depois de um tempo, ela me ajudou a plantar a minha própria horta, que crescia todos os anos. Quando eu estava no colégio, tinha uma horta de bom tamanho, que eu mesma havia plantado, da qual eu cuidava e de onde colhia.

Aprendi a lavar roupas, separava as brancas das coloridas, as calças de trabalho manchadas de graxa das peças sujas em um nível normal. Mantinha a casa arrumada imaginando que era Branca de Neve cuidando dos sete anões. Pedalava até o velho posto do correio para pegar a correspondência todos os dias. Não tínhamos caixas de correspondência nas casas em Levan. Tudo era entregue no posto, e cada pessoa da cidade tinha uma caixa e uma chave. Meu pai organizava as coisas que precisavam ser despachadas, e eu colava os selos e levava tudo ao correio. Com doze anos, eu sabia controlar uma conta ban-

13

cária, e meu pai abriu uma para mim, para as despesas domésticas. Daquele ponto em diante, eu cuidava dos gastos e das compras com a minha conta. Meu pai cuidava da fazenda, e eu da casa.

A única coisa que eu não fazia era cuidar das galinhas. Minha mãe sempre fez isso, as alimentava, recolhia os ovos e limpava a sujeira que faziam. Eu sempre tive muito medo de galinhas. Uma vez minha mãe me contou que, quando eu mal tinha começado a andar, meus irmãos se distraíram cuidando de mim. Fui para o terreiro e uma galinha especialmente nervosa me encurralou, e eu estava paralisada de pavor quando ela me encontrou. Minha mãe disse que eu não estava chorando, mas ela me pegou no colo e eu estava dura como uma tábua, e tive pesadelos por semanas depois daquilo.

É difícil se apegar a galinhas. Elas são agressivas, nervosas, e são rápidas para bicar e brigar. A primeira vez em que recolhi ovos depois da morte de minha mãe, quase passei mal de tanto nervoso. Pouco a pouco, dominar o medo me fez sentir poderosa, e comecei a me orgulhar de cuidar das aves mal-amadas. Dei nome a cada galinha e conversava com elas como se fossem minhas filhas travessas. E cada tarefa que cumpria me fazia sentir mais no controle, e eu me especializei em seguir os passos de minha mãe.

2
mãestro

EU GOSTAVA DE TER UM PROPÓSITO, DE SER NECESSÁRIA, E descobri que ajudar meu pai e meus irmãos me fazia amá-los mais. Amá-los mais facilitava viver sem minha mãe. Antes eu era uma criança séria, mais satisfeita sozinha do que com amigos, e a morte de minha mãe fez minha natureza se tornar ainda mais solitária. Quanto mais eu ficava independente, mais difícil era agir de acordo com minha idade. Eu não subia no colo do meu pai nem pedia beijos e abraços. Não fazia birra quando era ignorada por muito tempo. Acho que me comportava como um adulto bem pequeno. Solidão não me incomodava. Era melhor que a piedade das pessoas me pressionando por todos os lados.

Havia momentos, em especial no primeiro ano depois da morte de minha mãe, em que o clima em nossa casa era como tentar respirar com um cobertor sobre a cabeça. O peso da tristeza de todo mundo era claustrofóbico, e eu me pegava chorando longe de casa sempre que possível. Quando não estava ocupada com alguma tarefa, subia na minha bicicleta azul e pedalava com toda a força até o pequeno cemitério, ao pé da colina Tuckaway, a pouco mais de um quilômetro de casa. Sentava no túmulo de minha mãe e deixava o silêncio abrir a comporta de lágrimas contidas até que respirar ficava mais fácil. Levava meus livros e lia com as costas apoiadas na lápide gravada com o nome dela. Meus livros eram meus amigos, e eu devorava tudo em que conseguia pôr as mãos. Meus personagens favoritos se tornaram meus heróis. *Anne de Green Gables* tornou-se minha melhor amiga, *A princesinha* e *Heidi* passaram a ser fontes de força e exemplo. Eu adorava finais felizes, nos quais crianças como eu triunfavam, apesar das dificuldades. Sempre havia dificuldade nas histórias, e saber disso me confortava. Eu me inspirei no sacrifício em *Summer of the Monkeys* e, depois de ler *Where the Red Fern Grows*, plantei uma samambaia vermelha no túmulo de minha mãe para Dan e Ann.

Foi em um desses dias, enquanto eu lia sozinha no cemitério, pouco mais de um ano depois da morte da minha mãe, que um Cadillac branco e longo passou lentamente pela rua de terra que acompanhava o lado oeste do cemitério. Não havia Cadillacs brancos em Levan. Na verdade, não tinha nenhum Cadillac em Levan, branco ou de outra cor. Vi quando ele veio em minha direção e desviou minha atenção de *O leão, a feiticeira e o guarda-roupa*, que eu já tinha lido duas vezes. Ele subia a ladeira para as casas de verão dos Brockbank, na colina Tuckaway. Talvez uma nova família houvesse se mudado. De repente, fiquei muito curiosa para saber para onde o carro ia. Decidi espiar e percebi que poderia me esconder atrás dos arbustos mais altos, se me sentisse exposta ao me aproximar. A via era íngreme, e eu me sentia grudenta de suor e poeira enquanto pedalava colina acima.

Três belas casas haviam sido construídas na colina Tuckaway, todas da mesma família rica, os Brockbank. Aparentemente, os filhos dos Brockbank, que trabalhavam com desenvolvimento e construção civil, decidiram que a colina seria o retiro de verão ideal para a família e construíram um impressionante complexo. Os Brockbank e seus filhos adultos haviam visitado as casas várias vezes, mas elas estavam vazias havia anos. Eles deram à colina o nome de Tuckaway, esconderijo, mas o retiro devia ser afastado demais, porque eles nunca passavam muito tempo ali.

A porta da garagem da casa maior estava aberta, e o Cadillac branco estava parado lá dentro. Eu não conseguia ver ninguém por lá, nem caixas, nem vans, nem brinquedos de crianças no jardim.

Não me atrevi a bater, e espiar pelas janelas quando havia alguém em casa seria ousadia demais para alguém cautelosa como eu. Virei para ir embora, mas um barulho muito alto me assustou a ponto de eu deixar cair a bicicleta e soltar um grito. Tarde demais, percebi que alguém tocava piano com vontade. Não reconheci a canção, mas não era bonita. Era intensa e lembrava o tipo de música que a gente ouve em um filme de terror, um filme assustador no qual uma menininha está espionando a casa de alguém e é assassinada pelo proprietário maluco. Apavorada, levantei a bicicleta e descobri que a corrente havia se soltado com a queda. Abaixei para tentar recolocar a peça cheia de graxa na roda dentada. Isso já havia acontecido antes, e eu sabia como colocá-la no lugar.

Enquanto trabalhava, eu ouvia, aflita, a música poderosa que vinha de dentro da casa. De repente o som mudou e se tornou igualmente intenso, mas cheio de alegria em todas as notas. A música inundou meu coração e encheu meus olhos de lágrimas, que transbordaram, lavando minhas bochechas. Eu as enxuguei, surpresa, deixando um rastro de graxa no rosto.

Nenhuma música tinha me feito chorar antes. E não eram lágrimas tristes. A música que eu estava ouvindo me fazia sentir como às vezes eu me sentia na igreja, quando cantava canções sobre Deus ou Jesus. Mas agora a música provocava essa sensação em mim sem uma letra. Eu adorava as letras. Fiquei surpresa quando a música falou comigo sem palavras. Permaneci ali, ouvindo, tanto quanto a ousadia me permitiu, e, quando a música parecia estar próxima da crescente conclusão, peguei a bicicleta e saí dali correndo, pedalando no ritmo da melodia que agora enchia minha cabeça.

☙

— É UM MÉDICO APOSENTADO E A ESPOSA DELE — MEU PAI ME contou naquela noite durante o jantar, quando falei sobre o Cadillac branco. — O nome é Grimwald ou algo assim.

— Grimaldi — Jacob o corrigiu com a boca cheia de purê de batatas. — A Rachel e a mãe dela ajudaram na limpeza da casa antes de eles se mudarem.

Rachel era a namorada de Jacob. A mãe dela era presidente da organização de mulheres da nossa igrejinha, e as obrigações faziam dela uma mulher ocupada. E também era uma oportunidade para ela saber em primeira mão tudo o que acontecia na cidade, embora não fosse o tipo de pessoa que abusasse de sua posição.

— A Rachel disse que a esposa do médico insistiu em pagar pelo serviço — Jacob continuou. — E ficou muito agitada quando elas recusaram o dinheiro. A Rachel contou que a mãe dela repetiu várias vezes que elas estavam felizes por ajudar e queriam servir. A esposa do médico acabou concordando, mas disse para a Rachel que, se ela quisesse voltar uma vez por semana para limpar a casa, ela pagaria pelo trabalho. — Jacob se recostou com um arroto, satisfeito.

— Por que eles vieram para Levan? — perguntei. — Eles têm parentes aqui? — Levan ficava a três horas de St. George, para onde aposentados se mudavam para tomar muito sol e desfrutar de invernos amenos.

— A Rachel falou que o velho está escrevendo um livro e quer paz e silêncio — Jacob explicou. — A esposa do médico falou que eles são amigos dos Brockbank, e Levan parecia ser um bom lugar para eles.

Pensei na música alta e passional que tinha ouvido mais cedo. Definitivamente, não havia silêncio por lá. Resolvi convencer Rachel a me levar junto quando ela fosse limpar a casa de novo. E foi assim que conheci Sonja Grimaldi.

᠁

RACHEL ERA UMA RUIVA PEQUENA E BONITA, MUITO TRABALHADORA e tranquila. Ela estava sempre em movimento, sempre fazendo alguma coisa. Referia-se a tudo como coisinha ou trequinho e provavelmente não engordaria nunca, porque trabalhava tão rápido quanto falava e parecia jamais se cansar. Eu adorava a Rachel, mas passar muito tempo com ela me fazia querer sentar e mergulhar em um livro. Ela era o complemento perfeito para o meu irmão mais velho, que era relaxado e falava devagar, e eu me sentia grata porque um dia, provavelmente, ela seria uma Jensen e eu teria uma irmã.

Naquele sábado ela estava feliz por me levar à casa dos Grimaldi, e eu me peguei ansiosa para ouvir mais daquela música, esperançosa de que quem a havia tocado pudesse tocá-la de novo. Os Grimaldi não estavam lá quando chegamos, mas Rachel não se importou e começou a trabalhar imediatamente. Tentei ajudá-la na limpeza, mas ela me dispensava com bom humor dizendo que não queria ter que dividir os lucros. Atravessei a cozinha na ponta dos pés e fui até a sala, onde achava que estava o piano. O piano era enorme, preto e lustroso, a tampa estava levantada e a banqueta de ébano era longa e brilhante. Queria muito sentar e deslizar as mãos pelo teclado. E foi o que eu fiz. Sentei na banqueta e apoiei as mãos delicadamente nas teclas brancas e reluzentes. Toquei cada uma delas com muito, muito cuidado, apreciando os sons singulares e claros.

— Sabe tocar? — uma voz perguntou atrás de mim.

Meu coração pulou do peito e quase saiu pela boca. Fiquei ali, paralisada, com as mãos ainda sobre as teclas.

— Seu toque nas teclas é tão reverente, que achei que sabia tocar — continuou a voz.

Meu coração voltou ao peito, batendo forte para me avisar que eu ainda estava viva. Levantei e me virei, culpada. Uma mulher delicada como um pássaro, não muito mais alta que eu, estava parada atrás de mim. Seu cabelo grisalho estava preso num coque alto, como Jane Seymour havia usado em *Em algum lugar do passado*. Ela usava óculos de armação preta sobre o nariz longo, um macacão roxo e pedras da mesma cor, que mais tarde aprendi que se chamavam granadas, nas orelhas, mãos e pescoço.

— Meu nome é Josie — gaguejei. — Josie Jensen. Eu vim com a Rachel. Não sei tocar... mas gostaria de saber.

Ela passou por mim e se sentou altiva na banqueta que eu havia acabado de deixar vaga.

— Quem é o seu compositor favorito? — Os óculos escorregaram pelo nariz quando ela inclinou o rosto para a frente, olhando para mim por cima da armação.

— Não sei nada sobre compositores — confessei, tímida. — A maioria das músicas que eu conheço é tocada na igreja ou no rádio. Adoro ouvir o órgão tocando os hinos. — Pensar em Jane Seymour instantes antes trouxe uma lembrança à minha cabeça. — Tem uma música de um filme que eu vi uma vez. Era o favorito da minha mãe, e ela sempre chorava quando via. O nome do filme é *Em algum lugar do passado...* Conhece? — perguntei quando ela não respondeu. — Tem uma música bonita que fica tocando.

— Ah, sim — ela suspirou. — É uma das criações de Rachmaninoff. É esta? — E começou a tocar as notas românticas da música de que eu lembrava. Sentei em uma cadeira próxima e ouvi a canção que mexia com minha alma. Senti meu coração inchar até quase explodir e lágrimas inundarem meus olhos como antes.

Ela olhou para mim quando terminou e deve ter visto alguma coisa em meu rosto, deve ter percebido como a música me tocava.

— Quantos anos você tem, menina? — perguntou, em voz baixa.

— Vou fazer dez no dia 1º de setembro. Terça-feira — respondi, acanhada. Sabia que parecia mais velha e sempre me sentia estranha quando revelava minha idade.

— Como a música faz você se sentir?

— Viva — respondi, imediatamente e sem pensar, e corei um pouco com a resposta.

Ela parecia estranhamente satisfeita.

— Gostaria de aprender a tocar?

— Eu adoraria! — exclamei, animada. — Vou ter que pedir permissão ao meu pai... mas tenho certeza que ele vai deixar! — Um pensamento encobriu minha alegria. — Quanto custa? — Fiquei preocupada.

— O único preço é o prazer da sua companhia e a promessa de que você vai se dedicar muito. — Ela balançou o dedo na minha direção com ar solene. — O aluno que não pratica não progride para as próximas lições.

— Vou praticar mais do que qualquer um já praticou antes! — prometi com sinceridade.

— As aulas já começaram?

— Sim, senhora. Na semana passada.

— Então vamos combinar as aulas de música para as segundas--feiras, depois da escola, Josie. — Ela estendeu as mãos magras e segurou a minha com suavidade, selando nosso acordo. Foi o melhor presente de aniversário que já ganhei.

Sonja Grimaldi fora professora de música durante trinta anos. Ela conheceu e se casou com seu marido, Leo, vulgo Doc, quando já era mais velha, e, apesar de Doc ter um filho de um casamento anterior, eles nunca tiveram filhos juntos. Uma série de estranhos eventos e coincidências os levaram a Levan. Doc era amigo do sr. Brockbank desde que eles estudaram juntos na juventude e era médico da família desde que se formara na escola de medicina. Sonja e Doc tinham setenta e poucos anos, mas ainda eram vigorosos e ambiciosos. Doc sempre quis escrever, mas, enquanto exercia a medicina, nunca teve tempo. Sonja pensava em compor um pouco também, e a colina Tuckaway era o refúgio perfeito para um escritor.

Li anúncios de pechinchas durante algumas semanas até encontrar um piano à venda. Era um piano velho e feio, mas tinha um som rico, lindo. Contribuí com todo o dinheiro que havia economizado vendendo os ovos das minhas galinhas na feira semanal dos produtores e paguei à vista pelo instrumento. Meu pai reclamou um pouco quando cobraram setenta e cinco dólares para vir afinar o piano em Levan, mas pagou pelo serviço e avisou que era bom eu me dedicar e praticar.

Praticar não era problema. Eu não conseguia largar o piano. Sonja era uma professora nada convencional, e eu era uma aluna talentosa. Em vez de ter aula uma vez por semana, como muitos alunos, eu tinha todas as tardes. Passei pelas lições básicas, aprendendo rapidamente conceitos musicais e teoria, e me formei nos livros e canções intermediários em apenas um mês. Durante um tempo, até parei de ler, deixei tudo de lado pela música. Praticava sempre que tinha um momento livre. Felizmente para meu pai e meus irmãos, eles ficavam mais fora do que em casa, e eu raramente incomodava alguém com minha obsessão. Sonja disse que eu não era exatamente uma criança prodígio, mas chegava perto disso. Tinha uma paixão profunda e uma grande estima pela música e absorvia rapidamente tudo o que ela me ensinava.

Aprendi que a música que tanto me assustou naquele dia em que segui o Cadillac branco era uma peça de Wagner. Ela pronunciava Vá-gner. Eu não ligava muito para Wagner, mas Sonja dizia que as músicas dele faziam seu sangue ferver, e ela usava isso para dar voz à sua "fera selvagem". Ela sorria quando dizia isso. Nunca achei que Sonja pudesse ser "ferina". Ela disse que todos nós tínhamos um pouco de fera.

Se Wagner falava à fera, Beethoven dava voz à beleza. A *Nona sinfonia* de Beethoven tornou-se a minha seiva vital. Eu fazia Sonja tocar a canção todos os dias no fim da aula, e todos os dias ia embora cheia de esperança, com a fera dominada.

❧

MENINAS DE DEZ ANOS ÓRFÃS DE MÃE NÃO DEVIAM TER QUE SUportar o fardo da puberdade precoce, mas, como tantas outras, tive minha primeira menstruação pouco tempo depois de conhecer Sonja Grimaldi. Quando vi o sangue na calcinha, pensei que tivesse alguma doença terrível. Desesperada, chorei o medo da morte certa para Sonja. Ela tocava *Sonata ao luar*, de Beethoven, e a beleza e a melancolia da música me fizeram afogar em autopiedade.

— Acho que estou morrendo, sra. Grimaldi. — Ela me envolveu com seus braços magros e me incentivou a falar. Quando entendeu o que acontecia comigo, ela suspirou e me afastou de seu peito com lágrimas nos olhos.

— Josie! Você não vai morrer! É um renascimento! — disse ela, dramática.

Olhei para Sonja com a testa franzida.

— Não é nenhuma surpresa, sabe. Você é madura demais em todos os outros aspectos. Cumpriu os ritos de passagem muito mais cedo que a maioria das meninas. Josie, tornar-se mulher é um presente incrível! É um presente que Deus nos dá. A feminilidade é incrivelmente poderosa, e você a tem bem antes das meninas da sua idade. Significa que é especial aos olhos Dele. Temos que celebrar! — Ela aplaudiu e levantou-se, fazendo um floreio com o longo quimono vermelho.

E nós comemoramos. Acendemos velas e bebemos sidra espumante em taças de cristal. Ela leu com grande paixão a história da rainha Ester, contando como sua beleza, graça e coragem haviam salvado seu povo. Como seu poder havia influenciado nações. Leu também a história da Virgem Maria no Novo Testamento, uma menina poucos anos mais velha que eu e mãe do Salvador do mundo.

Dias depois, Sonja e eu fomos à cidade, e ela comprou calcinhas e sutiãs em lindos tons pastel e camisetinhas para eu usar por baixo da blusa até o sutiã ser absolutamente necessário. Fizemos as unhas, e ela comprou produtos femininos em quantidade suficiente para encher minha gaveta do banheiro por vários anos. Naquele dia, senti a presença de minha mãe e soube que ela havia interferido para promover a entrada de Sonja Grimaldi em minha vida. Afinal, eu não estava em sua sepultura no dia em que vi o Cadillac branco? Depois disso, tive muito mais certeza do amor de Deus por mim e não voltei a amaldiçoar minha rápida passagem à vida de mulher.

ـ۞ـ

Uma tarde, no começo da primavera, cheguei para minha aula e encontrei Sonja deitada no sofá com um livro aberto sobre o peito, de olhos fechados.

— Sonja? — chamei baixinho. Não queria acordá-la, mas também não queria ir embora sem saber se ela precisava de algo. Estava meio assustada. Ela parecia pequena e cansada, e vê-la assim me fez lembrar de minha mãe antes de morrer, encolhida e pálida. — Sonja? — Minha voz tremeu, e eu toquei o braço dela.

Sonolenta, ela abriu os olhos castanhos, muito grandes por trás das lentes grossas dos óculos.

— Ah, Josie? Já está na hora? Eu estava tentando ler, mas ultimamente meus olhos se cansam muito quando leio. Estou com medo de ter que desistir dos livros. — Ela falou a última frase com um tom triste. Sonja não era do tipo que se lamentava, e eu olhei com mais atenção para o livro que ela lia.

— *O morro dos ventos uivantes* — li alto. — E se eu lesse para você enquanto descansa os olhos? Sou uma excelente leitora.

Sonja sorriu ao ouvir a declaração da minha habilidade e me entregou o livro.

— Muito bem, você lê um pouco e depois vamos praticar.

Odiei *O morro dos ventos uivantes*. Todos os dias eu chegava para a aula de piano e lia para Sonja durante meia hora antes de começarmos. Depois de uma semana, deixei o livro detestado de lado sem esconder o desgosto. Apesar de jovem, eu era sensível e atenciosa e, com Sonja explicando as diferentes palavras e frases, entendi a maior parte do que lia e acompanhei a história sem dificuldade.

— Essas pessoas são horríveis! Odeio todas elas! Não suporto mais ler isso! — As lágrimas violentas me surpreenderam, e eu tentava desesperadamente controlar a demonstração constrangedora.

— São, realmente — Sonja concordou, tranquila. — É muita coisa feia para um espírito sensível. Talvez um dia você leia essa história com um olhar diferente... ou não. Chega de Heathcliff por ora. Vamos ao piano, criança! — ela falou com vigor, e eu a segui obediente, esfregando os olhos e me sentindo aliviada por não ter que passar mais tempo vagando por pântanos com fantasmas.

No dia seguinte, um novo livro me esperava. Notei que o sobrenome da autora também era Brontë e me encolhi por dentro. Mas Jane

Eyre era bem diferente de Catherine Earnshaw Linton. Adorei *Jane Eyre* e pedi a Sonja para me emprestar o livro, porque queria ler em casa entre nossos encontros. Ela concordou, mas me fez prometer que anotaria todas as palavras que não conhecesse e procuraria o significado, para que eu realmente entendesse o que lia. Quando Sonja descobriu que eu não tinha um dicionário em casa, me deu um exemplar do *Webster 1828*. E disse que era o segundo livro mais importante da língua inglesa, depois da Bíblia.

Cumpri a promessa e, quando lia tarde da noite, anotava na parede ao lado da minha cama as palavras que não conseguia definir. No dia seguinte, abria o pesado dicionário e procurava tudo o que havia anotado. A cada livro, meu Mural de Palavras crescia, assim como meu apetite por mais leituras. Um dia, muitos meses mais tarde, meu pai subiu até o sótão, onde ficava meu quarto, o que ele raramente fazia, para procurar alguma coisa. Eu estava na cozinha preparando uma nova receita e derrubei a vasilha quando ele berrou meu nome.

Atendi correndo, com medo de algum desastre ter acontecido, e o encontrei olhando ultrajado para a minha parede.

— Josie Jo Jensen! O que é isso? — Ele apontava a parede ao lado da minha cama, agora parcialmente coberta por palavras.

— É o meu Mural de Palavras, pai — respondi, dócil. Quando ele me olhou carrancudo e cruzou os braços, decidi que era melhor explicar direito. — À noite, quando estou lendo, não gosto de parar no meio da história para procurar as palavras que eu não conheço... por isso escrevo todas elas na parede para procurar de manhã. É muito educativo! — acrescentei, animada, com um sorriso esperançoso.

Meu pai balançou a cabeça, mas vi um esboço de sorriso em seus olhos. Ele se aproximou da parede e leu algumas palavras.

— Esmerar? — leu, hesitante. — Essa eu nunca ouvi.

— Esmerar significa melhorar. Meu Mural de Palavras *esmera* o meu vocabulário — falei com entusiasmo.

Meu pai riu alto.

— Ah, é? — Ele balançou a cabeça e me olhou com ternura, sem nenhum sinal de contrariedade. — Muito bem, Josie Jo. Pode manter seu mural. Mas só aqui em cima, ouviu bem? Não quero que escreva na parede da cozinha quando não houver mais espaço no seu quarto.

— Talvez eu deva diminuir o tamanho da letra — comentei, repentinamente preocupada com o espaço limitado na parede.

Ouvi meu pai rindo enquanto descia a escada estreita.

3
abertura

Sonja havia facilitado minha difícil transição para a maturidade, mas eu ainda tinha que suportar a atenção que meu corpo em desenvolvimento atraía. Quando entrei no sétimo ano, já tinha corpo de adulta. Embora fosse esguia, minha estatura era acima da média, com seios e curvas, enquanto os garotos da minha idade ainda molhavam a cama. Tara achava que eu era a garota mais sortuda do mundo e me atormentava com perguntas. Um dia até perguntou se podia usar meu sutiã, "só para sentir como era ser mulher".

Ser a única menina em uma família de meninos limitava minhas opções de vestuário. Eu usava as camisetas velhas dos meus irmãos e os jeans que eram passados para mim, porque era isso que tínhamos. Meu pai nunca pensou em fazer nada diferente, e eu nunca achei que isso era suficientemente importante para pedir. As peças que Sonja comprou para mim ficaram pequenas no primeiro ano, e não sei o que teria feito se não fosse tia Louise, que providenciou um sutiã que me servisse. As roupas masculinas disfarçavam a silhueta, e eu encurvava os ombros para esconder a altura e os seios e estava sempre constrangida e desconfortável.

Sonja insistiu em me levar ao oftalmologista quando comecei a aproximar muito para ler a partitura, "arruinando minha postura ao tocar". Eu precisava de óculos para ler ou tocar piano e, como estava sempre com o nariz enfiado em um livro, passava a maior parte do tempo com eles. Usava palavras elaboradas e expressava pensamentos profundos, e acho que meus colegas me consideravam muito estranha nas raras vezes em que me davam atenção.

O sétimo ano era a passagem para o fim do ensino fundamental, e eu estava aliviada por deixar para trás essa etapa. Esperava que fosse mais fácil interagir com os alunos mais velhos. Mas a transição para o ensino médio foi só um tipo diferente de tortura. Os alunos do sétimo ao nono ano do fundamental e os do ensino médio iam juntos no ônibus escolar para Nephi. Eu odiava aquele ônibus. Johnny estava no último ano do colégio quando comecei o sétimo ano. Ele ia para o colégio quase todos os dias na velha caminhonete da fazenda, porque praticava vários esportes e os treinos aconteciam depois do horário de aula. Às vezes ele me dava carona, mas o mais comum era que levasse os amigos, e não sobrava espaço para a irmã caçula. O ônibus era devagar e barulhento, com gente por todos os lados. Eu odiava sentir os cotovelos nas costelas, as brigas e, pior de tudo, ter que encontrar um lugar para sentar.

O ponto próximo da minha casa era um dos últimos, e todos os dias eu detestava ter que andar pelo corredor do ônibus cheio procurando um lugar para sentar. Atraía a atenção indesejada dos garotos do ensino médio, risadinhas dos mais novos e uma animosidade que eu não entendia da maioria das meninas. Tara, minha prima e amiga leal, normalmente tentava guardar lugar para mim, mas eu quase preferia não sentar com ela. Aos treze anos, ela tinha o tamanho de uma criança de nove, e a diferença entre nós tornava meu desconforto ainda mais acentuado. E ela não era só pequena, era barulhenta e nunca desperdiçava uma chance de chamar atenção, enquanto eu preferia ficar em segundo plano.

Havia um garoto do segundo ano do ensino médio, Joby Jenkins, que às vezes andava com meu irmão Johnny. Ele gostava de ser o engraçado da sala e se achava a criatura mais cômica do mundo. Eu não

28

gostava muito dele. Seu humor era quase sempre cruel, e as piadas costumavam ridicularizar alguém mais fraco. Os alunos mais novos no ônibus eram os alvos. Meu pai dizia que ele era um espertinho, mas basicamente ele era só um metido a valentão desagradável. Acima de tudo, eu não suportava o garoto porque ele ficava olhando para os meus peitos sempre que me via. Johnny parecia não perceber, como sempre, e achava Joby hilário e uma companhia divertida. Joby não praticava esportes, por isso ia de ônibus e reinava no fundão, onde infernizava a vida de muitos garotos menores.

Em uma manhã no começo do outono, entrei no ônibus nervosa e aflita por um lugar para sentar, como sempre. Tara acenou para mim e apontou animada para as etiquetas com nome coladas em cada banco. O sr. Walker, o motorista, havia determinado lugares fixos. Senti um alívio imediato e comecei a procurar meu nome. Lugares designados significavam nunca ter que procurar um assento vago, e eu me sentia ridiculamente grata enquanto procurava o meu. Comecei a notar que a maioria dos alunos menores e mais novos estava sentada com os mais velhos, mais uma razão para a designação de assentos ser um pouco mais confortável. Quando me aproximei do fundo do ônibus, senti meu rosto quente e vermelho ao ouvir a voz familiar.

— Josie Jensen! Vem com o papai! — Joby Jenkins falou, cantarolando. Todo mundo em volta deu risada. — Podemos brincar de caubóis e índios! Não se preocupe, Jos, não vou deixar o Sammy aqui te transformar na índia dele.

Eu havia encontrado meu nome. A etiqueta estava no assento ao lado de Joby, do outro lado do corredor. Joby mantinha as pernas no corredor, de forma que os joelhos salientes e os pés grandes no Reebok desamarrado impediam qualquer um de passar por ali sem confronto. Ele bateu no plástico verde do assento do outro lado. Sentado a seu lado, perto da janela, estava Samuel Yates.

Samuel Yates era neto de Don e Nettie Yates, que moravam na frente da minha casa. O filho de Don e Nettie, Michael, havia participado de uma missão mórmon em uma reserva indígena navajo havia mais de vinte anos. Depois dessa missão, ele acabou voltando ao Arizona para trabalhar, se casou com uma índia navajo e Samuel era filho deles. Alguns anos mais tarde, Michael Yates morreu ao cair de um cavalo. Não lembro os detalhes. Eu era pequena quando tudo aconteceu, mas, em cidadezinhas como a minha, todo mundo acaba conhecendo a história de todo mundo.

Ouvi a história de Samuel quando várias mulheres, inclusive Nettie Yates, estavam reunidas em nossa cozinha fazendo conservas. Desde que minha mãe morrera, todos os anos as vizinhas levavam frutas e legumes de suas hortas e pomares e passavam um dia fazendo conservas, enchendo nossas prateleiras com seu trabalho. Naquele dia de agosto, a cozinha estava quente demais e cheirava a tomates refogados. Eu ouvia as mulheres conversando enquanto sonhava com a liberdade da interminável operação conserva, embora minha gratidão não me permitisse sair dali. Acabei entrando na conversa por puro tédio. Nettie Yates falava de suas preocupações:

— A mãe não consegue lidar com ele. Ela se casou, e parece que o Samuel não se dá bem com o padrasto e os irmãos adotivos. Eu penso que tem álcool nessa história. O padrasto bebe demais, eu acho. O Samuel se envolveu em várias brigas este ano e foi expulso da escola da reserva. Ele é um menino revoltado, e estou um pouco preocupada com a presença dele aqui. — Nettie Yates deu uma pausa para respirar e continuou: — Espero que as pessoas sejam boas com ele. Era o que o Michael teria desejado, mas a mãe dele nem quis saber. Dissemos a ela para trazer o Samuel para morar com a gente, mas ela acabou voltando para a reserva para morar com a mãe. Não posso criticar a decisão dela. Era o que ela conhecia, e há conforto no conhecido, especialmente quando se perde alguém amado. Mal vimos o menino durante todos esses anos. O Don está ansioso para ter a ajuda do Samuel com as ovelhas. Os navajos sabem muito sobre ovelhas. O Samuel ajudou a avó a cuidar do rebanho desde que tinha seis anos. Enfim, ele vai fazer o último ano do colégio aqui, e eu espero que ele se forme. Depois vai ter idade suficiente para decidir o que quer fazer. — Nettie concluiu com um suspiro profundo enquanto fatiava tomates maduros dentro de uma vasilha sem nunca perder o ritmo.

Samuel olhou para mim quando tentei passar por Joby para me sentar. Não havia nenhum esboço de sorriso nos olhos escuros e na boca larga, e as sobrancelhas estavam bem próximas, desenhando uma expressão irritada na pele marrom. O cabelo preto e brilhante tocava os ombros. Eu nunca havia trocado uma palavra com Samuel Yates. Na verdade, nunca ouvira a voz dele. Seu rosto era cheio de hostilidade, e a boca se curvou para baixo quando ele desviou o olhar. Passei por Joby tentando não encostar nele ao me sentar. Joby se moveu no último minuto e me puxou para seu colo.

— Josie! — ele falou com surpresa debochada. — Não era sério quando eu falei para vir com o papai! — Todo mundo riu de novo quando ele fingiu me empurrar, o tempo todo impedindo que eu me soltasse de seus braços longos e pés grandes.

Senti as lágrimas inundando meus olhos quando ele continuou me empurrando e fazendo cócegas. Alguém na minha frente deve ter notado minha expressão mortificada, porque uma voz anunciou:

— Ah, não, Joby! Ela vai chorar!

Joby vaiou e olhou para mim.

— Não chora, Josie! Estou brincando com você. Vem cá, vou dar um beijinho para passar. — Ele projetou os lábios de um jeito caricato e beijou minha bochecha.

— Para com isso, Joby! — Reagi e acertei uma cotovelada nele para me livrar do abraço pervertido. Ele me empurrou para cima de Samuel, e eu bati a cabeça na janela. A mochila escorregou e prendeu meus braços. Caí de cara no colo de Samuel e gritei quando ele me levantou. Todo mundo à nossa volta ria alto.

De repente, Samuel estendeu o braço e jogou Joby para fora do assento. O garoto caiu no meio do corredor com um barulho alto. A surpresa arrancou de seu peito todo o ar e um gemido. Antes que eu conseguisse entender o que estava acontecendo, Samuel me puxou por cima dele e me pôs sentada ao lado da janela. Depois levantou devagar e parou ao lado de Joby, que continuava perplexo. Ninguém mais ria. O silêncio era completo. Todo mundo acompanhava a cena de boca e olhos abertos. Meu rosto pulsava com a humilhação. Tive a impressão de que ia desmaiar e percebi que estava prendendo a respiração. Samuel olhava para baixo, para Joby, com os braços apoiados nos bancos dos dois lados do corredor. Joby o encarava de volta. Ele mexia a boca, mas nenhuma palavra saía dela. Era como se não soubesse o que dizer.

— Não chora, Joby! Estou brincando com você. — A voz de Samuel era profunda e suave, seu rosto, completamente inexpressivo. O pessoal que rira antes começou a rir de novo.

O ônibus tinha parado no último ponto do trajeto quando o confronto chamou a atenção do motorista. Samuel ignorava todo mundo desde que havia entrado no colégio, dois meses atrás. Raramente falava, mas era alto e intimidante o suficiente para todo mundo ficar bem longe dele. Todo mundo, inclusive Joby, olhava para ele com incredulidade.

— Nada de briga no meu ônibus, meninos! — o sr. Walker gritou lá da frente, desengatando a marcha, puxando o freio de mão e soltando o cinto de segurança. Ele correu na direção de Samuel. Sem se importar com a aproximação do motorista, Samuel se inclinou lentamente, estendeu a mão e puxou Joby, colocando-o em pé. Depois, como se tivesse todo o tempo do mundo, virou-se e olhou para o pobre sr. Walker. Com uma das mãos, arrancou a etiqueta de Joby do assento onde eu agora estava sentada. Eu me encolhi e baixei a cabeça quando todo mundo olhou para mim.

— O Joby precisa mudar de lugar — Samuel avisou com tranquilidade. Em seguida, colou a etiqueta na testa de Joby, o tempo todo encarando o motorista, sem perder a calma. O sr. Walker parecia confuso, e Joby, pela primeira vez, não sabia o que dizer.

— Ele não pode sentar ali? — perguntou o sr. Walker, apontando o lugar que eu agora ocupava. Notei que sua voz havia abrandado para acompanhar o tom tranquilo da declaração de Samuel.

— Em outro lugar — Samuel respondeu sem pressa, ainda com tom suave. Os olhos continuaram cravados no rosto do sr. Walker por um instante, depois ele saiu do corredor e sentou ao meu lado, voltando a atenção para o lado de fora da janela. Ele não disse mais nada.

Também em silêncio, o sr. Walker tirou a etiqueta com meu nome do banco do outro lado do corredor e a colocou onde eu estava agora, ao lado de Samuel, orientando Joby a sentar-se no lugar que antes era meu. Joby arrancou a etiqueta da testa. O jogo tinha virado. Ele colou a etiqueta no cabelo de um garoto e riu alto. Depois deu um tapa na cabeça de outro menino, tentando diminuir a importância do que havia acontecido. Se eu não tivesse visto, não acreditaria que Joby foi jogado no chão e não reagiu com um soco e vários palavrões. A única coisa que ele disse foi:

— Caramba! Acho que o Sammy não gosta de mim!

As pessoas em volta dele riram nervosas, e Joby encarou Samuel novamente. Samuel continuava olhando pela janela, por cima da minha cabeça. Não reagiu. Foi como se nem tomasse conhecimento daquilo.

⁓◎⁓

O inverno chegou cedo, e no fim de outubro a população de Levan vestia seus filhos com botas, chapéus e casacos pesados que dificultavam a movimentação. Eu havia completado treze anos no dia primeiro de setembro, e, pensando na temporada gelada que se aproximava, tia Louise me deu um casaco novo num tom vibrante de azul. Era a coisa mais linda que eu já tive. Meu pai disse a ela que não precisávamos de sua caridade quando minha tia chegou com o casaco. Tia Louise era a irmã mais nova da minha mãe, e ela respondeu com um discurso que acabou com meu pai. Fazia anos que eu não tinha um casaco novo. No inverno do ano passado, usei a velha jaqueta jeans de Johnny e várias camisas de flanela sobrepostas, e naquele ano ela não ia permitir que isso acontecesse de novo. Meu pai parecia atordoado com as acusações e olhou para mim como se me visse pela primeira vez. Eu só toquei a mão dele e disse:

— Eu gostava da jaqueta do Johnny, pai. Por isso a usava.

Ultimamente eu surpreendia meu pai olhando para mim com uma melancolia estranha. Uma vez perguntei a ele sobre isso, por que ele parecia tão triste. Ele sorriu e balançou a cabeça.

— Não é tristeza, Josie Jo. Só estava pensando em como você cresceu depressa. Não foi uma menininha por muito tempo. Não foi o suficiente. — Ele deu um tapinha em minhas costas e saiu pela porta dos fundos, retirando-se para o curral dos cavalos, para pastagens mais seguras.

Naquela manhã de segunda-feira, havia "neve de domingo" no chão: a neve que havia caído no domingo, mas ainda não havia sido pisada nem usada em brincadeiras. Era um belo manto branco que eu amassava com meus velhos tênis. Samuel Yates já estava no ponto de ônibus quando eu cheguei, e subiu antes de mim, seguiu diretamente para o nosso lugar e sentou-se ao lado da janela. Ele não usava chapéu sobre os cabelos brilhantes, e a jaqueta bordada era forrada de pele de carneiro. Ele usava mocassins. Pensei que deviam ser frios, mas estavam relativamente secos, muito mais que meus tênis, por isso não me preocupei muito com ele.

Samuel não prestou muita atenção em mim desde o dia em que arremessou Joby no corredor. Ele me ignorou e ignorou todo mundo. Não tivemos que dividir o banco com uma terceira pessoa. O sr. Walker devia ter ficado um pouco apreensivo, talvez tenha decidido deixar o arranjo como estava. Assim, havia uma semana que eu ia e voltava da escola sentada ao lado de Samuel, sem dizer uma palavra. Eu não ficava incomodada com o silêncio e costumava passar o tempo todo lendo. Havia começado a ler todos os livros de Jane Austen e agora me dedicava a *Persuasão*.

Estava mergulhada no sofrimento de Anne, quando Samuel falou comigo.

— Você lê muito. — As palavras isoladas e suaves soaram como uma acusação.

— Sim. — Eu não sabia o que dizer, além de concordar com ele.

— Por quê?

— Eu gosto de livros. Você não lê?

— Sim, eu sei ler! — A voz suave ficou raivosa e os olhos brilharam. — Você acha que eu sou burro porque sou navajo?

Gaguejei ao tentar me defender, e meu rosto ficou vermelho.

— Não foi isso que eu disse! Nem é o que eu penso! Só perguntei se você não gosta de ler.

Ele não respondeu e olhou de novo pela janela. Tentei voltar a ler, mas meus pensamentos giravam loucamente, e eu olhava para a página sem realmente enxergá-la. Era horrível pensar que tinha magoado alguém que saíra em minha defesa havia pouco tempo. Tentei novamente.

— Desculpa, Samuel — disse, meio desajeitada. — Eu não quis te magoar.

Ele bufou e olhou para mim com uma sobrancelha erguida.

— Eu não sou uma menininha. Não fico magoadinho. — Sua voz era meio debochada. Ele pegou o livro das minhas mãos e começou a ler a página em que estava aberto. — "Não posso mais ouvir em silêncio. Preciso falar com você pelos meios de que disponho. Você penetra minha alma. Sou meio agonia, meio esperança. Diga que não é tarde, que sentimentos tão preciosos não desapareceram para sempre."

A intenção de Samuel era provar que sabia ler, mas ele parou de repente, constrangido com a carta romântica do capitão Wentworth para Anne.

Nós dois ficamos ali, imóveis, olhando para o livro. Eu não consegui me controlar. Comecei a rir. Samuel olhou para mim, de cara fechada, por um minuto. Depois seus lábios se moveram e foi como se ele soprasse o desconforto.

— Quantos anos você tem? — ele perguntou com as sobrancelhas meio levantadas.

— Treze — respondi, na defensiva. Sempre ficava na defensiva quando o assunto era minha idade. Não me sentia com treze anos, não parecia ter treze anos. Portanto, eu odiava ter treze anos.

Os olhos de Samuel se arregalaram, cheios de surpresa.

— Treze? — Não parecia uma pergunta, era mais uma exclamação incrédula. — Você está no sétimo ano, então? — O mesmo tom de dúvida e espanto.

Empurrei os óculos para cima e suspirei.

— Isso. — Peguei o livro das mãos dele e me preparei para pôr fim à conversa.

— Esse livro não é meio... adulto para alguém do sétimo ano? — ele perguntou. Em seguida pegou novamente o livro das minhas mãos e leu, agora em silêncio. — Eu nem sei o que significa a maioria dessas palavras. É como se fosse outro idioma!

— Por isso leio com um dicionário... que não trago para a escola. É muito pesado. — Olhei de novo para o livro e me senti acanhada. — De certa forma, é uma linguagem diferente. Minha professora, a sra. Grimaldi, diz que nosso idioma está se desintegrando.

Samuel me encarou incrédulo.

— Mas não é tão diferente quanto o navajo é do inglês — continuei, tentando sustentar a conversa, surpresa por ele estar falando comigo, principalmente agora, que sabia que eu era do sétimo ano.

— É, a língua navajo é muito diferente. — Alguma coisa encobriu seus olhos, e ele virou para o outro lado e olhou pela janela outra vez, encerrando nossa breve conversa.

ᴇᴏ

FORAM VÁRIAS VIAGENS DE ÔNIBUS ATÉ SAMUEL FALAR COMIGO outra vez. Eu havia sido ignorada em nossa última conversa, e não tinha planos de tentar de novo.

— Odeio ler. — Seu tom era de discussão, e ele me encarava, sério. Como sempre, eu estava mergulhada em meu livro, com os joelhos erguidos para sustentar o peso dele. Olhei para ele tentando imaginar que resposta esperava que eu desse.

— Tudo bem...

Samuel tirou um livro da mochila e jogou em cima do volume de *Orgulho e preconceito* aberto no meu colo. O livro era *O morro dos ven-*

tos uivantes. Quase gemi com pena dele. Nem tentei terminar a leitura depois que Sonja me livrou dele. Não queria dedicar mais tempo àquele livro. Com as coisas da escola, as aulas de piano e a prática, além das tarefas que eu tinha por morar com dois homens, agora que Jared e Jacob quase não ficavam em casa, meu tempo para ler se resumia praticamente às viagens de ônibus e à hora de dormir, quando finalmente eu procurava as palavras que não conhecia. Ainda lia dois livros por mês, mas não mergulhava neles como fazia no verão. *O morro dos ventos uivantes* não estava na minha lista de livros a ler... E, sim, eu tinha uma lista de verdade.

— Li trechos desse livro — falei cautelosa, sem entender por que ele tinha jogado o volume no meu colo.

— Eu tinha certeza que você ia dizer que tinha lido — ele falou com ironia. — É tão complicado quanto o que você estava lendo outro dia.

— Por que você estava lendo, então? — perguntei, certa de que ele estava, ou não teria o livro na mochila.

Ele não respondeu de imediato, e eu esperei, imaginando que ele pegaria o livro e viraria para o outro lado outra vez.

— Estou com notas baixas em inglês. Tenho aula com a sra. Whitmer, e ela disse que, se eu ler este livro e fizer um relatório, ela me aprova. Estou tentando ler o livro. Tenho que entregar o relatório daqui a duas semanas.

Vi a página com o canto dobrado, marcando onde ele havia parado a leitura, e soube que Samuel estava encrencado.

A sra. Whitmer era muito dura. Ela dava aulas no ensino médio havia vinte e cinco anos. Tinha uma reputação, às vezes chegava à escola com sua Harley e normalmente usava coturnos. Ela era muito intimidadora, conhecia o assunto que lecionava e não admitia brincadeira. Meus irmãos mais velhos gostavam dela, mas reclamavam da carga de trabalhos. Johnny também estava com a nota mínima para aprovação na matéria dela.

— Por que esse livro? Ela explicou?

— Ela disse que não costuma dar trabalhos extras para aumentar a nota. Eu falei que faria qualquer coisa. Ela jogou o livro em cima da mesa e disse que, se eu conseguisse ler, ela saberia quanto eu quero passar de ano. E foi isso. Agora sei por que ela estava com aquela cara — Samuel concluiu, sem pressa.

— Por que você se importa? — A pergunta saiu do nada.

Samuel me olhou carrancudo.

— Eu quero me formar — disse entredentes. — Prometi para a minha avó que ia me formar — acrescentou, relutante. — Vou para o Corpo de Fuzileiros em maio e quero o meu diploma. O recrutador disse que vou ter mais oportunidades se me formar primeiro.

Ficamos quietos por um minuto. Samuel olhava pela janela, como costumava fazer, e eu toquei o livro em meu colo. Pensei em como ele parecia orgulhoso, e como devia ter sido difícil procurar a sra. Whitmer e pedir o trabalho extra.

Ele pegou o livro, mas eu o segurei com força e puxei.

— Eu leio com você — falei, surpreendendo nós dois. Ele me olhou desconfiado. Dei de ombros. — Eu disse que li partes do livro. Quero ler o restante. —Não gostei da mentira. — Vamos ler juntos. A gente passa uma hora, talvez mais, dentro deste ônibus todos os dias. Não me importo de ler em voz alta, se você não se incomodar. — Não acreditava que havia sido tão direta. Meu pescoço ardia de calor embaixo do cabelo. Eu esperava não estar com urticária. Às vezes acontecia, quando eu ficava muito aborrecida ou nervosa.

— Você lê e eu escuto — ele propôs, tenso.

— Agora? — perguntei.

Samuel só levantou as sobrancelhas.

Abri o livro, engoli o desconforto e comecei do princípio.

4

progressão

DECIDI QUE NOSSO CLUBINHO DO LIVRO ESTAVA INCOMPLETO SEM o *Webster 1828*, e todo dia eu levava o dicionário monstruoso comigo para usar no ônibus. Samuel revirou os olhos quando o tirei da mochila na manhã seguinte. Cada vez que ele esquecia alguma coisa e perguntava daquele jeito frustrado "O que isso significa?", eu apontava com a cabeça o grande livro verde entre nós. Ele suspirava e procurava a palavra em questão, enquanto eu a soletrava. Também havia palavras que eu desconhecia, e também fazia Samuel procurá-las, embora tivesse certeza de que, se eu não as conhecia, ele também não.

Uma semana se passou, e eu lia de manhã e à tarde enquanto ele ouvia em silêncio. Uma tarde, quando eu estava lendo, me envolvi na história e me esqueci de ler em voz alta.

A mão marrom e de dedos longos cobriu a página de repente e capturou minha atenção. Percebi que estava lendo em silêncio havia vários segundos.

— Opa! — Dei risada. — Desculpa.

Ele pegou o livro das minhas mãos.

— Minha vez — disse sem rancor. Samuel encontrou o lugar onde minha imaginação havia calado minha voz e começou a ler com seu barítono profundo. Era sempre eu quem lia, por isso me espantei com sua disponibilidade para ser o leitor.

Ele falava inglês perfeitamente, mas a voz tinha uma cadência diferente, as palavras eram pronunciadas quase com um ritmo, e seu tom permanecia constante e sem variação, sem as modulações que um contador de história adota para transmitir emoção. Eu me peguei ouvindo aquela voz, sendo atraída por ela e, como havia acontecido momentos antes, mergulhando na história.

— Josie? Você vai procurar essa palavra?

Saí do estado de transe sem querer admitir que nem imaginava que palavra eu precisava procurar.

— Soletra — pedi, disfarçando minha ignorância.

— Qual é o problema? Você não está prestando atenção.

— Eu estava ouvindo a sua voz. — Fiquei vermelha ao confessar e praguejei mentalmente contra o eterno rubor que não me dava nenhuma privacidade.

— Não estava. Você não ouviu nada do que eu li — ele protestou sem se alterar.

— Eu estava ouvindo a sua voz — repeti.

Ele franziu a testa sem me entender.

Tentei explicar como a voz dele não subia e descia como a minha. Samuel não respondeu, e pensei que o havia deixado aborrecido. Ele era muito sensível sobre ser diferente, exibindo orgulhoso a origem navajo em um momento, com o cabelo comprido e os mocassins, e ficando furioso no momento seguinte se alguém a apontasse.

Ele parecia pensativo quando falou. Escolhia as palavras com cuidado, como se nunca as houvesse considerado antes.

— A língua navajo é uma das mais complexas da Terra. Desde os tempos antigos, era só um idioma falado, sem linguagem escrita. Se você não aprende a língua quando é criança, é quase impossível aprender depois. Cada sílaba significa uma coisa diferente. Usamos quatro tons quando falamos: alto, baixo, subindo e descendo. Quando a voz sobe ou desce em navajo, pode significar uma palavra completamente diferente. Por exemplo, as palavras "boca" e "remédio" são pronunciadas do mesmo jeito, mas em tons diferentes. A mesma palavra, mas... não é a mesma palavra. Entende? Talvez seja por isso que, quando um navajo fala inglês, ele diz cada sílaba com a mesma entonação, porque nenhuma entonação é ressaltada. — Ele parou para pensar no que havia dito. Depois me perguntou quase como se a resposta fosse fazê-lo sofrer: — É estranho quando eu falo?

Meu coração ficou apertado com tanta vulnerabilidade. Balancei a cabeça de um jeito enfático.

— É muito sutil... Acho que a maioria das pessoas nem percebe. Acho que eu tenho ouvido para música, e o ritmo da sua voz é como música para mim, só isso.

Sorri para ele, e, pela primeira vez, ele sorriu de volta.

⁂

TINHA UM GRUPO BEM GRANDE REUNIDO DEPOIS DA AULA NO CAMPO espaçoso que separava o prédio dos três últimos anos do fundamental do ensino médio. Ignorei os gritos entusiasmados e os alunos que corriam para lá. Não conseguia ver o que acontecia, o que atraía tanta gente, mas o ônibus ainda não havia chegado, e eu parei perto do ponto para esperar, coloquei a mochila na grama e sentei em cima dela, para não ficar com o traseiro frio e molhado. A neve havia derretido durante uma série de dias mais quentes, e tufos de grama podiam ser vistos aqui e ali entre as placas de gelo. O frio era suficiente para ser desagradável, e o vento era sempre pior na boca do cânion, onde ficavam as duas escolas. O clima de Utah é o mais esporádico e imprevisível do país. As pessoas reclamam de como é possível plantar a safra no fim da primavera e ter que replantá-la mais duas vezes, porque o gelo mata tudo. Tivemos neve em junho e nenhuma neve em dezembro no mesmo ano. Agora era novembro, e a mãe natureza havia brincado com a gente mandando neve em outubro, depois um novembro ensolarado e seco, com ventos gelados sacudindo as árvores sem folhas e debochando do sol de inverno.

Eu não queria ir ver o que estava acontecendo no campo e fiquei ali sentada, tremendo, querendo que o ônibus chegasse logo. Tara, por sua vez, estava lá no meio da confusão, assistindo de perto à briga de socos.

— O sr. Bracken vem vindo! — Um grito aflito atravessou o campo. O sr. Bracken era o diretor do ensino médio e costumava ser bem cordial e simpático, mas ninguém duvidava de que um aluno pego em flagrante brigando seria expulso imediatamente. Os alunos se dispersaram, não queriam ser interrogados ou advertidos, e chegaram ao ponto de ônibus em bandos. O ônibus parou e uma fila rápida se formou, com todo mundo empurrando e disputando espaço. Não fui suficientemente agressiva para defender meu lugar na fila e fiquei para trás, esperando a aglomeração diminuir.

Tara se aproximou correndo, com a mochila batendo nas costas, as mãos segurando as alças grossas para mantê-las no lugar.

— Ai, meu Deus! — Tara exclamou quando ainda estava a alguns passos de mim. — Aquele índio estava brigando com três garotos. O Joby Jenkins e dois amigos dele o chamaram de mestiço, e ele ficou maluco. Os amigos do Joby tentaram segurar os braços dele, mas ele escapou e bateu nos três. Um deles ficou com um dente quebrado, e o Joby está com o nariz sangrando. Ele deve ter machucado a mão no dente de um deles, porque estava sangrando!

Tara usava muitos pronomes, e eu não sabia que ferimento era de quem e quem havia batido em quem, mas meu estômago deu um pulo no momento em que ela falou "aquele índio". Só podia ser Samuel.

— Onde eles estão? — Olhei para a área onde o círculo de lutadores tinha se formado, mas não vi Samuel, Joby ou o sr. Bracken.

— Quando alguém gritou que o diretor estava chegando, Joby e os amigos dele correram para o prédio do fundamental. O índio pegou a mochila e correu para cá, para o ponto de ônibus, com todo mundo. Não sei para onde ele foi. — E olhou em volta, pulando para tentar enxergar sobre os outros alunos. — Não sei se o sr. Bracken estava chegando de verdade. Alguém pode ter gritado só para acabar com a briga.

— Então você não viu o sr. Bracken? — Eu esperava que Samuel não fosse expulso. As notícias normalmente circulavam, e no dia seguinte a história da briga estaria circulando pelos corredores. Mas, se ele conseguisse chegar em casa sem ser pego, talvez o diretor não ficasse sabendo até tudo ter terminado, o que tornaria a expulsão menos provável.

O ônibus havia tragado rapidamente seus passageiros ansiosos, e Tara e eu subimos os degraus altos. Ela falava o tempo todo.

— Tinha muito sangue! O índio...

— Samuel! O nome dele é Samuel — interrompi.

— Tanto faz! — Tara gesticulou impaciente, sem se importar com o nome dele.

Quando terminei de subir a escada e consegui enxergar o corredor, olhei para o meu lugar. Samuel estava lá, os olhos colados na janela, provavelmente tentando descobrir se conseguiria chegar em casa sem ser pego. Tara continuava falando, mas eu não estava mais ouvindo. Queria entender como ele passou pelo motorista do ônibus sem ser detido. Percorri o corredor e sentei ao lado de Samuel. Minha mochila pesada escorregou para o chão.

— Você está bem? — perguntei, ofegante. Dava para ver sangue em sua calça e, quando olhei para seu rosto, notei que o lábio estava inchado e cortado.

— Estou — Samuel respondeu com um tom seco, mantendo o rosto virado.

— Se não parar de sangrar, alguém vai perceber — insisti.

Samuel suspirou, irritado, e com uma das mãos desabotoou a jaqueta jeans. Ele havia enrolado a mão na barra da camiseta, exibindo a barriga definida e marrom. O algodão azul-claro estava completamente encharcado de sangue.

— Ai, meu Deus! — Agora eu falava como Tara, mas não conseguia me controlar. Ele devia ter rasgado os dedos. — Já volto! — Andei depressa pelo corredor. O ônibus já estava em movimento, e o sr. Walker gritou comigo para ir sentar. Eu o ignorei e continuei andando determinada e me segurando nos bancos para não cair.

43

— Sr. Walker, o garoto que senta do meu lado está com o nariz sangrando. Tem um kit de primeiros socorros ou papel-toalha?

— Por que o nariz dele está sangrando? — O motorista estava desconfiado.

— Não sei. Começou a sangrar do nada. — Eu me sentia ridiculamente óbvia. Era uma péssima mentirosa. A dramaturgia não faria parte do meu futuro, definitivamente.

O sr. Walker resmungou e apontou para uma pequena caixa de metal com uma cruz vermelha estampada na frente. Ela ficava presa por uma fita de velcro sobre as grandes janelas da frente.

Soltei a caixa e voltei para perto de Samuel. Ele cobria a mão com a jaqueta, escondendo a camiseta ensanguentada das crianças xeretas à sua volta. Se uma criança visse o sangue e alertasse o sr. Walker, Samuel estaria perdido.

Sentei ao lado dele, abri a caixa de metal e dei uma olhada no que tinha ali. Várias bandagens de bons tamanhos e lenços antibacterianos, gaze e esparadrapo. Puxei minha mochila para o banco, atrás de mim, me inclinando para a frente até quase cair do assento. Virei de lado e usei o corpo para esconder Samuel. Pus a mochila dele em cima da minha e formei uma pequena parede, que seria inútil se alguém atrás de nós ou na nossa frente ficasse em pé e olhasse por cima do encosto. Mas era o melhor que eu podia fazer.

— Dá a mão — falei em voz baixa.

Samuel soltou a mão direita da camiseta ensanguentada e a estendeu para mim. Sangue fresco jorrou imediatamente do corte profundo sobre as articulações dos dedos. Cobri a área rapidamente com gaze e apertei até estancar o sangramento.

— Aguenta aí! — falei e peguei os curativos em forma de borboleta que tinha visto Johnny usar uma vez, quando abriu a parte de cima do nariz no treino de futebol. Tirei a proteção adesiva e, ao meu comando, Samuel removeu a gaze e eu agi depressa, fechando o corte com o adesivo. Coloquei mais um e o sangramento diminuiu bem, mas não parou. Cobri novamente a região com gaze e pedi para Samuel segurá-lo. — O que aconteceu? — perguntei enquanto colocava o esparadrapo sobre o curativo.

— Joby Jenkins precisou de um soco na cara — Samuel respondeu, sem hesitar.

— Por quê? — Olhei nos olhos dele.

— Cansei das piadinhas de mestiço. — A boca bem desenhada formava uma linha dura, tensa. — O que acontece com algumas pessoas?

Cortei a fita cirúrgica com os dentes e fui prendendo o curativo. Não era muito boa nisso, mas pelo menos ele não estava mais sangrando.

— Como assim?

— Tem gente que não consegue ficar de boca fechada. O Joby está sempre falando bobagem. — Samuel ficou olhando enquanto eu limpava o sangue em torno do curativo improvisado.

Eu concordava com ele sobre Joby.

— O Joby escolhe quem ele acha que é fraco — respondi, limpando a pele, meio distraída.

— Se ele acha que eu sou fraco, por que veio para cima de mim com mais dois caras? — Samuel retrucou, furioso, interpretando mal minhas palavras. — Por que não veio brigar comigo sozinho?

— Eu não quis dizer fraco fisicamente — protestei. — Você é diferente, por isso é um alvo fácil. Pouca gente te conhece, é fácil ele falar bobagem e jogar todo mundo contra você. O Joby ficou constrangido quando você o empurrou do banco. Acho que ele estava só ganhando tempo, não acha?

— Provavelmente. Eu quebrei o nariz dele. Vou ser expulso. Vai ser como na escola da reserva. Lá também me chamavam de mestiço. A diferença é que na reserva eu era muito branco. — A voz dele era amargurada, a boca se retraía nos cantos.

— Não cresceu com todo mundo que estudava com você na reserva?

Ele assentiu e baixou a cabeça.

— Então qual era o problema de ser meio branco... Quer dizer, a cor da sua pele era realmente um problema, depois de tanto tempo?

— Para a maioria, não — ele admitiu, meio de má vontade. — Eu tinha amigos, uma namorada. — Ele olhou para mim por um instante.

— Acho que algumas pessoas não são assim tão preconceituosas, se você permitir que elas te conheçam.

— Eu não tenho que garantir que as pessoas me conheçam ou gostem de mim — Samuel falou, orgulhoso.

— Isso é bobagem — bufei.

Os olhos dele brilharam, a mandíbula ficou tensa.

— Não sou exatamente o que as pessoas chamam de extrovertida — continuei. — Prefiro ficar sozinha, mas não posso esperar que as pessoas me conheçam se faço questão de me manter isolada. — Fiz uma pausa quando vi que seu rosto continuava duro. — A sra. Grimaldi diz que você não pode construir muros e ficar bravo quando ninguém quiser passar por cima deles.

— É fácil falar. — Samuel olhou zangado para o meu cabelo loiro e meus olhos azuis.

— Ah, fala sério, Samuel! Não tenho pele escura, é verdade, mas sou bem peculiar. E não finja que não percebeu.

Ele balançou a cabeça com desgosto e soltou a mão da minha. Eu já tinha terminado mesmo. Recolhi os lencinhos ensanguentados e os embrulhei em várias folhas de papel-toalha.

— Quantas pessoas realmente conversaram com você desde que chegou aqui? — perguntei em voz baixa. — Além de mim?

Samuel não respondeu, e eu não esperava realmente que ele respondesse.

— As pessoas podem ser babacas. O Joby é um cretino e provavelmente ia acabar com o nariz quebrado de qualquer jeito — aplaquei. — Mas não presuma que as pessoas não gostam de você porque você é diferente. Eu, por exemplo, gosto do seu visual.

Fiquei muito vermelha, peguei a caixa de primeiros socorros e fui para a frente do ônibus devolvê-la para as faixas de velcro. Aproveitei para jogar fora os lencinhos ensanguentados.

— Tudo resolvido? — O sr. Walker perguntou quando guardei a caixa no lugar dela.

— Hã?

— O nariz sangrando.

— Ah, sim. Tudo certo. Parou de sangrar — gaguejei.

Quando voltei, Samuel tinha vestido a jaqueta novamente e abotoado para esconder a camiseta manchada. *O morro dos ventos uivantes* estava aberto em seu colo. Sentei e, sem rodeios, ele começou a ler. Peguei o grande dicionário verde, e esse foi o fim da nossa conversa naquele momento.

∾

— QUE TIPO DE NOME É HEATHCLIFF? — SAMUEL RESMUNGOU quando cumpríamos mais um dia de leitura. Faltavam menos de cinco páginas, e havia sido difícil.

— Acho que o nome é uma das melhores coisas nele — opinei com sinceridade. — Pelo menos não é chato, como Ed ou Harry. É um nome meio romântico.

— Mas é o único que ele tem. Não tem sobrenome, não tem nome do meio, só Heathcliff. Como Madonna ou Cher.

Fiquei um pouco surpresa por Samuel saber quem eram Madonna e Cher. Não parecia ser seu tipo de música, embora eu não soubesse de que tipo ele gostava.

— Acho que não ter um sobrenome o faz parecer mais sozinho no mundo — resmunguei, pensativa. — Todo mundo tem esses nomes ingleses completos, e Heathcliff é um cigano sem raízes, sem família, sem sobrenome.

— É, talvez. — Ele concordou balançando a cabeça. — Nome é uma coisa importante para os navajos. Toda criança navajo recebe um nome secreto quando nasce. Só a criança, a família e Deus sabem que nome é esse. Não contamos para ninguém.

— Sério? E qual é o seu?

Ele me encarou irritado.

— Não. Contamos. Para. Ninguém. — Samuel repetiu, sarcástico.

Fiquei vermelha e olhei para o livro.

— Por quê?

— Minha avó diz que as pernas ficam duras se a gente conta... Mas acho que é mais um elo que mantém as pessoas unidas, mantém vivas as tradições, esse tipo de coisa. Minha mãe me disse que é algo sagrado.

— Uau. Queria ter um nome sagrado. Nunca gostei muito de Josie Jo. É meio bobo e infantil. — Meu tom era melancólico.

— Que nome você gostaria de ter? — Samuel parecia realmente interessado na resposta.

— Bom... minha mãe queria que todos nós tivéssemos nomes que começassem com J. Acho que era um jeito de nos unir, mais ou menos como a sua família. Talvez eu possa fingir que é Josephine, e todo mundo continua me chamando de Josie. Josephine é mais dramático e adulto.

— Certo. De agora em diante, vou te chamar de lady Josephine. — Seu sorriso era pálido.

— Não. Esse vai ser o meu nome navajo secreto, só você vai saber qual é — sugeri com ar conspirador.

— Você está muito longe de ser uma navajo.

— E se uma bela mulher navajo tivesse me adotado quando eu era só um bebê? Ela poderia ter me dado um nome secreto? Mesmo eu tendo cabelos loiros e olhos azuis?

Samuel olhou para mim com a testa franzida por um instante.

— Não sei — confessou. — Nunca soube de uma navajo que tenha adotado um bebê branco. Eu sou o mais próximo de um bebê branco que a maioria dos navajo conhece. — Sua expressão se tornou sombria. — Felizmente, todo bebê navajo que nasce pertence ao clã da mãe, por isso sou um navajo, apesar do pai que tive.

— Você conheceu o seu pai? — Não gostava de pensar que poderia irritar Samuel, mas também não tinha medo.

— Eu tinha seis anos quando ele morreu. Lembro de coisas sobre ele. De como ele me chamava de Sam-Sam, era alto e meio quieto. Eu lembro da minha vida antes de ele morrer e depois disso, quando fomos morar na reserva. Eu não havia morado na reserva antes. Era muito diferente do apartamento pequeno onde a gente vivia. Eu falava navajo porque a minha mãe só se comunicava comigo na língua dela. E também falava inglês, o que facilitou a vida na escola da reserva. A minha mãe nunca falou muito sobre meu pai depois que ele morreu.

— Você acha que ela ficava triste? — Arrisquei, pensando na morte de minha mãe e em como foi difícil para meu pai falar o nome dela por um bom tempo.

— Talvez. Mas tinha mais a ver com a tradição. Os navajos acreditam que a única coisa que uma pessoa deixa ao morrer são as partes ruins ou negativas de seu espírito. Eles chamam de *chįįdii*, e, quando você fala sobre os mortos, invoca o *chįįdii*. Então... nunca falamos muito sobre o meu pai. Sei que ela o amava e sentia saudade dele. Quando eu era muito pequeno, minha mãe lia para mim trechos da Bíblia que meu pai havia deixado para ela. Acho que isso a fazia se sentir mais perto dele sem falar sobre ele. Ela se tornou cristã quando casou com meu pai, mas rejeitou a religião um ano depois que ele morreu. Ficou revoltada e amarga. Não sabia viver fora da reserva sem o meu pai, por isso voltou depois que ele morreu, se casou novamente e nunca mais vai sair de lá, tenho certeza.

— Não sei o que eu faria se não pudesse falar sobre a minha mãe nunca — sussurrei. — Falar sobre ela me ajuda a lembrar dela. Me faz sentir mais perto dela.

— A sua mãe morreu? — Samuel subiu o tom com a surpresa.

— Sim. — Pensei que ele soubesse. Presumi que Samuel devia saber o que os avós dele sabiam. — Ela morreu no verão antes de eu começar a terceira série. Eu tinha quase nove anos. — Dei de ombros. — Acho que tive sorte por poder ficar com ela por esse tempo. Lembro muitas coisas. O cheiro dela, como ela cobria a boca quando ria, como dizia "Josie Jo, meu ioiô", quando me empurrava no balanço.

— Por que você acha que foi sorte? Eu acho que foi falta de sorte. Ela morreu, você não tem mãe. — Sua expressão era de revolta, e os lábios se comprimiram um pouco enquanto ele esperava eu responder.

— Mas eu a tive por nove anos, e ela me amava, e eu a amava. Pensa nas pessoas como o Heathcliff. Ele não teve mãe nem pai.

— É, acho que ele tinha o direito de ser um babaca.

— Ele tinha motivo para ser, pelo menos no começo, mas isso não me faz gostar mais dele. Ele era detestável e estava sempre bravo. Na primeira vez em que li esse livro, fiquei esperando o Heathcliff mudar, desenvolver algum caráter... mas não aconteceu. Eu o desprezei por isso. Queria que ele fosse bom, mesmo que só um pouquinho, para eu poder gostar dele.

— As pessoas não *gostavam* dele porque ele tinha a pele mais escura e a aparência diferente! — Samuel estava irritado outra vez.

— Talvez sim, no começo. Mas o pai, o sr. Earnshaw, o amava acima de tudo... mais do que os próprios filhos. Heathcliff nunca fez nada com esse amor. Catherine o amava também. E o que ele fez?

— Ele se alistou no exército ou algo assim, certo? Fez coisas para ele mesmo, melhorou o jeito de se vestir e a aparência! — Samuel defendia Heathcliff como se ele fosse o próprio Heathcliff.

— Mas nunca mudou QUEM ele era! — gritei, alterada. — Eu queria que ele me inspirasse! E só consegui sentir pena dele e pensar "que desperdício"!

— Talvez ele não pudesse mudar quem era! — O rosto de Samuel estava tenso, e ele cerrou os punhos.

— Samuel! Estou falando de mudar por dentro! Ninguém que o amava se incomodava por ele ser cigano! Você não entende isso?

— Catherine o amava, apesar de como ele era por dentro! — Samuel ainda argumentou.

— Essa versão dos dois de amor acabou com eles! Os dois eram infelizes porque nunca entenderam o que é o amor verdadeiro!

— Por que você não me diz o que é o AMOR VERDADEIRO, então, lady Josephine, já que é tão sábia aos treze anos? — Samuel me encarou carrancudo e cruzou os braços.

Meu rosto queimava, e meu dedo cutucava seu peito a cada sílaba que eu pronunciava.

50

— "O amor verdadeiro é sofredor, é benigno. O amor não é invejoso, não trata com leviandade. Não se ensoberbece. Não se porta com indecência, não busca os seus interesses, não se irrita, não suspeita mal. O amor verdadeiro não folga com a injustiça, mas folga com a verdade. Tudo sofre, tudo crê, tudo espera, tudo suporta!" — Parei para respirar e empurrei mais forte o peito de Samuel. — Coríntios, versículo 1, capítulo 13. Procura.

Depois disso, peguei meu grande dicionário verde e a bolsa cheia de livros e fui andando pelo corredor. O ônibus ainda não tinha parado completamente, mas eu queria sair dali.

❧

Na manhã seguinte, Samuel não falou muito a respeito de nossa acirrada discussão sobre Heathcliff. Perguntei se ele queria ler as últimas cinco páginas. Ele disse que já tinha lido e encerrou o assunto. Ficou olhando pela janela durante todo o caminho até a escola, e eu fiquei ali, sentada e desconfortável, sem nada para ler. Acabei abrindo o livro de matemática e fazendo a próxima lição. A volta para casa foi bem parecida. Felizmente, era sexta-feira.

Na manhã de segunda-feira, cheguei primeiro ao banco que dividíamos. Não levava mais o dicionário, porque não tinha motivo para carregar aquele peso se havíamos encerrado a leitura. Samuel não demorou a aparecer e disse "vai para lá" quando eu me sentei. Mudei de lugar, indo para perto da janela, e ele sentou ao meu lado. "Vai para lá" foi a única coisa que ele disse no caminho até Nephi. Dessa vez eu estava preparada e enfiei o nariz em *Jane Eyre*. Para mim, esse livro era como comida que conforta, e eu me sentia meio rejeitada.

Depois da aula, subi no ônibus com receio da meia hora que passaria sentada em silêncio ao lado de Samuel. Sentia falta da leitura e da discussão, sentia até um pouco de saudade dele.

Samuel já estava sentado e ficou me olhando andar pelo corredor, seguindo em sua direção. Seu rosto tinha uma expressão estranha quando o encarei. Ele parecia quase triunfante. Eu me sentei, e ele me entregou uma pasta fina de plástico.

— Acho que você sabe alguma coisa sobre o amor verdadeiro, afinal. A sra. Whitmer acha que sim, pelo menos — disse ele, de um jeito vago.

Meus olhos estudaram rapidamente a capa. Era o relatório de Samuel sobre *O morro dos ventos uivantes*. Ele havia dado ao trabalho o título de "Amor verdadeiro ou obsessão?". A sra. Whitmer escreveu "Brilhante!" com caneta vermelha no meio da folha. Virei a página e li o que ele havia escrito. Samuel tinha usado Coríntios como ponto de partida, repetindo o que eu havia dito, e escrito um trabalho sobre a diferença entre amor verdadeiro e obsessão com base em exemplos tirados do livro. Sua frase final era uma maravilha, e ele a havia criado. Ele escreveu: "O amor verdadeiro os teria redimido, mas a obsessão os condenou para sempre".

Assobiei alto, e várias pessoas no ônibus olharam para mim com curiosidade.

— Samuel, que legal! Ela falou alguma coisa? — Eu sorria tanto que tinha a impressão de que dividiria meu rosto ao meio, mas não conseguia evitar.

Meu entusiasmo devia ser contagioso, porque ele sorriu para mim por um instante, uma espécie de flash de dentes brancos.

— Disse que eu fui tão impressionante que ela não só me aprovaria como me daria um B.

Assobiei de novo e levantei as mãos fechadas em punho num gesto de vitória. Agora metade do ônibus olhou para mim. Tara até interrompeu uma frase no meio, oito fileiras longe de mim, e me olhou como se perguntasse o que estava acontecendo? Abaixei a cabeça e sufoquei uma risadinha. Samuel balançou a cabeça e revirou os olhos, mas ele também ria.

— Lady Josephine, você é incrível — falou em voz baixa e estendeu a mão para segurar a minha. A mão dele era grande e quente, sua pele marrom, bonita e meio dourada cobria a minha. Minha mão parecia muito pequena na dele, e meu coração era como um beija-flor batendo asas dentro do peito. Samuel segurou minha mão por mais um segundo e depois, gentilmente, a soltou.

꧁

ESCURECIA DEPRESSA, AGORA QUE O INVERNO HAVIA CHEGADO. Subir a colina até a casa dos Grimaldi era mais difícil por causa da neve, mas eu nunca reclamava e, sempre que Sonja tocava no assunto e manifestava preocupação com o clima ou com a escuridão, eu a tranquilizava. O meu pânico de perder uma aula devia ser evidente, porque ela nunca insistiu para adiarmos nossos encontros até o degelo da primavera, quando a subida seria mais fácil. Desisti de ir de bicicleta. Havia tanto gelo no chão que os pneus não tinham tração. Eu pedalava até o começo da colina e seguia a pé pelo acostamento, onde a neve se acumulava e eu não escorregava.

Sonja começou a me ensinar a conduzir a música como se eu estivesse diante de uma orquestra. Ela escolhia um disco, punha a partitura da música na minha frente e eu conduzia, acompanhando o ritmo com o movimento dos braços e orientando instrumentos imaginários, seguindo a dinâmica como se eu a controlasse.

Naquele dia eu saí da aula com a cabeça cheia de música. Sonja estava eufórica, e a música ainda brotava da casa atrás de mim quando desci a colina. Ela ouvia o *Bolero*, de Ravel, e havia conduzido com alegria. A melodia era maravilhosamente insistente, repetitiva, perfeita para uma condutora novata como eu praticar a "inclusão" dos instrumentos, que eram adicionados de forma contínua e por seções.

Era em momentos assim que eu sentia a música como uma força pulsante e vibrante dentro de mim. Eu praticamente levitava quando abri os braços e girei em círculos malucos descendo a colina coberta de neve. A velocidade da descida me fazia rir enquanto eu conduzia a orquestra interna que enchia meu coração até quase fazê-lo explodir.

Infelizmente eu não estava levitando de verdade e perdi o controle. As botas pesadas tropeçavam, os braços giravam. A névoa da euforia musical desapareceu, me abandonou no meio do voo. Desci o restante da colina rolando e fui parar em um pequeno banco de neve, a dois terços da descida. Era tão difícil eu me comportar como uma criança, que era estranhamente irônico que, quando eu realmente me perdia naquele encantamento infantil, acabava machucada e sozinha. Meu tornozelo doía, uma dor de virar o estômago, uma agonia que me fez choramingar e engatinhar tentando fugir da dor.

Meus livros de piano estavam espalhados pela colina, marcando o caminho que eu havia percorrido. Não ia deixá-los para trás de jeito nenhum. Comecei a subir a colina engatinhando para pegá-los e, quando minhas mãos afundaram na neve, percebi que tinha perdido as luvas e os óculos. Sem a ajuda das botas, escorregava para baixo quando tentava subir. Tentava não chorar enquanto me censurava pelo comportamento idiota, me convencendo a enfrentar a tarefa de pegar os livros que estavam mais perto de mim e rezando por aqueles que não conseguia alcançar. Subir até a casa de Sonja estava fora de cogitação. Escorreguei sentada pelo restante do caminho, agarrando os poucos livros contra o peito e controlando a velocidade da descida com a perna boa.

Quando cheguei ao fim da colina, encarei o enigma de como chegar em casa. Pedalar a bicicleta que me esperava ali não era uma opção. Meu tornozelo não suportaria a pressão. Eu não confiava no meu equilíbrio nem sem nenhum machucado. E também não conseguiria empurrar a bicicleta. Pendurei a bolsa com o material das aulas de piano atravessada no peito, puxei as mangas do casaco sobre as mãos e comecei a engatinhar para ir para casa. A escuridão me envolvia, e eu sabia que estava encrencada. Não conseguiria percorrer três quilômetros engatinhando. Pensar na minha família me encontrando congelada à beira da estrada me fez chorar com pena de mim. Samuel sentiria minha falta? Queria poder vê-lo de novo antes de morrer. Talvez ele cortasse o braço como os índios comanches costumavam fazer quando alguém morria, exibindo uma cicatriz para cada pessoa querida perdida.

Eu havia perguntado como ele conhecia a tradição comanche, se era um navajo. Ele explicou que muitas tribos tinham histórias e lendas em comum, e a avó havia contado a ele que era assim que os comanches se lembravam de uma pessoa amada sem falar seu nome.

Fui arrancada dos meus pensamentos mórbidos por um carneiro balindo em algum lugar à minha esquerda. Ele parecia tão perdido e infeliz quanto eu. O carneiro baliu pesaroso outra vez, e eu consegui imaginar seu focinho preto e as patas na neve onde ele estava encolhido, ao lado de um abrigo formado por arbustos e árvores. Engatinhei até lá, pensando, talvez, em me encolher perto dele. Lá era quente, não era?

O carneiro pensava diferente. Minha aproximação o fez balir ainda mais alto e jogar a cabeça para trás, como se exigisse que eu ficasse longe.

— SAAAAAAAAAIIII — ele parecia dizer, e eu meio ri, meio solucei da futilidade de tudo aquilo. — SAAAAAIIII — o carneiro gritou de novo.

Um cachorro latiu em algum lugar distante. O carneiro baliu em resposta. O cachorro latiu novamente. Talvez alguém estivesse procurando o carneiro. Eu não tinha muita esperança de alguém me procurar. Meu pai e meus irmãos me amavam, mas só se preocupariam quando minha ausência fosse muito prolongada. O cachorro parecia estar mais perto. Um latido ocasional indicava seu progresso em nossa direção. O carneiro baliria outra vez quando ouvisse o cão, e eu esperava e torcia por um resgate. Estava com muito frio e molhada do tombo na neve. E minhas mãos doíam tanto quanto o tornozelo. Encolhida dentro do lindo casaco azul, rezei por socorro.

A escuridão era total quando Gus, o cachorro mestiço de collie preto e branco de Don Yates, apareceu procurando o carneiro perdido. Não muito longe dele, Samuel surgiu encolhido contra a neve, usando um gorro preto de esqui e o casaco de forro de pele de carneiro. Os mocassins haviam dado lugar às botas reforçadas. Gritei por Samuel tomada pela gratidão, e ele parou, surpreso.

— Josie?

— Samuel! Eu torci o tornozelo e não consigo pedalar a bicicleta de volta para casa. Tentei engatinhar — falei, batendo os dentes —, mas perdi as luvas e é muito longe.

Samuel se abaixou ao meu lado, tirou o chapéu e o colocou na minha cabeça. O calor repentino e o alívio que senti com sua chegada fez correr as lágrimas que eu tentava controlar. Samuel segurou minhas mãos e começou a esfregá-las com força.

55

— O que você está fazendo aqui? — Ele parecia bravo, e as mãos friccionavam ainda mais pesadas, acompanhando as palavras duras. Minhas lágrimas eram mais abundantes.

— Tenho aula de piano com a sra. Grimaldi todas as tardes. Ela mora no alto da colina Tuckaway. — Não contei como me empolguei com a música e rolei colina abaixo.

— E como você acabou no chão e quase congelada? — Ele insistiu, incrédulo.

— Eu escorreguei — falei desafiante, tirando as mãos das dele e limpando as lágrimas do rosto gelado. Samuel tirou as luvas e pegou minhas mãos de volta. Insistente, ele as enfiou nas luvas, ficou em pé e me ajudou a levantar.

— Se eu ajudar, você consegue andar? — A voz dele agora era menos agressiva, e tentei dar um passo. Era como se alguém enfiasse um ferro no meu tornozelo. Caí aos pés de Samuel. A dor me deixou nauseada e meu estômago se rebelou. Vomitei ao lado da bota direita dele. Felizmente, só havia comido uma maçã e meio sanduíche na hora do almoço, o que já fazia algum tempo, e não havia muito o que expelir. Mas vomitar com plateia era pior que a dor no tornozelo. Gemi, envergonhada, quando Samuel chutou neve por cima dos restos do meu almoço e se abaixou ao meu lado novamente. Ele me deu um punhado de neve para limpar a boca, e eu aceitei agradecida e "enxaguei" a boca com mãos trêmulas.

— Você disse que veio pedalando até aqui? — A voz de Samuel era suave.

— A bicicleta ficou no começo da colina, bem ali. — Minha voz tremeu perigosamente, e eu parei de falar, temendo me desgraçar ainda mais.

Samuel ficou em pé e se afastou na direção que eu havia apontado. Alguns instantes depois, ele voltou empurrando minha bicicleta.

— Vou te ajudar a montar...

— Não consigo pedalar, Samuel — interrompi, a voz ainda embargada pelo nó que as lágrimas formavam em minha garganta.

— Eu sei. — Agora o tom dele era calmo. — Mas o selim é comprido. Eu posso sentar atrás de você e pedalar.

A bicicleta era ótima para mim, mas Samuel tinha mais de um metro e oitenta. Isso seria interessante. Ele segurou a bicicleta com uma das mãos e me pôs em pé com a outra. Puxando a bicicleta para mais perto de onde eu me equilibrava com esforço, montou e me ajudou a sentar na sua frente.

— Consegue pôr os pés para a frente?

As barras formavam um U que serviria de apoio para os pés, quando eu quisesse descansar. Samuel me ajudou a levantar o pé machucado, e eu escorreguei até a ponta do selim enquanto ele sustentava o peso da bicicleta. Com um impulso forte, um grunhido e alguma instabilidade, começamos a andar. A bicicleta oscilava. Neve e pedrinhas tornavam o terreno extremamente traiçoeiro. Fechei os olhos com força e engoli um gritinho. Samuel usou as pernas para nos impelir para a frente até conseguir a velocidade e o equilíbrio necessários para começar a pedalar.

— E o carneiro? — perguntei de repente. Havia esquecido meu companheiro no perigo.

— O Gus vai levar para casa. Nesse ritmo, é capaz de eles chegarem lá antes de nós. — Olhei para trás, espiando cautelosa por cima do ombro de Samuel para não prejudicar o equilíbrio da bicicleta. O carneiro andava pelo acostamento com Gus tentando morder suas patas traseiras.

Relaxei tanto quanto era possível, com a cabeça apoiada na curva do ombro de Samuel, com seus braços e pernas me impedindo de cair do selim. Não conseguia alcançar o guidão com as pernas estendidas para a frente, por isso me segurava nos braços dele. Aquela música boba sobre uma bicicleta para dois apareceu do nada em minha cabeça. "It won't be a stylish marriage. I can't afford a carriage..."*

Quando a estrada de cascalho finalmente encontrou a rua asfaltada, senti Samuel relaxar um pouco. A viagem ficou mais regular. Ainda

---

* "Não será um casamento elegante. Não posso pagar uma carruagem..."

assim, ele não tinha conforto. Imaginei como seria nos ver na estrada enluarada, sem nenhuma alma à vista, como uma criatura com oito patas e duas cabeças. Dei risada, apesar do tornozelo machucado e do orgulho ferido.

Senti uma vibração no peito de Samuel e virei a cabeça, surpresa. Nunca tinha visto ele rir.

— Fica quieta! — Sua voz era assustada, e a bicicleta balançou perigosamente. Eu tinha me esquecido de me mexer devagar.

— Desculpa! — respondi, segurando seus braços com força enquanto ele recuperava o equilíbrio.

— Fica quieta — Samuel repetiu de um jeito mais firme.

Seguimos em silêncio por alguns minutos, até eu decidir que era hora de demonstrar gratidão.

— Você me salvou — falei, simplesmente. — Não sei o que eu teria feito se você não tivesse aparecido. Talvez tenha salvado a minha vida. Meu pai e o Johnny levariam horas para perceber que eu não estava em casa. Eles não prestam muita atenção em mim.

— Não sei se quero ser responsável por salvar a sua vida.

— Por quê? Você não gosta de mim? — Minha voz demonstrava toda a mágoa que eu sentia.

Samuel suspirou.

— Não é isso. E, sim, eu gosto de você. — Ele parecia meio incomodado com a declaração. — É que em muitas culturas nativas, quando você salva a vida de alguém, você fica responsável pela pessoa para sempre. É como se fosse seu guardião.

Não achei a ideia tão ruim. Até gostava de pensar em Samuel como meu eterno guardião.

— Não consigo pensar em ninguém que eu quisesse mais para tomar conta de mim — confessei. Era mais fácil ser honesta no escuro. Mesmo assim, fiquei um pouco tensa esperando a resposta dele.

Samuel não respondeu. Fizemos o restante do trajeto em silêncio, passando pelas casas da vizinhança até Samuel parar na frente da minha. A caminhonete de Johnny estava estacionada de qualquer jeito na área de pedregulhos na frente da casa, e a do meu pai estava na garagem. Samuel me ajudou a descer da bicicleta, que deixou no chão antes de me colocar sobre suas costas, de cavalinho. Queria que ele me carregasse nos braços, como uma noiva. Eu me sentia pesada e desajeitada sobre suas costas e me agarrei aos ombros largos e prendi a respiração enquanto ele subia a escada. Samuel me pôs no chão para bater na porta.

— É a minha casa! É só entrar — falei, esticando o braço para abrir a porta da frente. A TV estava ligada num jogo de basquete, e o calor da madeira queimando no fogão nos envolveu. Samuel me pegou e levou até o sofá sem nenhuma cerimônia. Ele me acomodou com toda suavidade de que era capaz e recuou como se esperasse ter problemas por me tocar.

Meu pai estava sentado em sua poltrona e olhou para nós, intrigado por um minuto, antes de entender a situação. Vi duas latas vazias de cerveja sobre o suporte da televisão e uma lata na mão dele. Suspirei em silêncio. Meu pai bebia demais. Não ficava desagradável ou agressivo, apenas sonolento e alegre quando afogava a solidão em um ritual noturno de Budweiser e esporte, futebol, basquete ou qualquer coisa assim. Ele não bebia nada quando minha mãe era viva. Nós, mórmons, não bebemos muito. Na verdade, mórmons não bebem nada, se for para viver de acordo com os preceitos da nossa fé. Talvez por isso meu pai não vá à igreja nem faça questão que a gente vá. Tenho certeza de que minha mãe não ficaria muito feliz com isso.

— O que aconteceu? — Meu pai não falava com a voz pastosa. A noite estava só começando.

Contei um resumo da minha história envolvendo o carneiro, Gus e Samuel.

— Chega de aula de piano! — meu pai resmungou. — Não é seguro. Eu sabia que tinha acontecido alguma coisa. Eu ia mesmo atrás de você.

— Ah, não, pai! — gritei, apressada. Sentei e apoiei a perna boa no chão. — Eu vou tomar mais cuidado. Estou me preparando para o programa de Natal. Não posso perder aula. Além do mais, a Sonja... quer dizer, a sra. Grimaldi... vai me levar para ensaiar na igreja nas próximas duas semanas, ela quer começar a me dar aulas de órgão.

Não acreditava que meu pai houvesse notado minha ausência, nem que se preparava para ir me procurar, mas dava para perceber que ele se sentia mal por eu ter tido problemas sem que ele soubesse.

Samuel apertou a mão de meu pai e saiu em seguida, dizendo que precisava ir ver se Gus voltara ao curral com o carneiro desgarrado.

5
Virtuose

A ÚNICA IGREJA EM LEVAN HAVIA SIDO CONSTRUÍDA EM 1904. ERA um lindo edifício de tijolos aparentes de cor clara com um campanário alto e elegante e degraus que subiam até as portas duplas de carvalho. Nem todos iam aos serviços religiosos em Levan, mas todo mundo ia à igreja. Ali era o ponto de encontro da cidade havia quase cem anos. Cedia suas paredes para a adoração, tinha visto os cidadãos se casarem em seu altar sagrado e havia absorvido o sofrimento de muitos funerais. A bela capela tinha janelas em arco com altura equivalente a dois andares. Os pesados bancos de carvalho tinham a pátina do tempo e do cuidado terno.

Sonja me ensinou a tocar órgão naquela linda capelinha. No dia da minha primeira aula, apareci vestida com jeans e ela me fez voltar para casa e trocar de roupa.

— Este é um lugar de reverência e adoração — disse com tom severo. — Não usamos roupas casuais para entrar na capela!

O Natal estava chegando, e na véspera eu apresentaria "Oh Holy Night" ao piano na igreja. Todo mundo na cidade ia à reunião sacramental na véspera de Natal, mesmo que não frequentasse a igreja regularmente. Era o ponto alto espiritual da temporada para o povo da cidade. O coral apresentaria canções natalinas sagradas, Sonja acompanharia a apresentação ao órgão e os sinos badalariam. A história do menino Jesus seria lida no púlpito por Lawrence Mangelson, que tinha uma rica e profunda voz de orador. Essa era a minha tradição favorita, e meu coração de musicista estava cheio com os pensamentos da minha estreia nesse evento. Eu havia tido aulas de piano de segunda a sexta-feira durante três anos e nunca tinha tocado para ninguém além de Doc, Sonja e minha família.

No começo, a diretora do coral, que era casada com Lawrence Mangelson, negou a solicitação de Sonja para me incluir no serviço especial natalino. Ela foi gentil, mas disse estar preocupada com a possibilidade de, aos treze anos, minha capacidade não estar à altura da ocasião. Sonja me levou à casa da sra. Mangelson e insistiu que ela me ouvisse tocar.

Toquei uma versão muito difícil e emocionante de "Oh Holy Night" no piano da sala de estar da sra. Mangelson, e, quando terminei, ela me pediu perdão humildemente, implorando que eu participasse do programa. O sr. Mangelson disse que seria a melhor reunião de Natal de todos os tempos e sugeriu que mantivéssemos minha apresentação em segredo.

Naquele ano, a véspera de Natal cairia em um domingo, e eu fui ao serviço religioso das nove horas sem minha família. Como a congregação voltaria naquela noite para a celebração da véspera de Natal, a reunião da manhã foi abreviada. Eu havia contado meu segredinho para tia Louise e Tara, e naquela tarde tia Louise foi arrumar meu cabelo, penteando meus cachos naturais em ondas brilhantes. Ela maquiou meus olhos, bochechas e boca com suavidade. Sonja tinha dito que os músicos sempre se apresentavam usando preto clássico, mas achava que branco seria mais apropriado para minha idade. A sra. Grimaldi foi de carro a Provo, uma cidade cerca de uma hora ao norte de Levan, e comprou um vestido de veludo branco simples, mas elegante. Quando desci do sótão, onde ficava meu quarto, penteada e de vestido novo, com um pé no sapato alto e o outro no gesso, graças ao tombo na colina Tuckaway, o rosto envelhecido de meu pai se suavizou e seu lábio inferior tremeu.

— Você parece um anjo, meu bem. Queria te dar um abraço, mas não quero amassar o seu vestido.

A noite era fria e silenciosa, a neve corria em valas profundas dos dois lados das ruas limpas sem muito cuidado. Fomos para a igreja, que estava iluminada e parecia acolhedora à luz da lua. Sonja sentou--se ao órgão e tocou uma música magnífica de prelúdio, abrandando corações e umedecendo olhos antes mesmo de o programa começar. Sentamos em nosso banco de sempre, com Rachel se juntando a nós para ficar ao lado de Jacob; eles estavam noivos e iam se casar na primavera. Com Jared em casa para as férias de fim de ano da faculdade, estávamos todos juntos. Todos arrumados e solenes em suas melhores roupas de festa, de cabelo arrumado e laços ajustados.

O programa começou, e meu estômago foi se contorcendo à medida que o momento da minha apresentação se aproximava. Eu estava sentada na ponta do banco para ter acesso fácil ao corredor, que seguia em linha reta até onde estava o piano com a tampa aberta, cercado pelos membros do coro sentados no palco. A voz de Lawrence Mangelson pairava com o espírito quando ele falava dos anjos que anunciavam o nascimento do Rei. De repente era minha vez de tocar, e eu me levantei sobre pernas trêmulas e caminhei em direção ao piano. Ouvi um murmúrio partir da congregação. As reuniões sacramentais sempre mantinham a tradição, com pouca mudança na narração ou na música. Essa era uma surpresa, ninguém sabia realmente que eu tocava.

Sentei e fechei os olhos em uma prece silenciosa, pedindo ao nervosismo para continuar em minhas pernas e não migrar para as mãos. Meus joelhos podiam travar sem problema algum, isso não prejudicaria minha apresentação. Comecei a tocar com suavidade, atenta à beleza do som, à reverência da melodia, à magnificência da fraseologia musical. A plateia desapareceu à minha volta enquanto, com alegria, eu me submetia à música. Quando ela chegou ao fim, voltei à Terra.

63

Levantei com as pernas firmes, o nervosismo esquecido, e olhei para a congregação silenciosa.

O rosto do meu pai estava marcado pelas lágrimas, e o de meus irmãos expressava orgulho. Tia Louise e Tara sorriam, e minha prima até acenou animada antes de a mãe dela perceber e puxar sua mão para baixo. Sonja secava os olhos com um lencinho de renda e segurava os óculos com a outra mão.

Então, no fundo da igreja, alguém começou a aplaudir. Mórmons não aplaudem em serviços religiosos. A capela é um lugar de reverência, e oradores encerram o sermão com um amém, a que a congregação responde com outro amém. Quando alguém canta ou toca, nem o amém acontece. O coro ou a pessoa que se apresenta sabe que foi bem recebido só pelo nível de silêncio e atenção com que é ouvido.

Os aplausos provocaram espanto entre os presentes, e tentei identificar quem havia cometido a gafe. No fundo da igreja, em pé ao lado do banco onde os avós sempre sentavam, vestido com camisa branca e calça preta, o cabelo preso em um rabo de cavalo baixo, Samuel aplaudia. Com o rosto sério e sem nenhum traço de vergonha, e continuava aplaudindo e aplaudindo. Seus avós estavam sentados ao lado dele, o rosto expressando a dúvida entre guardar silêncio ou aplaudir com o neto. Lentamente, as pessoas começaram a se juntar a Samuel. Em pé, sorriam e aplaudiam até o som se tornar um rugido.

Continuei imóvel, sem saber o que fazer, até Sonja aparecer a meu lado e me pedir para tocar *Ave Maria*, de Schubert. Eu conhecia essa peça de cor, porque a adorava. Nunca tive a intenção de tocá-la, mas o aplauso demorado me incentivou, então me sentei novamente e comecei a executar a tarefa não planejada, convidando a plateia a sentar e ouvir. Quando terminei o número sagrado, e lindo, não houve aplausos. O silêncio era total, e a congregação chorava abertamente.

Mais tarde Sonja me contou que não havia um olho seco na igreja. Os meus se voltaram para Samuel, que continuava em pé. Seus olhos encontraram os meus, e ele assentiu uma vez com ar solene. Eu me curvei levemente e voltei ao banco onde meu pai me esperava de braços abertos.

— Você não me contou que sabia tocar piano desse jeito.

Samuel e eu estávamos novamente no ônibus, onde o calor brotava dos aquecedores embaixo dos bancos e o cheiro de pés molhados e botas de borracha pairava à nossa volta. As férias de fim de ano haviam acabado, o fim de duas semanas de liberdade, e todo mundo estava desanimado. Não voltei a ver Samuel depois da reunião da véspera de Natal.

— Quando você esperava que eu contasse? — perguntei, perplexa. — Nós nunca conversamos sobre música. Você toca algum instrumento?

— Não. Temos canções tradicionais, mas não conheço ninguém que toque um instrumento. — Samuel olhava para mim fascinado. — Mas você... você tocou como... como ninguém que eu já tenha ouvido.

— Obrigada. — O elogio de Samuel me encheu de satisfação. — E obrigada por ter aplaudido — falei em voz baixa. — Foi o momento mais bonito da minha vida. — Percebi que falava de um jeito meio dramático e senti meu rosto corar. Mas era verdade. Eu nunca tinha vivido nada parecido com aquilo. A música, o aplauso, a beleza da igreja e as pessoas que eu amava olhando para mim e me ouvindo. Nunca tinha sido o centro das atenções, e agora entendia por que as pessoas se apresentavam. Eu havia aprendido a tocar simplesmente por amor à música e pela alegria que ela me dava. Mas a experiência tinha suas vantagens. Pensar em Samuel, na expressão em seu rosto enquanto ele me aplaudia em pé! Eu jamais esqueceria.

— Para mim também foi. — A voz dele era rouca, e percebi que estava constrangido com a confissão. — Nunca ouvi nada parecido.

— Sabia que você não devia aplaudir? — perguntei, tímida, sorrindo para ele.

— Sabia. Mas não consegui me controlar.

— Um dia eu vou viajar pelo mundo, tocar belas músicas, fazer as pessoas felizes, ouvir aplausos — falei com tom sonhador, e por um momento ficamos ali sentados num companheirismo silencioso, contemplando o futuro. — Você quer ouvir alguma coisa? — perguntei de repente, pegando meu toca-fitas e os fones de ouvido. Sonja e Doc me deram o aparelho de presente de Natal, e eu havia passado o restante das férias gravando fitas com minhas músicas favoritas da coleção de Sonja.

Peguei meu walkman Sony e abri a tampinha para olhar a fita lá dentro. "Beethoven", anunciava a caligrafia cuidadosa. Apertei play e a *Nona sinfonia* encheu meus ouvidos. Rebobinei a fita até o começo e pus os fones nos ouvidos de Samuel. Eu ouvia música alta. Não dá para apreciar peças clássicas, as elevações, as notas individuais e os trinados, sem aumentar o volume e dedicar total atenção. Apertei play novamente e prendi a respiração.

Não sei por que eu me importava tanto. Mas me importava. Era como se isso revelasse algo muito particular sobre mim, e a aprovação e a apreciação de Samuel para essa música eram fundamentais. Passei a dar muita importância à opinião dele e não sabia como reagiria se Samuel rejeitasse minha música. Podia ser como uma rejeição a mim. Ao me dar conta disso, me arrependi do gesto espontâneo e tentei tirar os fones de suas orelhas. Não queria mais saber o que ele pensava.

As mãos dele cobriram as minhas, os olhos encontraram os meus e ele puxou a cabeça com um gesto firme. Deixei as mãos caírem no meu colo e olhei pela janela, abatida, esperando a música acabar. De vez em quando eu olhava para ele discretamente. Samuel estava de olhos baixos, com as mãos sobre os fones, onde as deixou desde que tentei tirá-los de suas orelhas. Havia em sua postura uma rigidez que eu não conseguia decifrar. A música tocava tão alto que eu consegui ouvir vagamente quando "Ode à alegria" chegou ao fim. Apertei stop, e Samuel tirou os fones lentamente.

— Como é o nome? — Havia reverência em sua voz.

— É a *Nona sinfonia*, de Beethoven. A última parte também é conhecida como "Ode à alegria".

Samuel olhou para mim como se quisesse saber mais.

— Beethoven leu o poema chamado "Ode à alegria" mais de trinta anos antes de transformá-lo em música em sua *Sinfonia n. 9*. E essa foi a sua última sinfonia. Quando ficou pronta, Beethoven estava surdo e doente. Ele levou dez anos para concluir esse trabalho. Mudou o tema da "alegria" mais de duzentas vezes até ficar satisfeito. — Parei, sem saber se ele queria ouvir mais.

— Ele era surdo? — Samuel perguntou, atônito.

— Era. A Sonja me contou que ele não ouviu a plateia aplaudindo na primeira vez em que conduziu essa peça em Viena. Um cantor o virou para ele poder ver as pessoas batendo palmas e ovacionando na sala de concertos. Ele deitava no chão durante os ensaios para sentir as vibrações da música.

— Como ele sabia qual era o som? Quer dizer, para compor não é preciso ouvir a música? — Samuel estava fascinado.

— Acho que a música estava dentro dele. Na cabeça e no coração. Acho que ele sentia a música, por isso não precisava ouvi-la de fato. A Sonja me contou que muitos dos grandes compositores, inclusive Beethoven, disseram que a música que compunham estava no ar. Que a música já estava ali, você só precisava conseguir ouvir. A maioria das pessoas não consegue. Só apreciamos o que pessoas como Beethoven escutam e escrevem.

— Você ouve essa música?

— Não... mas sei que ela está presente. — Tento expressar uma coisa que nunca traduzi em palavras. — Às vezes acho que, se eu pudesse *enxergar* sem os olhos, da mesma maneira que eu *sinto* sem usar as mãos, poderia ouvir a música. Não uso as mãos para sentir amor, alegria ou sofrimento, mas ainda sinto tudo isso. Meus olhos me permitem ver coisas belas, mas acho que o que eu *vejo* fica na frente do que... daquilo que existe além da beleza. É quase como se a beleza que eu vejo fosse uma linda cortina que me distrai do que está do outro lado... e, se eu soubesse como abrir essa cortina, encontraria a música. — Levanto as mãos em um gesto frustrado. — Não consigo explicar.

Samuel assente devagar.

— Percebi que eu estava de olhos fechados naquela noite em que você tocou na igreja. Outras pessoas fizeram o mesmo. Talvez seja por isso. Os ouvidos tentavam ouvir o que os olhos escondiam.

Ele entendeu. Senti meu coração se elevar e uma vontade enorme de abraçá-lo.

— Está no ar. — Samuel falava baixo. Seus olhos eram distantes, e a testa estava franzida. — Como *nílch'i*.

— O quê?

— *Nílch'i* é a palavra em navajo para o ar ou o vento... mas é mais que isso. É sagrado e tem poder. Minha avó diz que *nílch'i* significa sagrado espírito do vento. Tudo no mundo dos vivos se comunica por *nílch'i*. Por causa disso, o sagrado espírito do vento, *nílch'i*, pousa nas orelhas do *diné*, ou do povo, e cochicha orientações, diz o que é certo e errado. Pessoas que ignoram constantemente o *nílch'i* são abandonadas. O *nílch'i* não permanece com elas. — Samuel olhou para mim. — Minha avó acredita que o *nílch'i* é soprado em um bebê quando ele respira pela primeira vez. A criança passa a ter a companhia do *nílch'i* o tempo todo. O *nílch'i* guia as crianças quando estão crescendo.

— É como o Espírito Santo. Eu aprendi sobre ele na igreja. Ele ajuda a gente a fazer o que é certo, protege, previne, orienta, mas só se formos dignos da companhia dele. Ele só fala a verdade. Meu professor da escola dominical diz que é assim que Deus fala com a gente.

— Talvez Beethoven ouvisse o *nílch'i* cantando a música de Deus.

— É, acho que sim.

Voltei a fita e abri os fones para encaixar numa cabeça do tamanho da de Golias. Depois me inclinei em direção a Samuel e encaixei um fone na orelha dele, outro na minha, e ouvimos a música de Deus durante o restante do trajeto do ônibus.

ဆာ

SAMUEL NUNCA RECLAMOU DO MEU GOSTO MUSICAL. NA VERDADE, parecia gostar muito. Ele modificou meu fone de ouvido para podermos virar a parte acolchoada para o lado de fora, assim não tínhamos que ficar colados para ouvir a mesma canção. Eu não me incomodava com a proximidade... mas não ia falar nada. Ele parecia preocupado com a possibilidade de alguém interpretar mal a aparente intimidade. Cada um de nós segurava um lado do fone e aproximava da orelha. Depois de uma semana de Beethoven, levei a fita de Rachmaninoff. Ouvíamos atentamente o "Prelúdio em dó menor", e os olhos de Samuel brilhavam, admirados. Ele olhou para mim quando o movimento chegou ao fim, impactante.

Sua voz transmitia encantamento.

— Essa música me faz sentir muito poderoso, como se eu pudesse fazer qualquer coisa... como se nada pudesse me deter enquanto eu continuar ouvindo. E tem aquela parte breve em que a melodia se torna triunfante, como se a intensidade fosse aumentando, aumentando, subindo, e aí aqueles três acordes finais anunciam: "Consegui"! É como o Rocky levantando os braços no alto daquela escadaria. Sabe? — Sua voz era suave e sincera, e ele olhou para mim, sorrindo um pouco acanhado da crítica entusiasmada. — É tão poderoso que... quase acredito que só preciso continuar ouvindo para virar o Super Sam!

Dou risada, encantada com a rara demonstração de humor. Samuel não brincava muito e não era muito falante.

— Entendo exatamente o que você está dizendo. Lembra quando fraturei o tornozelo? — contei, acanhada. — Estava tão envolvida com a música que tocava na minha cabeça que, por um minuto, acreditei que podia voar.

Samuel me encarou com um meio sorriso e balançou a cabeça.

— Acho que vou ter que fazer capas de super-heróis para nós, e esse vai ser nosso tema musical. — Fiz uma pose. — Super Sam e Josie Biônica salvando o dia!

Samuel riu alto. O som era ainda melhor que a música, e eu sorri para ele, mais feliz do que conseguia me lembrar de já ter estado.

Samuel ficou em silêncio por um momento, segurando o fone sem aproximá-lo do ouvido. Apertei stop no walkman.

— Você faria uma cópia dessa fita para mim? — Ele ficou meio tenso. Tentei entender por que era tão difícil, para ele, pedir uma coisa tão simples a uma amiga.

— É claro que sim — respondi com entusiasmo.

Samuel me fitou com os olhos perturbados, a alegria da melodia dando lugar a uma nova preocupação.

— Eu te contei que quero entrar para o Corpo de Fuzileiros Navais, não contei?

Assenti e esperei.

— Estou morrendo de medo. — Ele me encarava sério, me desafiava a falar. Continuei quieta.

— Um fuzileiro precisa saber nadar... e eu entrei em uma piscina duas vezes na vida. Cresci em uma reserva indígena, Josie, cuidando de carneiros durante o verão todo. Não nadava. Sei me virar, nado cachorrinho... essas coisas.

— Por que você quer ser fuzileiro? — Eu estava curiosa. Se ele não sabia nadar, por que queria tentar?

Samuel ficou quieto por um instante. Quando respondeu, fiquei sem saber se ele havia entendido a pergunta.

— Minha *shimasani*, minha avó navajo, disse que pendurou meu cordão umbilical em seu varal de armas quando eu nasci, porque sabia que eu seria um guerreiro. Era uma tradição navajo.

Ele sorriu quando arregalei os olhos.

— É uma tradição pendurar o cordão umbilical no varal de armas? — perguntei, incrédula.

— É tradição guardar o cordão e colocá-lo em algum lugar especial que será importante para o recém-nascido quando ele crescer. Pode ser enterrado no curral, se alguém acreditar que a criança vai lidar com cavalos. Pode ser enterrado no milharal, se a criança for viver da terra, ou embaixo do tear, se alguém pressentir um dom para a tecelagem. Minha avó disse que sabia que eu teria que procurar meu caminho em dois mundos e ia precisar de um espírito guerreiro. Primeiro ela enterrou o cordão embaixo do seu *hogan*, porque assim eu sempre saberia onde era o meu lar. Mas ela disse que sentia que aquilo estava errado e passou muitos dias rezando, pedindo orientação sobre onde colocar o meu cordão umbilical. Minha avó disse que o *hogan* nem sempre seria minha casa e desenterrou o cordão e o pendurou no varal de armas.

Eu olhava para ele intrigada. Samuel continuou:

— Ela acreditava que eu seguiria os passos do meu avô.

— O que ele fazia?

— Meu avô navajo era fuzileiro naval.

— Entendi. Então você sempre achou que seria fuzileiro porque sua avó acreditava que esse era o seu destino?

— Eu também acho que é. Sempre sonhei em conhecer outros ambientes, encontrar o meu lugar, ser parte de alguma coisa que não tenha nada a ver com ser navajo ou ser branco, ou com qualquer outra cultura. Se você completa as doze semanas de treinamento dos fuzileiros, você é um fuzileiro, um dos poucos e orgulhosos. — Ele distendeu a boca sem humor ao repetir o slogan. — Não tenho irmãos. Minha mãe se casou de novo com um homem que já tinha cinco filhos. Tenho três irmãs e dois irmãos de criação, todos mais velhos que eu. Não os conheço muito bem e não gosto muito deles. Eles me chamam de "menino branco" quando minha mãe não está por perto. Quero sair disso, Josie. Não quero voltar para a casa na reserva. Tenho orgulho da minha herança, mas não quero voltar. Não quero passar a vida inteira cuidando de carneiros.

— Então... saber nadar é o único problema?

Ele me encarou.

— Um problema bem grande.

— Tem piscina na escola. Você não pode aprender? Não tem ninguém para te ensinar?

— Quem? — Ele me olhava revoltado. — Quem, Josie? Quando? Você é tão infantil! Eu passo quarenta minutos todas as manhãs e quarenta minutos todas as tardes dentro deste ônibus. Não dá para chegar mais cedo ou ficar até mais tarde na escola. Eu não tenho carteira de motorista. Mesmo que o Don me emprestasse a caminhonete, eu não poderia dirigir.

— Eu não sou infantil, Samuel! — Ele havia se voltado contra mim de repente, e sua raiva me enfurecia. — Talvez você precise de ajuda.

Não seja teimoso. Tenho certeza de que alguém na escola pode te ensinar a nadar. Principalmente se souber por que você precisa aprender.

— Ninguém quer me ajudar, e eu prefiro me afogar a pedir ajuda a alguém. — Seu rosto era carregado e as mãos estavam fechadas. — Desculpa por ter te chamado de infantil. Só... esquece, está bem?

Ficamos em silêncio pelo restante do caminho até a escola. Queria entender por que a música o tinha feito pensar em ser fuzileiro. Talvez por Rachmaninoff despertar aquela sensação de poder, quando ele se sentia tão impotente.

6

improviso

EDUCAÇÃO FÍSICA ERA MATÉRIA OBRIGATÓRIA NOS ÚLTIMOS ANOS do ensino fundamental. Durante todo o verão antes do sétimo ano, eu vivia com medo de me despir no vestiário. Tinha visões horríveis de ser obrigada a tomar banho naqueles cubículos abertos, com todas as colegas magrelas e pré-púberes olhando minhas partes íntimas. Tinha pesadelos nos quais corria nua pelo vestiário, procurando uma toalha enquanto todo mundo continuava de roupa e olhava para mim. A trilha sonora do meu sonho era Wagner.

Felizmente, tomar banho não era obrigatório, e eu levava uma toalha enorme de casa e a mantinha no meu armário. Trocava de roupa encolhida atrás dela. Tinha pernas longas e gostava de correr, mas minha capacidade atlética acabava aí. Esportes organizados estavam além das minhas possibilidades. Não tinha coordenação para isso. Quando tivemos aulas de basquete, tentei fazer uma cesta arremessando a bola com toda a força, mas ela bateu na tabela e voltou no meu rosto, me deixando com o nariz sangrando e os olhos roxos. Eu odiava ainda mais jogar queimada, e pular corda era uma piada. Normalmente eu me oferecia para bater corda para todo mundo, ou virava gandula para não ter que participar do jogo. Era sempre designada para "ajudar" as duas meninas mentalmente atrasadas que participavam da nossa turma na educação física, não porque podia ajudá-las de fato, mas porque eu era legal. As duas eram muito melhores que eu na queimada e no basquete. E também pulavam corda melhor do que eu.

Naquele dia fazíamos calistenia, um nome chique para alongamento, uma prática bem segura para as alunas menos coordenadas, como eu. A sra. Swenson, minha professora de educação física, mandou uma auxiliar nos orientar. A ajudante era uma menina do ensino médio e da equipe de líderes de torcida, Marla Painter, e ela era muito bonita e... alongada. Levantava a perna tão alto que conseguia encostar o joelho na lateral da cabeça. Ela estava se exibindo para nós, quando levantei do chão e fui falar com a sra. Swenson, que estava sentada corrigindo trabalhos. Deviam ser da aula de saúde, da qual ela também era professora. Nunca vi um trabalho escrito em educação física.

— Sra. Swenson? — chamei, tímida. Ela não gostava muito de mim. Não tinha muita paciência com o clube dos desajeitados, do qual eu era presidente.

A sra. Swenson terminou de corrigir o trabalho diante dela antes de olhar para mim com evidente irritação.

— Sim? — respondeu, impaciente.

— Tenho um amigo que precisa aprender a nadar. Há... Como ele pode aprender aqui, de preferência no horário de aula? — perguntei apressada, torcendo para ela não me estapear com a mesma velocidade.

— Em que ano ele está? — A professora voltou a olhar para o trabalho.

— No último ano do ensino médio. Ele é meu vizinho em Levan e tem problemas com transporte. Ele quer entrar para os Fuzileiros Navais quando se formar, mas precisa aprender a nadar. — Mais uma explicação acelerada durante a qual me atrevi a ter esperanças, mas não muitas.

— Por que você está falando por ele? — Ela estava desconfiada.

— Ele é novo na escola e um pouco tímido, por isso eu disse para a avó dele que tentaria descobrir — menti e senti o rosto queimar.

— Humm. Quando a aula acabar, vá com a Marla até o prédio do ensino médio. Você almoça em seguida, não é?

Assenti. O sétimo ano almoçava primeiro.

— Converse com o treinador Judd ou com o treinador Jasperson. Talvez eles consigam ajudar o seu amigo. Tenho um irmão que é fuzileiro. É preciso saber nadar — ela concluiu com um tom quase agradável.

— Muito obrigada, sra. Swenson. — Esperei enquanto ela escrevia e assinava um bilhete como se fosse uma receita médica.

Marla me levou ao ginásio do ensino médio e pediu a um menino que entrava no vestiário para ver se um dos treinadores estava lá dentro. Depois disso ela foi embora, e eu fiquei sozinha na porta do vestiário masculino esperando a resposta. Esperei muito tempo. Ou os treinadores não estavam lá, ou o menino nem foi verificar. Eu estava quase desistindo, quando a última pessoa que eu queria ver atravessou o ginásio em direção ao vestiário.

— Josie... o que você está fazendo? — Samuel ficou confuso ao me ver parada na porta de um lugar onde eu não tinha nada para fazer.

— A sra. Swenson me mandou procurar o treinador Judd ou o treinador Jasperson. A Marla Painter veio comigo, mas foi embora, e eu não posso entrar lá. — Minha voz era quase um choramingo, e senti vergonha da repentina vontade de chorar. Não ia contar a Samuel que estava ali por causa dele.

— Só um minuto — ele ofereceu, prestativo. — Vou ver se um deles está lá dentro.

Nesse momento, o treinador Jasperson saiu do vestiário acompanhado do mensageiro de Marla. Ele comia um enorme sanduíche de atum com batatas chips esmagadas entre as duas metades do pão. Aparentemente não queria perder nem um minuto do horário de almoço falando comigo. Suspirei aliviada, depois senti medo. Isso me deixaria envergonhada e constrangeria Samuel. Eu sabia que talvez ele jamais me perdoasse, mas segui em frente mesmo assim. Quando o mensageiro se afastou, comecei a falar.

— Treinador Jasperson, o Samuel é meu vizinho. — Apontei para ele sem me atrever a encará-lo. — Ele quer ser fuzileiro naval depois que se formar. O problema é que ele não sabe nadar. Precisa de aulas de natação aqui na escola, de alguém que possa ensiná-lo a nadar. — Eu falava tão rápido, que o treinador parou de mastigar para acompanhar. — Ele não pode chegar mais cedo nem sair mais tarde por causa do transporte, por isso seria legal se a ajuda de que ele precisa pudesse ser dada no horário de aula. — Eu parecia uma daquelas bonecas que falam sem parar quando alguém dá corda.

Olhei para Samuel. O rosto dele era uma máscara dura e fria. Eu sabia que ele nunca mais falaria comigo. Meu coração ficou meio apertado.

— Tenho certeza de que o Samuel vai gostar de conversar com um orientador para reformular o horário dele e encaixar as aulas de natação — terminei, nervosa.

— Fuzileiro, é? — O treinador Jasperson voltou a mastigar. — Tenho certeza de que a gente pode dar um jeito... Samuel, não é? Você fala inglês?

Eu me encolhi. Sabia por que o treinador tinha feito essa pergunta. Afinal, eu havia falado em nome dele.

— Sim, eu falo inglês — Samuel respondeu com tom seco e ultrajado. Estava furioso comigo. Eu esperava que o treinador não interpretasse mal seu tom de voz.

— Que bom! — Ocupado com o sanduíche, o treinador Jasperson não notou as faíscas que saíam dos olhos negros de Samuel. — Vamos falar com o sr. Whiting, o orientador, e eu vou escolher um dos garotos da equipe de natação para te ajudar. Acho que Justin McPherson pode se encarregar disso na segunda aula. Ele é meu monitor e nunca tem muita coisa para ele fazer. Se pudermos liberar o seu horário na segunda aula, vai ficar tudo certo.

Abençoado treinador Jasperson por ser tão útil e prestativo ao mesmo tempo. Ele passou um braço sobre os ombros de Samuel e o levou para dentro do vestiário enquanto comia o último pedaço de sanduíche e lambia atum dos dedos. Samuel olhou para trás e me encarou por cima do braço forte do treinador. Mordi o lábio para segurar as lágrimas. Ele olhou para a frente, e eu saí do ginásio o mais depressa possível.

❧

PERDI O ÔNIBUS DE PROPÓSITO E ESPEREI ATÉ QUASE CINCO DA TAR-de para pegar carona com Johnny depois do treino de luta. Estava cansada, com fome e aborrecida. Havia terminado toda a lição de casa, inclusive um relatório sobre um livro que só teria que entregar duas semanas depois. Tentei ler, mas estava agitada demais para me concentrar. Queria meus livros de música. Teria ido para a sala da banda e praticado ao piano. Eu havia ligado para Sonja da secretaria da escola para contar que não iria à aula naquela tarde. Quando finalmente chegou a hora de ir embora, tive que sentar espremida entre Johnny e outro lutador suado no caminho de volta até Nephi. Devia ter ido de ônibus e pronto, mas ainda não conseguia enfrentar Samuel.

No dia seguinte, fingi que estava doente. Meu pai não fez muitas perguntas. Na verdade, não fez pergunta nenhuma. Eu nunca fingi que estava doente, por isso, quando disse que não me sentia bem e não ia para a escola, ele só deu de ombros, tocou minha testa e perguntou se devia faltar ao trabalho para ficar comigo em casa.

— Não! Por favor, não precisa! — reagi desesperada. Teria que passar o dia todo fingindo que estava doente. Falei que ia dormir e que ficaria bem sozinha. Não precisei insistir muito. Passei o dia tocando piano até ficar com dor nas costas e no pescoço e meus dedos continuarem tocando, mesmo depois de eu ter parado.

Às três e meia, alguém tocou a campainha. Eu estava novamente ao piano tocando *Für Elise*, descalça, com meu jeans velho favorito e o moletom azul da BYU que Jared havia me dado de Natal. Passei a mão no cabelo e fui abrir a porta esperando ver Tara.

Era Samuel. Ele estava com as mãos nos bolsos, a cabeça descoberta e o cabelo preto e sedoso dançando ao vento de novembro. Não carregava a mochila, por isso deduzi que havia ido para casa primeiro. Que desculpa tinha dado para vir me procurar? Meu coração batia tão forte que tive certeza de que ele podia ouvir.

— Posso falar com você um minuto? — A voz dele não transmitia raiva, mas havia em torno da boca uma rigidez que eu odiava.

Dei um passo para o lado e abri a porta indicando que ele devia entrar. Samuel hesitou, mas deve ter percebido que não poderíamos ficar na varanda por muito tempo com aquele frio. Além do mais, seu avô ou outra pessoa podia passar por ali, e seria estranho explicar. Gente de cidade pequena vê as coisas e fala. Se alguém visse Samuel sentado comigo na varanda da minha casa, línguas começariam a bater em dentes, e isso não seria bom.

Samuel entrou, e eu fechei a porta. Ele não sentou, ficou parado a alguns passos da porta. Voltei ao meu lugar na banqueta do piano. Sentei sobre uma perna dobrada e fiquei olhando para as teclas pretas e brancas, esperando.

— Você está doente? — Samuel perguntou, sem rodeios.

— Não. — Minha voz era um sussurro.

— Por que não foi para a escola? E onde você estava ontem depois da aula?

Tentei falar com aquele nó na garganta, mas tive que engolir algumas vezes para abrir caminho para as palavras.

— Eu estava com medo de te encontrar.

Ele parecia surpreso por eu ter admitido.

— O que você achou que eu faria? — perguntou.

— Não é o que você faria. — O nó na garganta crescia e ameaçava me sufocar. — É como você agiria. Não suporto quando fica bravo comigo. Ontem você olhou para mim como se quisesse me matar, e eu não tive coragem de te encontrar sabendo quanto você me odiava! — Cruzei os braços tentando expulsar a dor do meu coração.

— Eu fiquei bravo... mas nunca seria capaz de te odiar. — A voz dele era mansa, e senti o aperto no peito diminuir o suficiente para poder respirar com mais facilidade. — Eu preferiria que você não tivesse feito isso, mas em parte estou feliz por ter feito. Acho que é isso o que me deixa mais irritado. Odeio me sentir grato pelo que você fez. É fraqueza precisar ou querer que alguém fale por mim. — Ele parou por um minuto, e mudei de posição na banqueta para poder encará-lo. Samuel me olhava sério, o queixo duro. — Você não pode fazer isso de novo, Josie. Não quero que cuide de mim. Sei que interferiu porque se importa... mas não tire o meu orgulho.

— Orgulho é mais importante que amizade? — Minha voz era triste.

— É! — A dele era dura, enfática.

— Isso é ridículo! — Abri os braços numa resposta frustrada.

— Josie! Você é só uma criança! Não sabe como eu me senti imprestável, fraco e idiota por ter ficado lá parado enquanto você arrumava a minha vida, como se eu precisasse de caridade! — Samuel agarrou o cabelo com as mãos fechadas e, grunhindo, virou para a porta.

— Eu não sou criança! Não sou há anos... Nunca fui! Não penso como criança e não me comporto como uma. Eu pareço uma criança por acaso? Não se atreva a dizer que eu sou criança! — Bati nas teclas do piano e toquei um riff violento que lembrava Wagner. Agora eu entendia o que Sonja queria dizer com soltar a fera! Queria arremessar alguma coisa, quebrar alguma coisa e gritar com Samuel. Ele era impossível! Um cretino teimoso, cabeça de mula! Toquei por alguns minutos com muita força, e Samuel ficou parado na porta, perplexo.

De repente ele se sentou ao meu lado na banqueta e pôs as mãos sobre as minhas, interrompendo a execução.

— Desculpa, Josie — pediu com voz mansa. Eu estava chorando, e as lágrimas que caíam sobre as teclas as deixavam escorregadias. Eu era uma péssima fera, sem nenhuma força. Só uma fera bebezona e chorona. Samuel parecia perdido. Ele continuava sentado e quieto, as mãos sobre as minhas. Devagar, as mãos dele se aproximaram do meu rosto e limparam as lágrimas com delicadeza.

— Toca outra música? — ele pediu, cheio de remorso. — Toca alguma coisa para mim... por favor?

79

Limpei as lágrimas das teclas do piano com a manga do moletom. Ele esperou paciente ao meu lado enquanto eu me recuperava. Ainda estava magoada e frustrada, e não conseguia entendê-lo. Mas nunca fui de ficar com raiva por muito tempo, e o perdoei imediatamente com um suspiro.

— Você sabe que eu adoro "Ode à alegria", mas não quero tocar isso agora. — Estava meio rouca de chorar e olhei para ele. — Já ouviu *Concerto para piano n. 23*? É Mozart.

— Não sei se já ouvi. — Ele sorriu com tristeza ao olhar para mim, balançou a cabeça e limpou uma lágrima que ainda corria por meu rosto.

— É minha canção favorita... hoje. Tenho favoritas diferentes em dias diferentes. Mas hoje é dia de Mozart.

Ele apoiou as mãos sobre as pernas quando comecei a tocar. Fui produzindo a melodia alegre, progredindo pela sequência de notas, os dedos passeando pelos acordes e extraindo cada gota dolorosa de doçura do concerto melancólico. Como eu adorava essa música! Como ela me curava, me preenchia e acalmava.

As últimas frases musicais eram tão suaves, tão pálidas, que Samuel se inclinou para ouvir até as últimas notas tiradas das teclas dos meus dedos. Então olhei para ele. Ele olhava para minhas mãos sobre o teclado, agora silencioso.

— Toca mais — Samuel pediu. — Toca aquela que você tocou no Natal... a segunda.

Atendi imediatamente, e meu coração se alegrou com sua resposta, com a satisfação sincera.

— Ela tem nome? — Samuel perguntou, reverente, quando terminei.

— *Ave Maria*. — Sorri. — Linda, não é? Foi composta por Franz Schubert. Ele tinha apenas trinta e um anos quando morreu. E morreu completamente falido, sem saber que sua música seria aclamada para sempre.

— E você sabe disso porque...?

— A minha professora de piano, a sra. Grimaldi, sempre fala sobre os compositores quando toco as músicas deles. Ela diz que, para ser uma grande compositora, tenho que amar os grandes compositores, e se não os conheço não posso amá-los.

— De qual deles você gosta mais?

Dei uma risadinha.

— É mais ou menos como a música favorita. Muda o tempo todo, dependendo do humor. A sra. Grimaldi diz que sou uma musicista muito mercurial.

— Acho que vou ter que procurar essa palavra.

— O dicionário diz que significa ativo, animado, cheio de vigor. — Eu ri. — Tive que procurar quando ela falou, mas acho que a sra. Grimaldi quis dizer que sou imprevisível, estou sempre mudando.

— E quem é o favorito hoje?

— Ultimamente estou enamorada de Frederic Chopin.

— Enamorada quer dizer apaixonada?

Ri de novo.

— Cativada, acho.

— Por que você está cativada por ele?

— Ele *era* bonito — respondi prontamente e me senti uma idiota quando Samuel levantou as sobrancelhas e riu. — Mas principalmente porque ele compôs para piano... mais que qualquer outro compositor na história. Sou pianista, então... gosto disso. Ele também era muito jovem quando morreu, tinha só trinta e nove anos. Morreu de tuberculose. Ele também teve um tórrido caso de amor com uma escritora famosa. Era cheio de culpa por não ter se casado com ela e tinha certeza de que ia para o inferno por isso. Terminou o relacionamento antes de morrer, arrependido do comportamento pecaminoso, mas mesmo assim é muito romântico. Ele foi uma figura trágica.

— Toque alguma coisa de Chopin, então.

Eu lembrava de cor a primeira parte de *Noturno em dó menor*, de Chopin, e adorava o ritmo dramático do padrão alto e baixo, alto e baixo no começo. Era uma peça sentimental, e minha natureza romântica adorava quando ela se tornava repentinamente doce e melódica, cheia de nostalgia e ternura. Eu não havia memorizado a incrível dificuldade do movimento final que arrematava tudo isso em uma conclusão triunfante e impressionante, por isso improvisei um pouco antes de chegar lá.

— Dá para entender por que você está enamorada — Samuel provocou. Ele estava relaxado, e sua boca se distendia num sorriso de prazer. — Agora toque alguma coisa que você compôs.

O desconforto me paralisou.

— Não sou compositora, Samuel.

— Quer dizer que você ainda não fez nenhuma música? Mozart tinha... quantos anos? Quatro ou cinco quando começou a fazer... como é o nome?

— Minuetos.

— Você não tentou compor nada?

— Um pouco — reconheci, envergonhada.

— Então... toque alguma coisa.

Continuei parada com as mãos no colo.

— Josie... Tudo o que sei sobre música, eu aprendi contigo. Você poderia tocar alguma coisa de Beethoven, dizer que a música era sua e eu não saberia. Vou achar maravilhoso tudo o que você tocar. Você sabe disso, não sabe?

Eu estava trabalhando em um projeto. Alguns meses atrás, uma melodia havia se esgueirado para dentro do meu subconsciente, e não consegui localizá-la. A música permaneceu, me atormentado, até finalmente eu cantarolar para Sonja e tocar ao piano, criando acordes a partir das notas isoladas e ir aperfeiçoando a linha melódica. Ela ouviu em silêncio e me pediu para tocar de novo várias vezes. Cada vez que tocava, eu acrescentava alguma coisa, criando camadas e construindo até ela me fazer parar com um toque suave em meu ombro. Quando levantei os olhos do piano, encontrei em seu rosto uma expressão admirada, quase uma luminosidade espiritual.

— Essa música é sua, Josie — ela disse.

— Como assim? — Fiquei confusa.

— Nunca ouvi essa canção. Isso não é nada que você ouviu. Você criou essa música. — Ela estava radiante.

Pensei na música agora com Samuel sentado ao meu lado, esperando paciente, cheio de expectativa. A música havia surgido em minha cabeça depois de eu ter discutido com ele sobre Heathcliff e o significado do amor verdadeiro. Quando pensava na música, eu pensava em Samuel.

Levei as mãos ao teclado e exalei devagar, deixando a música verter dos meus dedos. Toquei com intensidade. Havia um anseio na melodia que eu reconhecia como minha solidão. A música não ganhava força, mas me emocionava com sua simplicidade e clareza. Eu tocava as teclas com suavidade, tirando a melodia de minha alma tímida. Era uma oferta humilde, nada digno de um Mozart, mesmo que ainda jovem, mas ecoava com a paixão de um coração sincero. Quando a última nota morreu e Samuel ficou em silêncio, olhei para ele, apreensiva.

— Como é o nome? — ele murmurou, e seus olhos de ébano mergulharam nos meus.

— *Canção de Samuel* — cochichei de volta sem desviar o olhar, repentinamente corajosa e firme.

Ele virou o rosto de repente e parecia não conseguir falar. Levantou e caminhou para a porta. Parou com a mão na maçaneta, a cabeça baixa.

— Preciso ir. — Samuel virou para olhar para mim, e vi uma batalha em seus olhos, o tumulto estampado no rosto. — Sua canção... é a melhor coisa que alguém já fez por mim. — Sua voz transbordava emoção. Em seguida ele abriu a porta, saiu para a quietude gelada e voltou a fechá-la sem fazer barulho.

7
dissonância

Samuel não foi à escola na última semana de fevereiro. Na segunda-feira, pensei que ele podia estar doente ou com algum problema, mas depois de alguns dias comecei a ficar preocupada. Na quinta-feira não suportei mais e pensei em um plano para ir vê-lo. Nettie Yates havia me dado uma receita de pão de abobrinha com gotas de chocolate no verão anterior, quando estávamos fazendo conservas. Ela havia picado a abobrinha e armazenado em saquinhos de congelar, então colou a receita nas embalagens para eu poder prepará-la sempre que quisesse. Eu ainda não tinha tentado. Abobrinha e gotas de chocolate era uma combinação estranha.

Mas era uma ótima desculpa para eu ir falar com ela e descobrir o que estava acontecendo com Samuel. Tirei uma porção de abobrinha picada do freezer, fiz dois pães grandes de abobrinha com gotas de chocolate e saí para a tarde gelada de fevereiro levando um deles ainda quente, embrulhado em um pano de prato e junto do corpo, mantendo os dedos aquecidos.

Nettie Yates atendeu a porta depois de eu bater duas vezes e ficou feliz ao me ver.

— Josie! — exclamou com alegria. — Que bom te ver! Ah, está gelado aí fora. Você veio a pé?

— É perto, sra. Yates — tentei falar, apesar de bater os dentes. — Fiz pão de abobrinha com aquela sua receita e trouxe para você experimentar e me dar a sua opinião. E algumas dicas, talvez — menti.

— O dia está perfeito para pão de abobrinha quentinho! Vou adorar! Entra, vamos para a cozinha. Pode deixar seu casaco e as botas no depósito, ao lado da porta dos fundos.

Entreguei a ela o pão embrulhado como um bebê em um cobertor e tirei o casaco e as botas. Não vi nenhum sinal de Samuel. Entrei na cozinha de meias, tentando procurar sem parecer muito óbvia. O casaco dele não estava em nenhum dos cabides do depósito. Virei para voltar à cozinha quente e ouvi alguém subindo a escada dos fundos da casa. A porta se abriu e Don Yates entrou apressado, o nariz e as faces vermelhos, o chapéu de caubói baixo sobre a testa. Corri do depósito para a cozinha, porque não queria estar ali parada se Samuel entrasse atrás dele.

— Caramba! Lá fora está mais frio que o nariz de um esquimó! — Don Yates bateu a porta. Ouvi quando ele tirou as botas e abriu o zíper do casaco. Samuel não estava junto.

— Josie Jensen está aqui, Don! — Nettie falou da cozinha. — Ela trouxe pão de abobrinha. Vem, vou fazer café para acompanhar.

Don entrou andando depressa, ainda agasalhado com camiseta térmica e camisa de flanela, esfregando as mãos.

— Oi, srta. Josie. — Ele se aproximou da pia e lavou as mãos e o rosto, enquanto Nettie cortava o pão de abobrinha e espalhava uma camada generosa de manteiga sobre a fatia. Eu me sentei sem saber como conseguiria a informação de que precisava. Samuel não estava ali, era óbvio... a menos que estivesse doente no quarto.

— Josie, o pão está com uma cara maravilhosa! — Nettie exclamou.

Peguei um pedaço da fatia que Nettie pôs na minha frente, mastigando devagar, tentando ganhar tempo e planejar. Estava muito bom. Quem poderia imaginar que abobrinha combinava com gotas de chocolate? Não dava para sentir o gosto da abobrinha, ela só deixava o pão mais macio. O pão tinha o sabor de um bolo denso, temperado, e as gotas ficavam nas beiradas. Senti uma onda de orgulho por ter executado tão bem a receita.

— Hoje à noite vai fazer vinte graus negativos — Don resmungou. — Deixei os cavalos dentro do estábulo, mas vai ser péssimo para eles mesmo assim. Odeio fevereiro... É o pior mês do ano — ele concluiu no mesmo tom.

— Então... sra. Yates... eu notei que o Samuel não estava no ônibus... Ele está doente? — Recorri a um subterfúgio.

— Ah, não! — a sra. Yates declarou, cobrindo a boca para responder enquanto mastigava. — O Samuel voltou para a reserva.

O tempo parou, e eu olhei horrorizada para Nettie Yates.

— Para sempre? — Minha voz subiu um tom, e olhei para a fatia de pão que eu havia começado a comer. A cabeça girava. — Ele não volta? — perguntei, mais controlada, apesar do coração dolorosamente apertado no peito.

— Bom, não sabemos — Net respondeu cautelosa, trocando um olhar significativo com Don.

— O que isso significa? — Meu medo me tornava impertinente.

— Bom... — Nettie começava cada frase com "bom", especialmente quando tentava ser discreta.

— A mãe do Samuel o quer de volta em casa. — A voz grave de Don era seca, e ele limpou a boca com o dorso da mão, tirando migalhas do bigode.

— Mas... — tentei insistir, sem revelar meus sentimentos. — O Samuel não vai ter dificuldade para terminar o colégio se for embora agora?

— A mãe dele disse que terminar o colégio não é necessário, porque ele só vai cuidar dos carneiros. Ela diz que precisam dele por lá. — Dava para perceber que Don não estava feliz com a situação. — O Samuel tem dezoito anos. Legalmente ele é adulto, ninguém pode obrigá-lo a terminar o colégio.

— Mas não foi ela quem quis que ele viesse para cá? — Eu estava com raiva e confusa, e meu rosto devia revelar as emoções.

— Foi! — Devo ter tocado em um ponto sensível, porque a voz de Don subiu enfaticamente. — Ela falou com ele por telefone na semana passada. Disse que a voz dele estava boa e decidiu que Sam estava "curado". — Don levantou os dedos e desenhou aspas no ar ao repetir a palavra usada pela mãe de Samuel.

— Mas... e os Fuzileiros Navais? — Eu tentava me controlar. Não podia demonstrar quanto essa conversa me perturbava. — Ele se esforçou muito! Está até aprendendo a nadar!

Nettie deixou o pão no prato e me encarou surpresa.

— Como você soube sobre os fuzileiros?

— O Samuel e eu dividimos o banco no ônibus, sra. Yates. Conversamos um pouco. Ele também está se esforçando muito para tirar boas notas! Não acredito que ele vai abandonar o colégio.

— O Samuel está dividido, Josie. — Don balançou a cabeça e passou a mão na nuca. — Não sei se ele sente que pode escolher.

Eu precisava sair de lá. Mordi a parte interna da bochecha com força, e a dor adiou a emoção que crescia em mim.

— Bom, é melhor eu ir para casa. Meu pai vai querer alguma coisa quente para comer em uma noite como esta. — Fui buscar minhas coisas perto da porta sem conseguir respirar direito, sem parar de morder a boca.

Calcei as botas e fechei o zíper do casaco, puxando o capuz sobre os cachos bagunçados. Don ameaçou se levantar, talvez para me levar até em casa.

— Não se preocupe, sr. Yates. Eu vejo a luz da nossa varanda daqui. É só um quarteirão. Eu vou sozinha.

— Obrigado por ter vindo, Josie. — Nettie parecia meio intrigada com meu comportamento instável. E também devia estar achando estranho meu interesse por Samuel.

Peguei o pano de prato da mão dela e virei para sair.

Parei, dividida entre a preocupação com Samuel e a vontade de sair daquela cozinha antes de me dissolver em uma poça de lágrimas.

— Se falarem com o Samuel, podem dizer que eu estive aqui e perguntei por ele? Por favor, peçam para ele se lembrar do cordão umbilical.

Nettie e Don olhavam para mim como se eu tivesse perdido o juízo.

— Só digam isso, está bem? Ele vai entender.

Então saí correndo para a noite gelada de fevereiro.

∞

MAIS UMA SEMANA SE PASSOU. MARÇO CHEGOU, E SAMUEL NÃO voltou ao colégio. Eu não fui mais à casa de Don e Nettie pedir informações. Só levantaria suspeitas, e eu já havia causado muita estranheza. Tinha começado a gravar fitas de todas as músicas que ouvimos juntos. Fiz uma coleção dos maiores sucessos de todos os compositores que eu amava. Tinha dez fitas dos meus favoritos para dar a Samuel, tudo, de Beethoven a Gershwin. Pus os favoritos absolutos em uma fita a que dei o título de *As dez mais da Josie*. Incluí o "Prelúdio em dó menor", de Rachmaninoff. Samuel adorava essa música. Ela não fazia parte das minhas dez mais antes, mas agora seria uma eterna favorita. Cada caixa de fita tinha os títulos escritos ao lado do nome do compositor. Agora não sabia como daria o presente a ele.

Então, mais ou menos duas semanas depois que ele foi embora, entrei no ônibus em uma manhã e ele estava lá, sentado como se nunca tivesse partido. Corri para o banco, sentei e segurei a mão dele com toda a minha emoção.

— Você voltou! — Eu cochichava, tentando ser discreta, mas minha vontade era de rir alto e dançar. Samuel virou o rosto para mim e vi que o lado esquerdo, do olho até o queixo, estava coberto com um hematoma amarelado que devia ter alguns dias. — O que aconteceu?! O seu rosto!

Samuel me deixou segurar sua mão por um momento, apertando a minha também. Depois a soltou e uniu as dele, como se tivesse medo de pegar minha mão outra vez.

— Vou ficar até me formar, o que vai ser mais difícil do que era duas semanas atrás. Vou ter que falar com os professores, pedir ajuda.

Eu perdi as provas mensais e trabalhos importantes de todas as aulas. Tenho que ler *Otelo*. — Ele olhou para mim e fez uma careta. — Talvez precise da sua ajuda com isso. — Assenti, prestativa, e ele continuou: — Quando eu me formar, meus avós vão me levar para o treinamento da Marinha em San Diego. Não sei se vou voltar para a reserva tão cedo. — O pesar encurvava sua boca para baixo.

Toquei seu rosto machucado com a mão direita.

— O que aconteceu? — Estava torcendo para ele não se afastar.

— Lembrancinha do marido da minha mãe.

— Ele te bateu? — sussurrei, chocada.

— Sim. E eu bati nele também. Não fique tão assustada. Bati tanto quanto apanhei. Na verdade, tive que me segurar um pouco, porque ele estava tão bêbado que nem foi uma briga justa. — O rosto e a voz de Samuel eram tranquilos. Eu não acreditava nessa versão.

— A sua mãe deixa ele bater em você?

— A minha mãe não tem muito controle sobre nada nesse momento. Ela também bebe demais e tem medo dele. Mas tem mais medo de que ele vá embora, e mais ainda de que eu seja o motivo para ele ir. É melhor para todo mundo que eu fique longe.

— Mas... eu pensei que a sua mãe quisesse você lá. Foi o que os seus avós me disseram.

— A minha mãe não quer que eu seja um fuzileiro e acabe morrendo em uma guerra de homem branco. Ela não entende por que eu quero ir. Diz que nunca devia ter se casado com o meu pai. Diz que eu a estou abandonando por ter vergonha de ser meio navajo. O engraçado é que ela me quer longe de lá, mas não quer que eu vá para a Marinha.

Eu sentia sua impotência e não sabia como ajudá-lo. Não entendia o relacionamento que ele tinha com a mãe, nem a dificuldade de ser descendente de duas raças, duas culturas, cheio de emoções confusas.

— Por que você decidiu voltar? — Eu não teria coragem de deixar a minha família.

— Eu passei um tempo com a minha avó. Durante o inverno, os carneiros ficam no curral perto de casa, e a minha avó passa quase o tempo todo trabalhando no tear. Ela faz tapetes e cobertores incríveis. Diz que a habilidade dela de tecelã é um presente da Mulher Aranha. — Samuel olhou para mim com um esboço de sorriso. — Essa Mulher Aranha não tem a ver com Super Sam ou Josie Biônica. — Ele balança as sobrancelhas para mim antes de ficar sério novamente e continuar: — A Mulher Aranha faz parte do povo sagrado, que são tipo os deuses dos navajos. Minha avó nunca foi à escola. Os pais dela não confiavam na escola do homem branco. Eles a escondiam no milharal quando o pessoal do serviço social aparecia para aplicar as leis da educação na reserva. Naquela época havia colégios internos. As crianças eram mandadas para longe e não podiam nem falar o idioma navajo. Os pais dela temiam que a escola a transformasse. Disseram que os carneiros seriam seu ganha-pão e dariam tudo de que ela precisasse. O engraçado é que estavam certos. A minha avó é muito independente. Ela cuida dos carneiros, e eles a sustentam. Ela sabe tosquiar, lavar, cardar e fiar a lã. Com o fio ela faz tapetes e cobertores para vender. O nome navajo para carneiro significa "aquele de que vivemos". Ela diz que é grata pelo dom de tecer que ganhou da Mulher Aranha, e pelo carneiro, por seu *hogan*, pela vida... mas queria ter ido para a escola. Quando estive lá, ela falou para eu estudar muito, ter orgulho da minha herança e não ter medo de mim mesmo. Disse que eu era um navajo, mas também era filho do meu pai. Uma herança não é mais importante que a outra.

Samuel ficou quieto, e eu continuei sentada ao lado dele em um silêncio contemplativo.

— Eu vou te ajudar, Samuel.

— Eu sei que vai. E, Josie...

— Hum?

— Lembra quando eu falei que você estava muito longe de ser uma navajo?

Ri baixinho, lembrando o desprezo com que ele havia feito a afirmação.

— Sim, lembro.

— Eu percebi uma coisa quando eu estava com a minha avó. — Ele fez uma pausa e sorriu. — Você parece com ela. Engraçado, não é?

Pensei nisso por um instante. Samuel continuou, sem esperar minha resposta:

— Ela cantou uma canção de cura para mim antes de eu partir. Normalmente os cânticos e as músicas são entoados pelos homens velhos, mas ela disse que as palavras são como uma prece, e rezar é para todo mundo. A letra da canção é assim:

Há beleza atrás de mim conforme caminho
Há beleza à minha frente conforme caminho
Há beleza sob mim conforme caminho
Há beleza sobre mim conforme caminho
Com a beleza devo caminhar sempre.

— Você sempre caminha com a beleza, Josie. Está sempre procurando por ela. Acho que, secretamente, você também é uma navajo, afinal. — Dessa vez Samuel segurou minha mão.

— Eu posso ter um nome secreto? — Era brincadeira, mas eu estava emocionada com o que ele disse.

— Vou pensar. — Os lábios de Samuel se distenderam, e a alegria transformou seus traços severos. — Ah, a Nettie e o Don disseram que você foi me procurar. Eles contaram que você estava esquisita e que falou sobre cordão umbilical.

Ri e cobri a boca com a mão livre.

— Samuel? — Ele me olhou surpreso. — Acho que posso ter um novo código para música.

Ele franziu a testa.

— Quê?

— Carneiro.

— Por quê?

— Porque a música é "aquilo de que eu vivo".

— *Bee iináanii át'é?*

— Uau. É assim que se fala? Melhor ainda.

E ouvimos *Réquiem*, de Mozart, num companheirismo tranquilo.

8

cadência interrompida

Eu disse a Samuel que o ajudaria a ler *Otelo*, mas foi difícil para mim. Não desconhecia a linguagem de Shakespeare, mas não gostava dos temas ciúme, racismo e traição. Ficava cada vez mais ansiosa por Otelo, frustrada com a facilidade com que ele caía nas tramoias de Iago. Queria muito um final feliz, e não o teria.

Samuel parecia acompanhar a história sem nenhum problema, saboreando a trama e a complexa prosa shakespeariana. A peça não era muito longa, e no fim da semana chegamos ao ato v, cena 2. Samuel lia a cena com atenção, e eu ouvia sua voz fluida contar a trama complexa sem tropeçar ou parar. Teria gostado de ouvir sua cadência melódica, não fosse pelo destino iminente da pobre Desdemona. Tentei ficar quieta e esperar paciente, mas me pegava interrompendo o tempo todo.

— Ela é inocente! Por que é tão fácil acreditar que ela o trairia? — Eu estava realmente consternada.

Samuel olhou para mim com ar calmo e respondeu:

— Porque é sempre mais fácil acreditar no pior.

Olhei para ele incrédula.

— Não é! Por que diz isso? Você não daria o benefício da dúvida a alguém que dissesse amar? — A facilidade com que Otelo aceitava a traição era completamente absurda para mim. — E por que Otelo acreditaria mais em Iago do que em Desdemona? Não me interessa se acham que Iago é honesto! Emília disse a Otelo que achava que ele estava sendo manipulado ou enganado.

Samuel suspirou e tentou ler o fim da cena. Interrompi de novo. Não dava para evitar. Eu estava ultrajada.

— Ele disse: "Eu amei muito, mas sem sabedoria". — Estava desanimada. — Ele entendeu tudo ao contrário! Otelo a amou com sabedoria! Ela era digna do seu amor! Foi uma escolha sensata! Mas ele não a amou o suficiente! Se amasse mais Desdemona, se confiasse mais nela, Iago não teria conseguido separá-los. — Senti saudade de *Jane Eyre* outra vez. Nesse livro, a dignidade e os princípios venciam no final. Jane conquistava seu amor, e o conquistava com estilo. Desdemona conquistou seu amor, e ele a sufocou.

Samuel fechou o livro, guardou na mochila e olhou para mim com afeto.

— Acabou, Josie. Você não vai ter que ler isso de novo.

— Mas... eu quero entender por que... por que ele a matou? Ele devia honrá-la, protegê-la e defendê-la. — Eu estava francamente devastada com a peça. Sentia um nó se formando em minha garganta. Para piorar a situação, Samuel parecia indiferente. Abri a mochila para pegar o walkman. Enfiei os fones de ouvido e apertei play com uma força selvagem. Depois encostei no banco, fechei os olhos e tentei me concentrar na música. *Berceuse*, de Chopin, brotava dos fones. Instantes depois, gemi aflita enquanto a adorável melodia parecia sublinhar o horror da morte da inocente Desdemona.

Samuel tirou os fones das minhas orelhas, e eu abri os olhos e o encarei, séria.

— Que foi? — resmunguei.

— Você está levando isso muito a sério.

Reagi imediatamente.

— Otelo era tão orgulhoso, tão bem-sucedido! No entanto, foi muito fácil manipulá-lo! — argumentei com paixão.

Samuel refletiu por um minuto.

— Otelo era um homem que teve que lutar e se esforçar muito para chegar aonde chegou. Provavelmente sentia que a qualquer momento o navio podia começar a afundar, e se isso realmente acontecesse? Ele seria o primeiro a ser jogado ao mar, embora fosse o dono do navio.

— Então Otelo foi um alvo fácil? O orgulho era só um disfarce para a sua insegurança?

— Insegurança... experiências do passado... a vida, quem sabe? O orgulho exigiu que ele buscasse justiça. Otelo havia trabalhado muito para ser alvo de deboche daqueles que eram mais próximos dele.

— Então ele foi destruído pelo próprio orgulho. Não por Desdemona!

— Ahhh, ironia. — Samuel fez uma careta e tocou meu queixo.

Ele me devolveu os fones, virando um lado para fora para poder ouvir Chopin comigo. Estudei as linhas fortes de seu rosto, os olhos negros que iam perdendo o foco à medida que ele mergulhava na música. Ele era muito impressionante, e seu rosto foi ficando mais sereno. Eu me sentia cada vez mais desamparada conforme a música progredia e continuava olhando para o rosto dele, um rosto que se havia tornado muito importante para mim.

O ônibus fez um barulho alto e parou com um solavanco. Éramos os últimos a embarcar de manhã e, portanto, os primeiros a descer do ônibus todas as tardes, quando o sr. Walker refazia a rota de volta. Samuel tirou o fone do ouvido, me entregou e pegou minha mochila para eu poder guardá-lo. Andamos pelo corredor e descemos a escada para o sol de fim de março. A luz dourada refletia ofuscante na neve derretida, e, quando Samuel começou a andar em direção à casa dele, eu o chamei e apertei os olhos contra a claridade. Ele virou, levantou as sobrancelhas e jogou a mochila sobre um ombro.

— O amor é realmente tão complicado? — perguntei, com desespero. — É mesmo tão difícil confiar? Eu não entendo. — Pensei novamente em Coríntios 1, capítulo 13. — Otelo algum dia amou Desdemona?

Samuel olhou para mim, e havia em seus olhos uma sabedoria e uma compreensão que me fizeram sentir incrivelmente ingênua.

Ele percorreu a distância de poucos passos entre nós.

— Otelo amava Desdemona. Ele era louco por ela. Esse nunca foi o problema. O problema de Otelo era que ele nunca se sentiu digno de Desdemona. Ele era o "mouro negro", e ela, a "loira Desdemona". — Seu tom era casual, mas havia em seu rosto certa melancolia. — Era bom demais para ser verdade, doce demais para ser real por muito tempo, e, assim, quando alguém decidiu destruir sua confiança nela, fez mais sentido duvidar de Desdemona do que acreditar que ela realmente o amava.

— Mas ela amava!

Samuel deu de ombros, como se não fosse importante. E virou novamente para o outro lado.

— Samuel!

— O que foi, Josie? — Os outros alunos que haviam descido do ônibus no mesmo ponto estavam indo para casa e não podiam mais ouvir o que dizíamos, mas ele parecia relutar em continuar a conversa.

— Mas ela amava! — insisti, pronunciando cada palavra claramente.

Os olhos de Samuel encontraram meu rosto, e percebi que ele contraía a mandíbula. Levantei o queixo, desafiando-o a negar o que eu dizia.

— Eu acredito em você, Josie — Samuel respondeu, finalmente. Depois virou e se afastou, andando daquele jeito cadenciado e sem pressa, os mocassins silenciosos na neve dura.

Era um alívio perceber que nos entendíamos. Só quando li a peça novamente, muitos anos depois, compreendi que não falávamos sobre Desdemona e Otelo.

❧

O ano letivo estava chegando ao fim. Samuel foi ficando distante e retraído novamente, como no início. Mantinha contato constante com seu recrutador e, mentalmente, já havia quase partido. Agora ele nadava bem. Havia se dedicado ao esporte com empenho e tinha certeza de que conseguiria um bom resultado no treinamento, mesmo que não fosse o mais forte dos nadadores. Ele também corria todas as noites, tentando se preparar da melhor maneira possível para as provas do Corpo de Fuzileiros Navais. Disse que queria ter a pontuação máxima no teste físico. Samuel havia trazido todos os prontuários médicos quando deixou a reserva. Precisava de várias vacinas que nunca havia tomado, além de alguns exames de rotina. Ele estava carrancudo e irritado no último mês de aula, pronto para se formar e ir embora.

Eu não entendia por que ele estava tão ansioso para ir embora. O campo de treinamento devia ser horroroso... E ele não sentiria minha falta? Eu não conseguia nem pensar em não vê-lo todos os dias, ouvir música, ler com ele. À medida que ele ia ficando mais agitado e impaciente, eu me sentia mais abandonada. Queria dar um presente de formatura para ele. Samuel entrou na lista de honra ao mérito, feito de que ele se mostrava orgulhoso. Havia se tornado o novo queridinho da sra. Whitmer. A professora estava tão impressionada que havia dado a ele o prêmio de aluno destaque. Mas nada disso amenizava o nervosismo de Samuel.

Certa manhã, no ônibus da escola, ofereci a ele os fones de ouvido, e Samuel empurrou minha mão em uma reação irritada. Contive o impulso infantil de chorar. Sonja havia dito que as mulheres têm muitas emoções, mas é só uma resposta física. Quando ficamos bravas, nós choramos. Quando estamos felizes, choramos. Quando estamos tristes, choramos. Quando sentimos medo, adivinha, choramos.

— Qual é o problema, Samuel? — perguntei depois de algum tempo de silêncio tenso.

— Não quero ouvir música, só isso.

— Tudo bem. Mas por que você empurrou a minha mão? Estou te incomodando?

— Sim. — Samuel levantou o queixo, como se tivesse a intenção de me ferir e me deixar brava.

— O que eu estou fazendo que te incomoda? — Continuei lutando contra as lágrimas que ameaçavam minha dignidade. Falava cada palavra com cuidado, prestando atenção à forma e ao som, em vez de me concentrar no sentimento.

— Você é tão... — A voz suave tinha camadas de turbulência e frustração. Samuel raramente subia o tom, e agora ele mantinha a voz baixa, mas a ameaça estava lá. — É tão... calma e conformada, e às vezes é tão ingênua, que tenho vontade de te sacudir!

Tentando entender o que podia ter provocado esse ataque tão veemente, fiquei ali sentada em um silêncio perplexo por vários instantes.

— Eu te incomodo por ser... calma e conformada? — perguntei, com a voz incrédula, esganiçada. — Você quer que eu seja agitada e... intolerante?

— Seria bom se você questionasse alguma coisa de vez em quando. — Samuel se envolvia na discussão. Dava para ver a animação em seu rosto. — Você vive no seu mundinho feliz. Não sabe como é não pertencer a lugar nenhum! Eu não pertenço a lugar nenhum!

— Por que você acha que eu criei o meu mundinho feliz? Porque nele eu me encaixo perfeitamente! — Odiava quando ele tentava brigar comigo. — Fala sério, Samuel. Todo mundo se sente deslocado em algum momento, não é? A sra. Grimaldi me contou que Franz Schubert, o compositor, disse que às vezes sentia que ele nem pertencia a este mundo. Ele compôs músicas lindas, incríveis. Tinha um dom fantástico, mas também se sentia desajustado.

— Franz Schubert? O compositor da música que você tocou no Natal?

— Isso. — Sorri para ele, como uma professora orgulhosa.

— Não tem nada a ver, Josie. Acho que o Franz e eu não temos muita coisa em comum.

— Bom, espero que não! O coitado do Franz não ganhou muito dinheiro com a música dele, morreu de tifo aos trinta e um anos e completamente pobre, falido.

Samuel suspirou e balançou a cabeça.

— Você sempre tem resposta para tudo, não é? Então me diga o que eu faço, Josie. A minha mãe liga para mim o tempo todo. Liga tarde da noite, tão bêbada que só consegue chorar e falar palavrões. Os meus avós tentam não se envolver nisso, mas eu sei que estão incomodados com esses telefonemas constantes e em horários impróprios. Ela diz que eu nunca vou encontrar *hózhǫ́* no mundo do homem branco. Dá para acreditar que ela usa a religião navajo para me fazer sentir culpa, enquanto ela mesma está toda enrolada?

Percebi que a angústia de Samuel não tinha nada a ver comigo.

— O que é *hózhǫ́*?

— É o centro da religião navajo. Essencialmente, significa harmonia. Harmonia no espírito, na vida, com Deus. Algumas pessoas o comparam ao carma, à ideia de que o que você distribui volta para a sua vida. É um equilíbrio entre corpo, mente e espírito.

— Você encontrou *hózhǫ́* na reserva? — Prendi a respiração e torci para não ter ultrapassado nenhum limite.

— Ha! — Samuel debochou, jogando a cabeça para trás. — Eu me sinto mais perto disso quando estou com a minha avó, ouvindo o que ela diz, aprendendo com ela... mas não. Nunca encontrei isso lá.

— Parece que a sua mãe também não. Como ela pode exigir de você algo que ela mesma não faz? — Estava ficando indignada.

— A minha mãe não tem *hózhǫ́* nenhum desde que o meu pai morreu. Ela diz que deu as costas para o seu povo quando se casou com ele, mas eu acho que ela dá as costas para mim quando fala essas coisas. Eu tinha seis anos quando o meu pai morreu. Eu me lembro de ter uma família! Éramos felizes! O meu pai era um homem bom. — Samuel estava visivelmente abalado. — A minha vó Yates me deu os diários dele. Ele escreveu em todos os anos do ensino médio e durante a missão na reserva. Quando saiu de casa, ele levou tudo o que tinha em caixas, mas os diários ficaram com os meus avós. Não li tudo ainda, mas o que li me faz querer ser mais parecido com ele, não menos. Tenho a sensação de ser rasgado ao meio. Não quero mais ver a minha mãe. Não gosto do que ela tem feito. O meu pai nunca bebeu. Nunca! No diário, ele conta que um amigo do colégio estuprou uma garota depois de ter bebido demais. Disse que o amigo nunca teria feito isso sem o álcool. A bebida estragou a vida do amigo dele e da garota. Ali ele decidiu que não beberia nunca. O álcool é um problema muito sério na reserva. Vi o meu padrasto bater na minha mãe tantas vezes que fico doente com isso. Quando o segurei, ela se voltou contra mim. A minha mãe não era assim. Tenho lembrança dela doce e feliz. Ela não tem desculpa! Teve a minha avó para criá-la. A minha avó Yazzie é a melhor mulher que conheci. O meu avô Yazzie era muito mais velho que a minha avó e tinha problemas de saúde que a obrigavam a assumir mais responsabilidades, mas os dois amavam a minha mãe e a criaram bem. A minha mãe é filha única. Minha avó teve vários abortos espontâneos, e eles consideravam a minha mãe um milagre, um presente. Ensinaram a ela as tradições e a linguagem do nosso povo. Acho que ela dá as costas para o *diné* quando se esconde atrás de uma garrafa.

— E o que diz a sua avó Yazzie?

— Não conversei com ela sobre isso. A minha avó não fala inglês muito bem, e, embora tenha acesso a telefone, não se sente confortável usando o aparelho. Ela pede para a minha mãe fazer as ligações quando é necessário, mas, infelizmente, com a minha mãe no estado em que está na maior parte do tempo, minha avó fica isolada. Ela vive na terra em que nasceu, em seu *hogan*. Minha mãe mora em uma habitação tribal com o marido e os filhos dele que ainda vivem em casa.

— Mas você me contou que a sua avó disse que você vai ter que sobreviver em dois mundos, lembra? Por isso precisava ter um espírito guerreiro. Para você, talvez o *hózhǫ́* não venha de nenhum dos dois lugares, mas de uma mistura dos dois — sugeri, tentando confortá-lo.

Samuel olhou para mim com um ar triste, a expressão cheia de conflitos.

— Talvez o Deus do meu pai me ajude a encontrar as respostas de que preciso. Eu tenho a Bíblia que era dele. Minha mãe me deu há muito tempo, antes de se casar de novo. Eu já te contei que ela a lia de vez em quando. Minha mãe acreditava em tudo que está escrito ali quando era casada com o meu pai. Acho que ela não encontrou nenhum equilíbrio nessa tentativa de viver nos dois mundos.

— Você disse que ela foi feliz antes do seu pai morrer. A perda do equilíbrio pode ter vindo depois de ela rejeitar o Deus do seu pai. Ela rejeitou as duas tradições e todas as crenças. Não adotava a vida dos navajos e rejeitou a outra forma de vida. Rejeitou os dois mundos. Por isso ela se mudou para a reserva depois que o seu pai morreu. E daí? Morar na reserva não faz dela uma navajo.

— O quê? — Samuel me encarou chocado, de olhos arregalados e queixo caído. Ele segurou meu braço. — O que você acabou de dizer? Fala de novo!

— Não precisa viver em uma reserva para ser navajo? — gaguejei, confusa.

— Não foi assim que você falou. Você disse que "morar na reserva não faz dela uma navajo".

— Isso... e daí?

— Então, *o que faz* alguém ser navajo? É isso que você está dizendo?

— É, acho que sim. O que faz alguém ser um navajo, Samuel? O que define um navajo? É realmente o lugar onde você mora, a cor da sua pele, os mocassins, o colar com a pedra turquesa em volta do pescoço? O que é?

Samuel estava perplexo. Eu queria ouvir a resposta. Era descendente de dinamarqueses e podia falar um pouco sobre meus ancestrais, se alguém perguntasse. Mas eu era dinamarquesa? Nunca estive na Dinamarca. Não falava o idioma. Não conhecia costumes ou tradições do país. Era só uma descendente. Tinha a sensação de que ser navajo era muito maior que herança ou ancestralidade.

Samuel tentou responder.

— Ser navajo tem a ver com sangue...

— Anotado — falei e fiz um sinal no ar como se ticasse um item em uma lista. Samuel sorriu e balançou a cabeça, fingindo irritação.

— Ser navajo tem a ver com idioma...

— Anotado!

— Ser navajo tem a ver com cultura.

— Que cultura? Dá para ser um navajo sem morar em um *hogan?*

— Alguns tradicionalistas dizem que não. Os velhos curandeiros não gostam que os curandeiros jovens, os *hataalii*, tentem modernizar ou mudar os antigos costumes. Mas minha avó Yazzie diz que cultura é ensinar às nossas crianças os costumes, as tradições e as histórias que são passadas de geração a geração. Isso tem a ver com o idioma. Se as novas gerações não aprendem o idioma, perdemos a cultura. Não existe tradução para muitas palavras do navajo. Elas têm significado próprio. Você perde o significado, pode perder a moral em uma lenda, e perde a sua cultura.

— Humm, esse tem que ser anotado e sublinhado — opinei. — Você aprendeu com a melhor. E o que mais?

— Ser navajo tem a ver com preservar as terras indígenas.

— Essa você vai ter que explicar.

— Talvez não seja necessário morar na reserva para ser um navajo, mas tem que haver uma terra para onde o povo possa voltar.

— Bom, a América não é de todos os americanos, os de Levan e os navajos, inclusive?

— Não é a mesma coisa.

— Por quê?

— Por isso que chamam a América de caldeirão de cultura. A ideia é que diferentes povos de vários lugares vêm para cá e se tornam um só povo. Isso é bom. A diferença para os navajos é que a terra da qual eles originam é o próprio continente americano. Não existe uma nação navajo do outro lado do oceano, um lugar que, simplesmente por existir, preserve a cultura do povo original, como a Itália, a África ou a Irlanda. Quando irlandeses migram para a América, a Irlanda continua existindo, cheia de irlandeses. De onde são os seus ancestrais?

Eu sabia que a Dinamarca tinha um papel nisso em algum lugar, e respondi interessada.

— Então, imagina que um país vizinho e maior chega, se apodera da Dinamarca, a transforma em um parque nacional e diz aos dinamarqueses: "Peguem seus tamancos de madeira e saiam daqui. Podem ir morar no nosso país. Afinal, somos todos escandinavos, e vocês podem viver lá como vivem aqui".

— Acho que não eram os dinamarqueses que usavam tamancos de madeira — comento.

— Você entendeu. Se o povo dinamarquês não tem uma Dinamarca, vai acabar deixando de ser dinamarquês. Vão se tornar só escandinavos, ou sei lá o quê. Se tirar a terra do povo, o povo vai deixar de ser um povo. Se tirar dos navajos as terras tribais, eles vão deixar de existir.

Foi minha vez de olhar para ele, admirada.

— Você é um navajo bem inteligente, Samuel. Anotado e sublinhado.

Samuel revirou os olhos. Mas havia nele uma paz que não estava ali antes. Ele suspirou e estendeu a mão para o meu fone de ouvido.

— O que a gente estava ouvindo, mesmo? — perguntou, e o *hózhó* foi restaurado em nosso banco verde e duro no desconfortável ônibus escolar amarelo.

9
coda

Eu havia dado a Samuel todas as fitas que gravei quando ele voltou da reserva, em março. Enfileirei todas dentro de uma caixa de sapato, com nome de música e compositor anotados em um cartão de referência que acompanhava cada caixa. Ele disse que ouvia uma diferente todas as noites quando ia deitar, antes de dormir. Eu fazia a mesma coisa e olhava frequentemente pela janela e para a rua, onde eu conseguia ver a casa dos avós dele, imaginando que compositor fazia companhia a Samuel naquela noite. Logo ele iria embora, e eu queria dar um presente de formatura, algo que servisse para ele se lembrar de mim.

Foi Sonja quem acabou me dando a ideia. Ela gravava minhas aulas e reproduzia as gravações para eu ouvir e avaliar meu desempenho, a velocidade dos dedos, o fraseado musical, o tempo. De repente eu soube que havia uma coisa de que Samuel gostaria muito, mais que tudo.

Durante a semana seguinte, aperfeiçoei a peça que havia escrito para ele. Na noite antes do último dia de aula, pedi uma fita nova para Sonja. Disse a ela que queria gravar minha composição. Ela concordou animada e posicionou o microfone na boca do piano para registrar meu esforço. Toquei com todo sentimento que consegui transmitir, as emoções acentuadas por nossa iminente despedida.

Quando terminei, Sonja me olhava de um jeito estranho. Ela apertou o botão para encerrar a gravação antes de falar.

— Minha querida, se eu não te conhecesse bem, diria que está apaixonada. — Havia humor em seu tom de voz, mas também uma nota de apreensão. Ela estava de costas para mim, e eu me sentia grata por isso, porque senti o calor subindo por meu pescoço. Sonja voltou a fita e a guardou na caixa.

— Fiz uma cópia para mim também, espero que não se incomode. — Ela mudou de assunto, e acabamos não falando em paixão por mais alguns anos. Infelizmente, nunca conversei com Sonja sobre Samuel. Ele continuou sendo um segredo muito bem guardado até ser tarde demais para contar para ela, até ela não poder mais ouvir ou se importar.

❧

SAMUEL NÃO QUERIA IR À CERIMÔNIA DE FORMATURA. DISSE QUE havia conseguido o diploma, mesmo que não fosse recebê-lo, mas Nettie e Don insistiram para que ele fosse. Johnny também estava se formando, por isso minha família foi à cerimônia. Foi um evento bem chato, cheio de discursos sobre sucesso e fazer a diferença. Houve alguns números musicais sem graça, e os formandos cantaram o hino da escola, que, francamente, precisava de mais ritmo. As cores da Escola de Ensino Médio de Nephi eram vermelho e dourado. Os meninos usaram beca vermelha, as meninas, dourada. Na verdade, o dourado era meio cor de mostarda, e as meninas ficaram um pouco pálidas.

Samuel estava na última fila por causa da altura e da ordem alfabética dos nomes. O vermelho vibrava em contraste com sua pele morena, e eu o observei discretamente o tempo todo. Ele demonstrou pouca emoção ao ser chamado, recebeu o diploma e apertou a mão do diretor Bracken. O grande momento de Samuel havia acontecido antes, na cerimônia de entrega dos prêmios da escola no começo da semana, quando a sra. Whitmer o declarou seu décimo segundo "Aluno do Ano". Ela disse que Samuel havia progredido notavelmente e demonstrado grande desejo de aprender ao longo do ano, o que o tornava merecedor do prêmio. O corpo estudantil não se importava, mas Samuel estava orgulhoso quando me contou sobre isso mais tarde, depois da aula.

Após a cerimônia, os pais tiravam fotos e os formandos posavam com os colegas de turma. Nettie e Don conversavam, e meu pai estava ocupado com a câmera. Encontrei Samuel meio afastado, já sem a beca e o capelo, que havia devolvido ao orientador da turma de formandos. Ele usava a calça preta e a camisa branca que tinha usado no serviço religioso da véspera de Natal. O cabelo preto estava penteado para trás. Em pouco tempo ele teria que cortá-lo à moda militar. O recrutador havia sugerido que ele mesmo cortasse o cabelo antes de se apresentar para o treinamento, mas até agora Samuel se recusara.

Os avós o levariam de carro a San Diego na manhã seguinte. Don e Nettie queriam fazer uma viagem tranquila. Nenhum dos dois conhecia muita coisa fora de Levan. Eles planejavam seguir a "rota cênica". Samuel se apresentaria no processo seletivo da Marinha na manhã de segunda-feira.

— Tenho uma coisa para você — falei, acanhada, tentando não chamar atenção e não ser ouvida por ninguém além dele. — Você vai para casa depois da cerimônia? — Havia sempre uma grande comemoração depois da formatura, mas eu não acreditava que Samuel ficaria para a festa.

— A Nettie e o Don querem me levar ao restaurante do Mickelson para jantar, mas depois vou para casa. — Ele me encarou por um instante. — Eu também tenho uma coisa para você. — Os olhos desviaram dos meus, e a linguagem corporal assinalou que ele se afastava de mim. — Sabe aquela árvore grande que é dividida em duas?

Assenti. Eu chamava a árvore e as outras em torno dela de Vazio Adormecido. O Vazio Adormecido era formado de três árvores que compunham um triângulo a pouco menos de um quilômetro da casa dos avós de Samuel, pouco antes da saída para o cemitério e para a colina Tuckaway. Um relâmpago havia atingido a maior das três árvores, dividindo o tronco ao meio na horizontal mais ou menos até a metade do comprimento. A árvore não morreu, apenas se bifurcou em duas árvores sustentadas pelo tronco enorme. Era uma versão da natureza para gêmeos siameses. Os galhos mais altos, que agora formavam ângulos de quarenta e cinco graus, haviam desenvolvido ramos que se estendiam para as outras duas árvores na clareira. Os galhos mais baixos foram deformados e retorcidos pelo relâmpago, o que as fazia crescer para os lados, não para o alto, como braços cobertos de folhas estendidos em súplica. No fim do outono, quando as árvores perdiam as folhas, os galhos retorcidos lembravam braços esqueléticos com dedos que se curvavam ameaçadoramente como garras, inspirando o nome Vazio Adormecido. Mas na primavera, quando as árvores vestiam seus adornos de folhas, essa estranheza cheia de galhos se associava às outras duas árvores e criava um esconderijo verde, um refúgio natural totalmente escondido da estrada de terra que passava perto dali.

— Você pode ir me encontrar lá às oito? — Samuel parecia desconfortável, mas determinado, e eu concordei imediatamente. O sol não se punha até quase nove da noite, agora que os dias de verão iam até mais tarde, e eu tinha liberdade até o anoitecer.

৵৹

Cheguei antes de Samuel e fiquei esperando no abrigo formado pelas árvores, segurando os presentes. No último minuto, decidi dar a ele mais um tesouro, algo de que odiava abrir mão, algo que havia sido um presente para mim, mas que, eu sabia, teria um significado especial para ele.

Samuel chegou a cavalo, segurando alguma coisa nos braços. Ele desmontou e amarrou a rédea em um galho. O cavalo começou a pastar imediatamente, e Samuel se aproximou revelando sua carga peluda. Uma carinha branca e um focinho preto podiam ser vistos por trás de seus braços cruzados.

— Samuel! Ai, meu Deus! — Corri para ele. O filhote era gordo e peludo, branco como um ursinho polar. — Onde você o encontrou?

— Hans Larsen me prometeu um filhote quando descobriu que a cadela dele, a Bashee, estava prenha. Meu avô e o Hans se ajudam com os rebanhos. Eu conduzi o rebanho do Hans uma ou duas vezes para mudar de pasto.

— É um labrador? — perguntei, olhando para a carinha linda.

— Mestiço. Mas, no caso dele, nem parece. — A voz dele era leve, e eu deixei passar sem nenhuma crítica o comentário sobre ser mestiço.

— Labrador com que raça? — Afaguei a cabeça de pelos finos e macios.

— O Hans diz que a mãe do filhote é uma akbash. Por isso deu a ela o nome de Bashee.

— Akbash? Nunca ouvi falar dessa raça.

— Porque são cães pastores nativos da Turquia. O Hans usa essa raça para proteger o rebanho dele há anos. Diz que não são famosos como as raças normalmente usadas aqui pelos criadores. Na verdade, eles nem conduzem o rebanho. São considerados guardiões. São muito calmos, só ficam deitados com os carneiros. O Hans tem um sheepdog para ajudar na condução dos animais, e a akbash para proteger e ficar com eles. Ele diz que a mãe deste filhote acredita que o rebanho é dela.

— E como o labrador entrou na mistura?

Samuel pôs o filhote no meu colo, e eu aproximei o rosto do lombo do animalzinho.

— O Hans deixou o rebanho no curral mais próximo da casa naquela semana de tempestades fortes em janeiro. O labrador branco dos Stephenson passou por lá para uma visita, para desgosto do Hans. Ele pretendia cruzar a cadela com outro akbash puro. O labrador foi mais rápido.

Dei risada e sentei na grama macia, cruzando as pernas e deixando o filhotinho brincar perto de mim.

— Parece um labrador... mas é muito branco!

Samuel se abaixou e afagou o pelo macio do cachorrinho.

— A akbash é branca e tem cabeça e focinho de labrador, apesar das patas mais longas e da cauda mais peluda e curva. O filhote tem a cauda do pai! — Samuel bateu de leve na anca pequenina. — Vai ficar bem grande. Na verdade, é provável que fique mais pesado que você quando for adulto, mas ele vai cuidar de você quando eu estiver longe. — Sua voz era baixa e séria. — Afinal, eu me tornei responsável por você quando salvei a sua vida, lembra? — E sorriu para amenizar a seriedade da declaração.

— É para mim?

Samuel riu.

— Não posso levar o cachorro comigo, Josie.

— Samuel! — Olhei de um jeito diferente para a criatura adorável na minha frente. Nunca pensei em ter um cachorro. Entre galinhas, cavalos e os gatos magricelos que apareciam na nossa varanda, tínhamos sempre muitos animais para cuidar. De repente, a ideia era incrível. Peguei meu novo amigo no colo e o aninhei como se fosse um bebê, rindo quando o focinho molhado encontrou meu rosto.

— Será que o seu pai vai deixar você ficar com ele?

A pergunta me fez pensar. Eu pedia muito pouco. Meu pai não hesitaria. Se eu levasse o cachorrinho para casa e dissesse que queria ficar com ele, não teria nenhum problema.

— O meu pai não vai se importar.

Vimos o cachorrinho andar por ali, farejar uma coisa e outra.

— Que nome você vai dar a ele? — Samuel sentou no chão e estendeu as pernas longas.

— Humm... dei a todas as minhas galinhas nome de personagens literários. O que acha de Heathcliff? Assim eu me lembraria de você! — Dei risada e balancei a cabeça, lembrando todos aqueles dias com *O morro dos ventos uivantes* no ônibus. Senti imediatamente uma onda de melancolia ao pensar na partida iminente de Samuel.

— Heathcliff é aquele gato gordo que gosta de lasanha, o das tirinhas do jornal de domingo do meu avô Don. Ele precisa de alguma coisa mais canina. Além do mais, não gostamos do Heathcliff. — Ele olhou para mim, e vi em seu rosto um reflexo da minha melancolia.

— É verdade. Talvez eu deva chamá-lo de Rochester, em homenagem ao verdadeiro amor da Jane. Dá para abreviar para Chester. — Pensei por um instante e mudei de ideia. — Não. Quero um nome que tenha a ver com você. Mas não quero Samuel, seria esquisito. — Mais um momento de reflexão. — Já sei. — E olhei para ele. — Yazzie.

Samuel sorriu e olhou para mim com ternura.

— Yazzie é perfeito. A minha avó também vai gostar. Um guardião com o nome de outro.

Yazzie pulou no meu colo e deitou com um suspiro cansado. Com a cabeça apoiada nas patas, ele adormeceu imediatamente.

— Também tenho um presente para você. — Peguei um dos pacotes que tinha deixado ao meu lado. Entreguei primeiro a fita cassete. Estava embrulhada em papel pardo. Samuel não era o tipo que apreciava laços e fitas.

Ele rasgou o papel e segurou a fita contra a luz.

— Canção de Samuel — leu em voz alta. — Você gravou? — Seu tom era animado. — É a música que você tocou para mim naquele dia? A sua música?

— A sua música — respondi, tímida, satisfeita com a reação dele.

— A minha música — Samuel concordou em voz baixa.

— E tem mais. — Entreguei o outro presente.

Ele não precisou abrir para saber o que era. Balançando a cabeça, desembrulhou o grande dicionário verde que havia sido parte do começo da nossa amizade. Samuel passou a mão pela cabeça e continuou de cabeça baixa ao protestar.

— Isto é seu, Josie. Não vai querer se desfazer disso. Você adora este livro.

— Quero que fique com ele — insisti e me debrucei para abrir o livro na primeira folha, em que havia escrito:

Para o meu amigo Samuel,
um bardo navajo e uma pessoa de caráter.
Com amor,
Josie

— Um o que navajo? — Ele levantou as sobrancelhas, com ar debochado.

— Bardo. Procura! — ordenei, rindo.

Samuel suspirou de um jeito condescendente, assumindo novamente o papel de aluno. Ele virou as páginas depressa.

— Bardo: tapume formado por silvas ou ramos de outras plantas.

— Quê? — Tentei tirar o livro da mão dele.

Samuel ria, abandonando momentaneamente a persistente seriedade. Ele puxou o livro e o manteve fora do meu alcance.

— Ah, talvez seja a outra definição. Um bardo é um poeta — disse e levantou as sobrancelhas novamente.

— E isso é o que você é, um poeta navajo. Dotado de belos pensamentos e da habilidade de compartilhar todos eles.

— Você é boa nisso.

— Em quê?

— Em me fazer sentir especial em vez de excluído, em me fazer sentir importante.

— Você é importante, Samuel.

— Está fazendo de novo. — Ele levantou as mãos e desamarrou a tira de couro que levava pendurada no pescoço. — Você me deu uma coisa que era sua. Quero te dar algo meu.

A pedra turquesa balançava na tira de couro quando ele me ofereceu o colar. Nunca o vi sem ele. Balancei a cabeça como Samuel havia feito momentos antes.

— Levanta o cabelo — Samuel ordenou.

Ergui meus cachos loiros e os segurei acima da nuca e me inclinei na direção dele. Suas mãos eram cálidas e suaves quando ele amarrou a tira de couro no meu pescoço. Depois, sempre correto e respeitoso,

Samuel se afastou de mim. A pedra ainda tinha o calor do seu corpo, e fui dominada pelo desejo de mantê-lo perto de mim, de implorar para ele não era ir embora na manhã seguinte.

Confessei meu medo com a voz embargada.

— Queria que você não tivesse que ir embora. — Senti as lágrimas chegando e não consegui segurá-las. Eu as enxuguei furiosa, mas elas continuavam correndo. — Você é o melhor amigo que eu já tive.

— Se eu ficasse, não poderíamos ser amigos. — A voz de Samuel era contida e distante, mas as costas rígidas atestavam o tumulto interior.

— Por quê? — Limpei o rosto e senti que a resposta direta secava minhas lágrimas.

— Porque a diferença de idade é um problema. Eu não devia estar aqui com você. Só queria me despedir... porque a verdade é que você também é a melhor amiga que eu já tive, e um melhor amigo não vai embora sem se despedir.

Samuel levantou e estendeu a mão para mim. Segurei Yazzie contra o peito com um braço e segurei a mão dele com a mão livre, deixando Samuel me puxar até eu estar em pé.

— Você vai voltar? — perguntei, sentindo o torpor da negação me protegendo do caráter definitivo do momento.

— Espero que sim. Quando eu voltar, talvez as coisas sejam diferentes.

Olhei para baixo e pensei depressa, tentando procurar um motivo para impedi-lo de ir, para prolongar a despedida. Senti a repentina proximidade e olhei para ele, para o rosto que agora estava bem perto do meu. Seus olhos eram negros, e a respiração era quente no meu rosto molhado. Ele se inclinou cauteloso, os olhos cravados nos meus, e se aproximou até eu não enxergar mais formas e cores. Samuel inclinou a cabeça para a direita, e eu levantei a boca na mais breve insinuação de um beijo que nunca aconteceu. Os lábios dele passaram bem perto dos meus e encontraram minha testa. Senti o beijo, fechei os olhos e deixei escapar um suspiro. E ali ficamos por vários segundos.

112

Até ele se afastar de mim. Samuel segurava meus presentes nos braços e meu coração na mão.

— Eu nunca vou te esquecer, Josie — ele disse em voz baixa, sem emoção. Depois se virou e saiu da pequena clareira. O cavalo relinchou ao vê-lo, e Samuel montou e tomou as rédeas. Ele instigou o animal com os calcanhares e partiu, uma silhueta escura contra o entardecer cor de violeta. Eu também fui embora, andando devagar, segurando Yazzie no colo, a cabeça dele no meu ombro.

⁂

QUANDO CHEGUEI EM CASA, FALEI A VERDADE SOBRE YAZZIE. Disse a meu pai que ele era do Don e que o neto de Nettie, que ia embora para se juntar aos fuzileiros, havia me dado o filhote porque não podia ficar com ele. A verdade sem floreios, embora um pouco resumida. Meu pai não parecia muito preocupado com a origem do cachorro.

— Eu estava mesmo pensando em arrumar um cachorro — ele disse. — Bom menino! Que belezinha!

Por que bebês e filhotes têm o dom de fazer todo mundo falar fazendo biquinho, com cara de beijo? Deixei Yazzie com meu pai, que estava bem entusiasmado, e fui até o meu quarto. Tirei o colar de Samuel do pescoço e o segurei longe de mim, olhando a pedra azul balançar pendurada na tira de couro. Meu pai não havia se incomodado com o cachorro, mas acabaria percebendo, se eu usasse a grande pedra azul. O filhote e a pedra juntos poderiam disparar algum alarme, e eu era suficientemente esperta, mesmo tendo só treze anos, para saber como as pessoas interpretariam o relacionamento.

Esfreguei a pedra de leve no rosto, fechando os olhos e pensando em nosso "quase beijo". Preferia que Samuel não fosse tão cuidadoso e tão honrado. Teria gostado de beijá-lo de verdade, de ter vivido com ele o meu primeiro beijo. Imediatamente, senti vergonha da crítica melancólica. Se Jane Eyre podia se afastar dos beijos do sr. Rochester, apesar do que sentia, embora ninguém fosse ser prejudicado e ninguém se importasse de fato, e agisse assim por princípios, eu não devia esperar menos de mim mesma. Tinha sido isso que Samuel fizera no Vazio Adormecido.

Guardei o colar no porta-joias que ficava em cima da minha escrivaninha. Uma pulseira entrelaçada com corações de prata que havia sido da minha mãe, um broche de girassol que ganhei da Tara no meu aniversário e um anel verde da escola dominical se somavam ao meu mais novo tesouro. Fechei a caixa e desci a escada para ir reencontrar meu guardião.

10
obbligato

No começo eu não podia escrever para Samuel. Ele ainda não tinha um endereço e havia prometido me escrever assim que fosse possível. A primeira carta chegou duas semanas depois de sua partida.

7 de junho de 1997

Querida Josie,

Os primeiros dias aqui foram confusos. Eles puseram todos nós dentro de um ônibus, e era bem tarde, mais ou menos uma da manhã. Estava tão escuro que não dava para ver nada pela janela do ônibus que nos levava para o que eles chamam de recepção. Quando paramos, um homem de uniforme entrou no ônibus e começou a gritar para pegarmos nossa tralha e formar uma fila nas pegadas amarelas do lado de fora. Tinha neblina e era difícil até de enxergar as pegadas. Ele gritava "É pra hoje!" o tempo todo. Um cara começou a chorar, do nada. Logo depois ele se controlou, e acho que todo mundo se sentiu meio solidário, exceto o instrutor, que colou o rosto ao dele e disse para ele engolir o choro.

Tivemos autorização para fazer uma ligação de quinze segundos, e eu liguei para a minha mãe. Ninguém atendeu, e acho que não vou telefonar de novo. Escrevi para ela, mandei meu endereço e avisei que estou aqui, e agora ela decide se quer escrever ou não. Minha avó Yazzie escreveria para mim, se pudesse, mas não espera receber cartas, porque não sabe ler nem escrever. Ela sabe que vou visitá-la quando tiver licença, depois das doze semanas de treinamento.

Na primeira noite ninguém dormiu. Depois dos telefonemas, fomos para uma sala com escrivaninhas e eles começaram a despejar informações em cima da gente: aqui o chão não é chão, é "convés", e a porta é "escotilha". O chapéu é "cobertura", e tênis de corrida são chamados de "corre-corre". Quando terminar aqui, vou saber três idiomas: inglês, navajo e marinhês. Depois eles nos deram o número do nosso pelotão, e tivemos que escrever esse número no dorso da mão esquerda com marcador permanente. O meu é 4044, 1º Batalhão. Depois disso, eles recolheram nossas roupas e todos os acessórios, canivetes, objetos pessoais, cigarros, comida, chiclete, tudo. Um cara tentou enfiar uma barra de chocolate na boca para não ter que entregar. O sargento o fez cuspir em cima das coisas dele.

Não podemos usar eu, mim ou meu. Temos que dizer "este recruta" quando nos referimos a nós mesmos. Todo mundo erra. Agora sou o recruta Yates, sem o primeiro nome. O sargento disse que no Corpo de Fuzileiros Navais não existem indivíduos, mas a equipe. Temos que pensar na nossa unidade. Agora somos o quatro zero quatro quatro. O número quatro é sagrado para os navajos. Há quatro montanhas sagradas emoldurando as terras navajos. Acho que a repetição do quatro só pode indicar boa sorte.

Eles nos levaram imediatamente para o que chamaram de "tosquia de crânio". O instrutor fez um alvoroço quando chegou a minha vez de cortar o cabelo. O meu era o mais comprido ali, com certeza, e eu sabia que teria a cabeça raspada, porque o recrutador já havia me prevenido. Deixaram a gente quase totalmente careca. Sobraram só umas penugens. Sinto vontade de passar a mão na cabeça toda hora, mas não quero chamar atenção. Tenho a sensação de que, quanto menos atenção atrair, melhor vai ser. Foi difícil ver todo aquele cabelo no chão. Pensei no Sansão da Bíblia do meu pai. Ele perdeu a força quando cortaram o cabelo dele.

Depois recebemos equipamentos para as doze semanas que vamos passar aqui. Veio até uma toalha pequena com todas as partes de um M16 desenhadas, para sabermos onde colocá-las quando limparmos a arma. Quando isso aconteceu, já deviam ser quatro horas da manhã, mas não tenho certeza, porque ninguém tinha relógio. Eu não dormia desde a apresentação ao amanhecer do dia anterior e estava sentindo o cansaço. Fomos levados para o alojamento. Os catres (é assim que chamam as camas aqui) tinham colchões sem lençóis. O mesmo cara que tinha enfiado a barra de chocolate na boca foi deitar imediatamente. O instrutor gritou na cara dele de novo, mandando-o botar o "pé na linha", que significa se perfilar junto de uma linha branca com os dedos encostados nela. Ele nos ensinou a andar em formação, e nós marchamos para o refeitório. Não podemos falar lá dentro, o que não me incomoda, mas o instrutor grita o tempo todo. Temos que segurar a bandeja em um ângulo determinado, com os calcanhares juntos, os polegares voltados para fora. É muita coisa para lembrar ao mesmo tempo, mas, se você fizer alguma coisa errada, alguém vai apontar imediatamente. Tivemos mais ou menos dez minutos para comer antes de sairmos de lá marchando.

Na verdade, só fomos dormir às oito horas daquela noite. Aprendemos a marchar, como levantar os pés, ficar em fila, essas coisas. Depois disso fomos levados de volta ao alojamento e aprendemos a arrumar a cama. No estilo dos fuzileiros. Fomos acordados no meio da noite por um instrutor que gritava "Pé na linha, pé na linha". Um cara continuou dormindo, e o instrutor puxou o cobertor e gritou na cara dele até ele cair da cama, literalmente. Por sorte, ele dormia na cama de baixo do beliche. Outro recruta riu quando ele caiu, e o instrutor falou: "Me dê uma hora e eu prometo que você não vai nem sorrir, recruta!" Vestimos uma peça de roupa de cada vez, e eles nos forçavam a cumprir as ordens com precisão. Quando mandavam a gente se hidratar, tínhamos que beber toda a água do cantil e virá-lo sobre a cabeça para provar que estava vazio.

Um ponto alto. Consegui nota máxima no teste inicial de força. Isso significa que fiz cem abdominais, vinte flexões na barra e corri cinco quilômetros em dezessete minutos e cinquenta e oito segundos. Tenho me esforçado muito para ser o melhor. É difícil saber se eles estão impressionados ou se eu só atraí atenção indesejada. Acho que só o tempo vai dizer. Um sargento sorriu para mim de um jeito bem duro e disse que eles iam ter que exigir mais de mim do que dos outros.

No quarto dia aqui, eles nos levaram para outro alojamento. Fomos apresentados aos instrutores que serão responsáveis pelo nosso pelotão de agora em diante. O sargento Meadows é o chefe dos instrutores, o sargento Blood (que quer dizer sangue, e o nome é perfeito para ele, pode acreditar) e o sargento Edgel são os outros dois responsáveis pelo nosso pelotão. O sargento Blood grita o tempo todo. Nunca ouvi o homem falar baixo. Ele está em todos os lugares ao mesmo tempo, sempre se mexendo, gritando, se mexendo. Não temos permissão para fazer contato visual, e isso é bom, porque eu ficaria tonto tentando acompanhá-lo. Temos que olhar para a frente. Estamos sempre berrando "Sim, senhor!", o que eu odeio. Não me importo com o "sim, senhor", mas gritar é insuportável. Porém o sargento Blood gritou na minha cara várias vezes, cuspindo enquanto falava, reclamando que não conseguia me ouvir. Senti uma vontade enorme de empurrá-lo.

Alguns já choraram. Não importa o que aconteça comigo aqui, não vou chorar. Não vai me sobrar respeito algum por mim mesmo se eu chorar. Não vou desistir, vou ser o melhor e não vou choramingar nem gemer como esses caras. É constrangedor. Um deles começou a chorar depois que gritamos: "Matar! Matar! Fuzileiros Navais!" E fazemos isso muitas vezes. O cara surtou. O sargento Meadows o tirou da formação e passou muito tempo conversando com ele. Não sei se ele vai continuar. É o mesmo cara que tentou esconder o chocolate na boca e deitou no colchão sem permissão. O nome dele é recruta Wheaton, mas alguns já o chamam de recruta Chorão.

Meu companheiro de beliche é um cara branco e grandão chamado Tyler Young. Ele é do Texas, mas fala como se pensasse que é negro, o que irrita os negros de verdade. Eu gosto dele. Ele é simpático e está sempre sorrindo. Fala demais, mas acho que todo mundo fala muito. Ele me perguntou se eu sou mexicano. Só falei que não. Outro recruta do nosso pelotão se meteu na conversa e perguntou o que eu sou. Eu disse que sou um recruta. O sargento Blood ouviu e acho que gostou da resposta, mas agora os caras desconfiam de mim, como se eu escondesse alguma coisa. Não é que eu me envergonhe de ser navajo, só estou cansado de todo mundo falando sobre isso o tempo todo. Não vou falar sobre minha etnia aqui, navajo ou branca.

O sargento Blood diz que eu cochicho quando devia gritar. Ele berrou na minha cara: "Por que está cochichando, recruta?!" Disse que eu não devo ter fibra. Não preciso gritar para ter fibra. Deixo meus atos falarem por mim. Ninguém vai me vencer em uma briga, ninguém vai correr mais do que eu, e ninguém vai atirar melhor do que eu. Garanto. Mas não vou ser o fuzileiro que grita mais alto no pelotão, isso é certo. E, porque não gritei o suficiente, o sargento Blood me obrigou a fazer vinte flexões, mais cem abdominais e agachamentos até minhas pernas tremerem. Os únicos que também foram punidos com exercícios físicos foram os chorões e os que estão sempre atrasados ou errando tudo. Não quero esse tipo de atenção.

Sei que esta carta é longa, mas eu precisava contar a alguém sobre este lugar maluco onde estou. Espero que você esteja bem, tocando piano e compondo mais músicas. Sei que está de férias da escola, por isso deve ter mais tempo para praticar e ler. Eles me deixaram trazer o dicionário e a Bíblia que era do meu pai. Decidi que vou tentar ler a Bíblia enquanto estiver aqui e usar o dicionário para pesquisar todas as palavras que não entender... que deve ser metade do livro, pelo menos. Tenho uma hora livre todos os dias. Não posso ouvir música; vou ter que recitar Rachmaninoff mentalmente.

Espero que você me escreva.

Samuel

Querido Samuel,

Fiquei muito contente quando recebi sua carta. Fui ao posto do correio todos os dias para dar uma olhada e, quando ela finalmente chegou, senti vontade de chorar. E eu chorei. Você me conhece... meio emotiva. Preciso dizer que eu não aguentaria um dia em um campo de treinamento. Não lido bem com gente gritando comigo. Além do mais, sou muito desajeitada. Tropeçaria em mim e em todo mundo o tempo todo. Credo! Ainda bem que Deus abençoa as pessoas com talentos diferentes. O mundo teria problemas se eu fosse uma fuzileira.

Acrescentei uma pequena ponte à sua canção. Talvez um dia consiga gravá-la e lhe mandar a fita. Acho que você não contou se vão te deixar ouvir música em algum momento, então vou guardar a gravação para quando você se formar. Tenho tocado constantemente desde o começo das férias. A Sonja me ajuda com as composições e está me ensinando a anotar no papel apropriado para isso. Até agora eu só tinha lido e tocado, nunca havia escrito música. É como na escola, mas não me importo. A Sonja diz que tenho capacidade para viver de música, talvez tocar em uma orquestra ou sinfônica, talvez viajar pela Europa. Não seria incrível? Só não sei como seria deixar o meu pai aqui.

Pensei no que você disse sobre Sansão, quando rasparam a sua cabeça. Fui ler novamente a história. Não acredito que a força de Sansão estivesse realmente no cabelo. Sempre achei que ele foi bem idiota por contar o segredo dele a Dalila. E ela provou que não era digna de confiança. Usou tudo o que

Sansão contou contra ele. Depois de ler a história, concluí que Sansão não confiava nela. Ele não acreditava que realmente perderia a força se cortasse o cabelo. Só isso. Ele achava que a força era dele, não que havia sido dada por Deus sob certas condições e responsabilidades, como os pais haviam ensinado. Ele não cumpriu o que prometeu a Deus. Deus disse que o cabelo comprido seria um símbolo dessa promessa. Não a fonte de sua força. Assim, quando Sansão revelou a Dalila qual era o símbolo de sua promessa, rejeitou Deus e, em essência, se alienou da fonte de sua força. Então, para resumir a história, sua individualidade não tem a ver com o corte de cabelo, Samuel. Seu valor individual está em cumprir as promessas que faz e ser um homem de caráter. Sei que é fácil falar de onde estou, no conforto do meu quarto, ouvindo Mozart. Mas, mesmo assim, eu acredito nisso.

Lembra aquele trecho de Jane Eyre que li para você? O valor de Jane Eyre vinha de seu caráter inabalável. Acho que ninguém sabe que tipo de caráter tem realmente até ser testado. Você vai descobrir nas próximas semanas que tem muito caráter. Eu acredito em você. Ficaria sem graça se eu dissesse que estou com muita saudade? Porque eu estou.

Vou ouvir música suficiente para nós dois e tentar mandar para você por telepatia. Não seria legal poder transmitir pensamentos por ondas de rádio? Acho que tem que ter um jeito.

Fique bem e feliz,

Josie

1º de julho de 1997

Querida Josie,

Recebi sua última carta ontem à noite, durante o plantão do pelotão no setor de correspondência. Li devagar, por trechos, para fazê-la durar mais.

Minha avó Nettie continua enviando pacotes de carinho cheios de coisas que não posso ter aqui. Ela transmite amor em comida, em vez de escrever cartas, apesar de ter mandado uma breve. Suas cartas são especialmente apreciadas, obrigado. Alguns recrutas mostram as cartas que recebem, principalmente se forem de namoradas. Algumas namoradas não têm classe nenhuma. A diferença entre você e elas é espantosa. Elas não chegam aos seus pés. O cara grande e negro de Los Angeles, Antwon Carlton, estava mostrando alguma coisa indecente e todo mundo ria. Eu não quis ler e me recusei a pegar a carta quando o Tyler tentou passá-la para mim. Isso o deixou nervoso, e o Carlton começou a falar alto: "Você é bom demais, menino branco? Ou não gosta de garotas?" Expliquei que não tinha nenhum interesse no lixo que ele compartilhava. Acho que ele não gosta muito de mim, mas o sentimento é mútuo.

Tyler interferiu para dizer que eu não sou branco, e o cara hispânico, Mercado, comentou: "Todo mundo aqui sabe que ele não é hispânico". Todos olhavam para mim. Continuei limpando a minha arma. O Tyler falou de novo: "Ele é verde!" Verde é como os fuzileiros se chamam. Eu costumava pensar que seria bom se todas as pessoas tivessem a mesma cor, todo mundo igual. Agora não penso mais assim, porque, nesse caso, você não seria você. Seu cabelo não seria todo branco e dourado, e seus olhos não seriam tão azuis. Mas aqui o objetivo é fazer todos iguais... verdes. É estranhamente terapêutico, depois de todos esses anos me sentindo tão dividido entre o desejo de saber mais sobre a cultura do meu pai e permanecer leal a minha mãe. Aqui tem uma cultura inteiramente nova.

Eu devia saber que você não encontraria um jeito de me confortar em relação ao cabelo. Interessante a sua visão sobre a história de Sansão... Você pensou nisso sozinha? Conheço você, sei que sim. Encontrei a história na Bíblia e li ontem no meu horário livre. Sansão era um bom guerreiro. Acho que você está certa sobre a força dele não estar no cabelo. Essa é uma boa lição para todos nós aqui. Sansão era dono de sua própria força, que era incrível, mas perdeu tudo quando achou que podia agir sozinho.

História é um assunto muito importante aqui no campo. Temos aulas por horas seguidas. É interessante e me enche de orgulho, como se eu participasse de algo importante. Eles enchem a gente de datas e batalhas, Inchon, Belleau Wood, Saipan (meu avô lutou em Saipan), Peleliu, Okinawa, Chosin e mais. Iwo Jima na Segunda Guerra Mundial é uma espécie de apogeu para os fuzileiros.

Também aprendemos sobre os guerreiros, como o instrutor os chama, fuzileiros que realizaram grandes feitos. Hoje descobri que um nativo americano chamado Jim Crowe foi fuzileiro. Reconheci o nome dele. Sua história é interessante. Também temos que decorar as catorze características da liderança, coisas como integridade, conhecimento, altruísmo, coragem (achei que você ia gostar disso, porque dá muita importância para o caráter), os oito princípios da camuflagem, as seis disciplinas do campo de batalha e assim por diante. Eles chamam essas coisas de "conhecimento", e o nosso é medido com testes constantes.

Não há tempo para debate ou discussão, e pensei em você um dia, quando estavam nos fazendo decorar fatos e características. Quase dei risada (o que não teria sido bom) quando lembrei quanto você odiaria aquilo. Você adora analisar tudo e dá muita importância para a discussão; teria detestado decorar tudo o que eles dizem que é importante. Fora isso, acho que seria uma excelente fuzileira. Você disse que o mundo teria problemas se você fosse fuzileira. Nem pense nisso. O aspecto físico pode ser aprendido, mesmo com um pouco mais de dificuldade. Você é altruísta, leal e corajosa. Não consigo pensar em nenhuma característica que você não tenha. O mundo seria um lugar muito melhor se houvesse mais pessoas como você.

Esta semana fomos apresentados às barras de treinamento. Basicamente, são barras de um metro e vinte de comprimento com uma grossa proteção estofada nas duas extremidades. Os recrutas usam capacetes e proteção. Lutamos com os recrutas dos pelotões 4043 e 4045. Eles nos perfilaram em uma calçada de madeira, e nós lutamos um contra um. O objetivo era acertar a cabeça ou o peito, golpes que são considerados fatais. O primeiro que acerta dois golpes fatais é o vencedor. Quando chegou minha vez, corri pela rampa gritando como a minha avó me ensinou a fazer quando um coiote tenta atacar o rebanho. Derrubei o outro recruta com um golpe no peito. O instrutor Meadows aplaudiu. O sargento Blood disse: "O que é isso? Um grito de guerra indígena?" Ele parecia ter gostado, pelo menos não reclamou de eu não ser suficientemente barulhento. Acho que o meu adversário ficou com mais medo do grito do que do golpe. Estou começando a entender o motivo dos gritos constantes. Nossa tropa foi vencida pela 4043, por isso eles carregaram a bandeira. Fiquei um pouco descontente com o resultado. Tenho que reconhecer: o Carlton pode ser um valentão de rua, mas sabe brigar. Ele disse o mesmo sobre mim quando terminamos, menos a parte sobre eu ser um valentão de rua. Hoje quase simpatizei com ele. Alguns recrutas nunca tinham brigado de soco, e eu passei a vida toda brigando. Quem poderia imaginar que isso me daria uma chance em um campo de treinamento? Enfim, nós perdemos e por isso tivemos que treinar por mais tempo.

Eu sabia que esse dia ia chegar e tinha medo da piscina. Depois de algumas aulas e da instrução, pusemos o colete, o capacete, as proteções e as botas e pulamos na piscina, assim, com todo o equipamento. Eles ensinaram o que tínhamos que fazer para permanecer à tona, mas senti o pânico me dominando imediatamente. Meu rosto afundou, mas, se você inclinar o corpo para trás e levantar a cabeça o máximo possível, o rosto fica fora d'água. Tivemos que nadar batendo as pernas e atravessar a piscina algumas vezes. Depois, pular da torre de mergulho e nadar quinze metros. Não foi tão ruim. Consigo imaginar como a experiência teria sido aterrorizante se eu não soubesse nadar. Não fui o mais rápido, mas também não me destaquei de forma negativa. Dois recrutas nem sabiam nadar. Eu teria sido o terceiro, se não fosse você.

Tenho um novo apelido. Alguns recrutas perceberam que estou lendo a Bíblia no meu tempo livre. Agora sou o Pastor. Não é muito apropriado, se quer saber a minha opinião. Pastores não têm que falar e ensinar coisas às pessoas? Acho que poderia ser pior. Alguns aqui falam sobre o tipo de música de que mais gostam. Ninguém falou em música clássica. Não fiquei surpreso, e não contei qual é a minha preferência. Mais tarde, conversando com Tyler Young, ele me perguntou o que eu gostava de ouvir, e eu falei sobre

Beethoven. Ele quis saber de que músicas eu gostava. Disse que gostava muito de Ária na corda sol. Grande erro! Ele não entendeu nada e agora me chama de Sol. Acho que eu preferia Pastor. O Tyler tem a boca grande, principalmente quando acha que vai fazer todo mundo rir, e em pouco tempo ele havia contado para todos sobre a música. E agora eu sou o Pastor Sol.

Na verdade, estou gostando daqui. O objetivo de um campo de treinamento é transformar o recruta em uma pessoa melhor. E eu gosto dessa ideia. Cheguei há quatro semanas e acredito que vou até o fim. E o Yazzie, como está? Também estou com saudade de você. Não mude,

Samuel

Escrevi várias cartas para Samuel, tentando pensar em todas as coisas pelas quais ele poderia se interessar. Contei que Yazzie roía tudo o que encontrava e infernizava a vida das galinhas. Se ele não fosse uma bolinha fofa de pelos, meu pai já teria me obrigado a levá-lo embora. Mantive quase todas as travessuras em segredo, para proteger o cachorro. Ele estava quase domesticado. Definitivamente, sua presença significava mais trabalho para mim. Eu tinha que escová-lo todos os dias para evitar os pelos espalhados pela casa, mas valia a pena. Cobria o filhote de carinho e recebia em troca todo o seu amor incondicional. Ele deixava meu coração um pouco mais leve.

Fora a rotina com Yazzie, a vida seguia sem grandes novidades, e eu procurava assuntos para incluir na correspondência. Não podia contar que havia chorado no dia anterior enquanto alimentava minhas galinhas, pensando em como passaria os próximos cinco anos, no mínimo, recolhendo a porcaria dos ovos enquanto elas cacarejavam e ciscavam ingratas em volta das minhas pernas. Enquanto isso, Samuel estaria fora, travando batalhas pelo mundo, sendo um homem, apaixonando-se por mulheres. Eu odiava ter quase catorze anos e ser nova demais para ele. Passava muito tempo sozinha no quarto, sonhando acordada com Samuel voltando no outono e entrando no ônibus, sentando ao meu lado com seu uniforme de fuzileiro, segurando minha mão e ouvindo música clássica do Romantismo.

Eu me sentia ainda pior quando me pegava nessas fantasias ridículas, quando percebia quanto eu era realmente juvenil. Sentia muita falta dele e tinha um medo terrível de nunca mais vê-lo. Em minhas cartas, eu mencionava tudo isso só para em seguida rasgar a folha de papel em pedacinhos minúsculos e enviar a carta apropriada, na qual falava sobre música e contava os fatos e histórias interessantes que Sonja sempre compartilhava no tempo que passávamos juntas.

Eu passava meu tempo livre com Sonja e Doc, tanto quanto considerava possível sem ser invasiva. As aulas eram ecléticas e abordavam outros assuntos, além de música. Doc até participava de vez em quando, contribuindo com seu vasto conhecimento e opiniões. Ele não tinha talento musical, mas gostava de me ouvir tocar e quase sempre adormecia na poltrona antes de eu ir embora. Não sei o que foi feito de seu desejo de escrever um livro. Até onde sei, ele não terminou nenhum, mas por alguma razão ele e Sonja adoravam Levan e acabaram ficando por lá. O filho de Doc era adulto e morava em Connecticut, ou em algum lugar do outro lado do planeta, e eles não o viam muito. As pequenas excentricidades do casal não eram suficientes para que eles se sentissem sufocados em nossa cidadezinha. As pessoas pareciam gostar deles, e as habilidades musicais de Sonja eram empregadas no órgão da igreja todas as semanas. Doc também adormecia na igreja todas as semanas, mas sempre ia, apesar de passar o tempo todo com o cachimbo na boca. Nunca o acendia, por isso acho que a congregação decidiu não incomodá-lo.

Sempre pensei que, se não fosse por Sonja e Doc, meu cérebro teria atrofiado sem nada para ocupá-lo além de alimentar as galinhas, preparar receitas e fazer as lições nada desafiadoras da escola. Eles eram um bálsamo e um alicerce para meu coração cheio de anseios e um estímulo para o meu intelecto.

Naquele verão eu fui ao correio todos os dias, mas só recebia cartas esporádicas de Samuel. Dois meses depois de ele sair da cidade, recebi outra. Corri para casa, joguei o restante da correspondência na caixinha de contas, para conferir depois, subi a escada e me atirei na cama enquanto abria o envelope. Primeiro cheirei as páginas, fechando os olhos e tentando imaginar Samuel escrevendo. Eu me sentia como uma daquelas garotas que choravam quando viam Elvis. Superei o momento de bobeira e desdobrei as folhas de papel. A carta era longa, e a caligrafia precisa se inclinava agressivamente no sentido da escrita. Li com avidez.

31 de julho de 1997

Querida Josie,
Eu sonho com os instrutores gritando: "Gira, alinha à direita, cobertura, não se aproxime e não se precipite!" Tenho a impressão de que treinamos por horas a fio. É como se eu marchasse dormindo. Antwon Carlton realmente marchou dormindo. Tyler estava de sentinela havia duas noites quando Carlton apareceu marchando e dormindo. Tyler gritou: "Gira, volta para o dormitório!" Funcionou, e o grande e ameaçador Carlton marchou de volta ao beliche. Tyler fez todo mundo rir disso. Ele não guardou segredo, é claro. Carlton ficou bravo, mas outros dois recrutas disseram para ele relaxar. Todo mundo achou a história muito engraçada.
Todo mundo parece perceber que, se não nos unirmos, todos vamos sofrer. Um dia o líder do nosso esquadrão, Travis Fitz, um ruivo durão de Utah, teve que fazer exercícios punitivos cada vez que um de nós espantava uma mosca ou perdia uma ordem unida. Ele pagou por nossos erros. Foi uma importante lição.

Mais ou menos na metade do treinamento, acabei pedindo permissão para falar e me ofereci para ocupar o lugar dele. Fiquei incomodado com aquilo, com ele sofrendo por todos nós. O sargento Blood disse que aquilo era que fazia um verdadeiro líder, se responsabilizar pela equipe. Ele me deu autorização para substituir o Fitz, mas a ideia estava clara.

Passamos as últimas semanas no campo de treino de tiro com rifle. Eu aprendi a atirar com a minha avó. Quando saíamos com o rebanho, ela me mandava para longe dos animais e eu praticava. Minha avó chamava esse momento de "hora de relaxar", quando o rebanho já havia pastado e estava satisfeito e sonolento, e ficávamos parados por algum tempo observando os animais. Quando era pequena, minha avó usava arco e flechas para espantar os coiotes. Sei que parece primitivo, muita gente nem acreditaria nisso, provavelmente. A minha avó tinha o próprio rebanho aos oito anos. Se ela perdia um carneiro, era chicoteada, porque isso significava perder comida e sustento. Ela não foi tão dura comigo, mas o cuidado e o bem-estar de seus animais eram coisa importante para ela. Já vi minha avó galopar gritando com um coiote, atirando de cima do cavalo. Ela também teria sido uma boa fuzileira, eu acho. Tenho que dizer isso a ela quando a encontrar novamente. Minha avó vai adorar.

Não tive nenhuma dificuldade com o tiro de rifle, e tudo graças a ela. Como aconteceu com as outras práticas, alguns recrutas nunca tinham atirado antes. Isso me deixa maluco. Até os meninos pequenos em Levan têm espingardas e pistolas, não têm? Em que a América está se transformando? Nossa geração é muito mole. Nossa, estou começando a falar como o meu instrutor. Enfim, no dia da qualificação, eu marquei duzentos e oitenta pontos no trajeto, o que me coloca no topo da categoria especialista. O sargento Meadows disse que eu deveria pensar na escola de atiradores de elite, depois do treinamento de combate e do treinamento de infantaria. Ainda não sei o que vou fazer. Antes eu pensava em prestar serviço na reserva, só, mas agora estou considerando o serviço ativo.

Estamos na metade do treinamento e acabamos de ser fotografados para a Marinha com o uniforme azul completo. Senti vontade de chorar. É engraçado, eu não quis chorar nenhuma vez, nem quando me senti dolorido e cansado, nem quando gritaram comigo. Mas vestir aquele uniforme me deixou com um grande nó na garganta. Incrível. Pela primeira vez, senti que realmente faço parte disto aqui.

Sabe, vou ter que ceder e ler Jane Eyre um dia desses. Mas não posso ler durante o período no campo de treinamento, então, por favor, não mande o livro para mim. Eu não sobreviveria. Consegue imaginar o meu instrutor abrindo o pacote na revista da correspondência e encontrando Jane Eyre? Eu passaria um ano fazendo exercícios punitivos.

Acho que estou tendo síndrome de abstinência de Beethoven. O que você fez comigo? Continue tentando essa coisa da telepatia.

Não mude,

Samuel

Corri para a escrivaninha e escrevi imediatamente a resposta.

Querido Samuel,

Hoje ouvi um pouco de John Philip Sousa e imaginei você marchando com o uniforme azul. Você vai me mandar uma foto quando se formar? Mal posso esperar para ver você todo sério na frente da bandeira. Sei que seriedade é a sua cara, por isso não acredito que você vá ficar muito diferente na foto.

Não me surpreende saber que está indo tão bem. Adoro as histórias sobre a sua avó. Um dia quero conhecê-la.

Sinto que estou parada enquanto você corre. Estou um pouco ansiosa e impaciente, talvez até com inveja por você estar vivendo o seu sonho. Acho que um dia terei a minha chance.

Hoje fui ajudar a sua avó Nettie com o jardim. Ela falou um pouco sobre você. Disse que escreveu uma carta. Ela me contou muitas coisas que eu já sabia, mas, é claro, eu não falei nada. Ela está muito orgulhosa de você. Também está ansiosa para ver a sua foto com o uniforme de fuzileiro. Até me mostrou onde vai pendurá-la. Ela escolheu um lugar perto de uma foto do Don com o uniforme do Exército, quando ele estava na Guarda Nacional. Tenho certeza de que você sabe de que foto estou falando. Vi outra fotografia no corredor da casa dela, uma que não havia notado antes. Estive lá muitas vezes, mas normalmente só vou até a cozinha ou a sala de estar. Essa fotografia mostra você com a sua mãe e o seu pai, imagino que você devia ter uns quatro anos. Sei que fotos podem enganar, mas vocês pareciam muito felizes. E você se parece com os dois... não acha? O seu pai era um homem muito bonito, e a sua mãe era linda.

A vida pode ser cruel. Às vezes penso na minha mãe, no seu pai, em pessoas que amamos e que partiram. Queria entender um pouco melhor o plano de Deus. A morte da minha mãe me fez mais capaz e independente, certamente, e também me fez uma pessoa mais forte e melhor. Mas sinto saudade dela. E sinto saudade de você também.

Com amor,
Josie

Não recebi outra carta até Samuel se formar no campo de treinamento, quando eu me preparava para começar o oitavo ano. Seu tom já era bem diferente, muito adulto e focado. Parecia tão distante. Chorei a perda do garoto que era meu amigo, embora estivesse impressionada com o homem em que ele se transformava.

A melhor parte da carta foi a foto que ele incluiu, um retrato. Meu peito ficou apertado e o coração doeu e cantou ao mesmo tempo. Ele estava tão bonito! O cabelo estava bem curto, e o queixo forte e as maçãs do rosto se destacavam no rosto magro e marrom. As orelhas eram coladas à cabeça, nada de orelha de abano para Samuel. Os olhos escuros pareciam solenes e firmes sob a aba preta do quepe branco. A boca expressiva era firme e não sorria. O uniforme azul-escuro resplandecia, com botões dourados descendo pelo peito. A bandeira estava atrás dele, e havia em seu rosto uma expressão que dizia: "Não se meta comigo". Eu ri. A risada se tornou um soluço, e eu me joguei na cama e chorei até minha cabeça doer e eu ficar enjoada.

Nos meses seguintes, as cartas foram se tornando menos frequentes e mais espaçadas. Eu escrevia tão fielmente quanto sua localidade permitia. E de repente as cartas pararam. Não vi Samuel por dois anos e meio.

11

in.termezzo

DEZEMBRO DE 1999

NETTIE YATES TROUXE UM PRATO DE COOKIES E DOCES NATALINOS dois dias antes do Natal. A neve havia sido pouca até então, mas o frio era congelante. Nettie entrou em casa acompanhada por um sopro de ar gelado, e eu fechei a porta depressa enquanto reagia com "ohs" e "ahs" aos presentes.

— Vamos para a cozinha, Nettie. Também tenho uma coisa para você. — Ela me seguiu até a cozinha, onde eu tinha pão de abobrinha com chocolate embrulhado em papel-alumínio e enfeitado com alegres laços vermelhos. Tinha uns vinte pães em cima da bancada, pelo menos. O Natal pode ser bem estressante em uma cidade pequena. Nem sempre sabemos onde começar e onde parar na troca de presentes com os vizinhos. Todo mundo é vizinho, e as pessoas se ofendem com facilidade. Isso também vale para casamentos. É preciso convidar a cidade inteira e abrir a casa. Assim não se corre o risco de esquecer alguém e começar um conflito do tipo Hatfield e McCoy, que pode durar gerações. As pessoas eram mais compreensivas comigo por eu não ser adulta, mas eu não queria correr riscos.

— Pão de abobrinha? É a minha receita? — Nettie sorriu quando lhe entreguei um pão.

— É, mas não dou os créditos no cartão de Natal. — Sorri de volta. Pão de abobrinha com gotas de chocolate havia se tornado um dos meus favoritos desde que usei a receita como desculpa para tirar informações de Don e Nettie anos antes.

Nettie riu, bem-humorada, e puxou uma cadeira da mesa onde eu amarrava laços de fita e embrulhava os pães com papel-alumínio. Era evidente que ela queria conversar um pouco, e eu não podia censurá-la por não querer voltar para casa na noite fria.

— Então... o Samuel vai comigo e com o Don à igreja para a reunião da véspera de Natal amanhã — ela anunciou, sem preâmbulos.

— Ele gostou muito de ouvir você tocando quando esteve lá anos atrás. Lembra como ele nos envergonhou com todos aqueles aplausos? — Nettie começou a rir. — Achei que iam nos expulsar dali. — A risadinha se tornou uma gargalhada.

Meu coração tinha parado alguns segundos atrás, e eu fiquei paralisada no meio da cozinha, com as mãos levantadas para cortar mais um pedaço de fita vermelha. *Samuel? Aqui?!* Eu devia estar olhando para Nettie com cara de boba, porque ela parou de rir e levantou para tocar meu rosto.

— Tudo bem, Josie? — perguntou, assustada.

Saí do estado de torpor e sorri para Nettie.

— Fiquei um pouco surpresa, só isso — falei, orgulhosa por ouvir minha voz quase normal. — Por que ele voltou? Veio passar férias? — Lembranças de Samuel surgiram sem que eu conseguisse impedir e se instalaram em meu peito enquanto eu pensava na saudade desesperada que havia sentido dele.

— Bom — Nettie suspirou e, satisfeita por eu estar bem, sentou-se novamente e começou a fazer laços de fita enquanto falava. — De vez em quando ele tem licença. É mais ou menos como um período de férias. Mas o Samuel tem estado muito ocupado. Eles o treinaram para ser um atirador de elite, sabia? — Nettie baixou a voz, como se conspirasse comigo, como se contasse uma boa fofoca, e abriu bem os olhos ao pensar nas habilidades de atirador do neto. — Ele não fala muito sobre isso, mas o Don acha que o Sam tem algumas missões perigosas.

Sorri diante do entusiasmo evidente na voz dela. Nettie adorava os romances de Tom Clancy. Eu só podia imaginar em que ela estava pensando.

— Estamos implorando para ele voltar há anos — ela continuou com um tom mais objetivo. — Mas o Samuel não queria vir. Acho que ele ama o avô e eu, mas não sei quantas lembranças boas tem de Levan e dos meses que passou aqui. Foi um período difícil para ele.

A pequena fissura que se abriu em meu coração quando ouvi o nome de Samuel tornou-se ainda maior. Nettie continuou falando sem perceber minha agitação.

— Agora ele vem passar alguns dias conosco, depois vai para a reserva, no Arizona, para uma visita de uma semana, mais ou menos. Sua avó Yazzie está ficando velha. Ela era uma mulher de quarenta anos quando teve a mãe do Samuel. Agora deve ter quase oitenta. O Samuel contou que ela ainda cuida dos carneiros. E toca o rebanho montada a cavalo! Eu nem consigo imaginar!

— O Samuel já chegou? — Dei as costas para ela e comecei a tirar a louça do escorredor, tentando parecer indiferente.

— Ele chega amanhã. Vamos dar um oi depois do programa da igreja amanhã à noite. Mal posso esperar para ouvir você tocar, meu bem. É verdade, é como se tivéssemos o nosso próprio Liberace.

Sorri da comparação. Eu não tinha muito em comum com o exuberante Liberace, mas Nettie era sincera em seu elogio, e eu a amava por isso.

— Vou para casa, querida. O Don já deve estar se perguntando onde estou.

Eu a acompanhei até a porta conversando com animação, sorrindo muito, o tempo todo lutando contra um ataque de pânico com a ideia de ver Samuel no dia seguinte. Fechei a porta depois que Nettie saiu, me apoiei nela e escorreguei até sentar no chão, as pernas estendidas. Agora eu tinha dezesseis anos. Samuel tinha vinte e um. Seria a mesma coisa? Ele falaria comigo? Riria sozinho ao se lembrar da nossa amizade? Ficaria constrangido por ter sido tão amigo de alguém bem mais novo? De repente eu queria a minha mãe. Queria muito. Não sabia nem como conseguiria tocar na reunião de Natal sabendo que ele estava lá. Meu estômago revirou de nervoso, e eu me levantei e fui me sentar ao piano, decidida a tocar melhor do que nunca.

∾

PASSEI A MANHÃ SEGUINTE GARIMPANDO MEU GUARDA-ROUPA E sentindo um pânico cada vez maior. Finalmente, depois de experimentar todas as peças em todas as combinações, desisti e telefonei para tia Louise. Ela era boa com cabelo e maquiagem. Afinal, ganhava a vida com suas tesouras. Mas tia Louise e sua prole tinham tendência a certa agressividade e muita grosseria. Eu evitava pedir ajuda para cuidar da aparência porque sabia que, se eu desse um dedo para tia Louise ou Tara, elas pegariam o braço inteiro. Senti um leve tremor quando liguei para minha tia para pedir ajuda, certa de que ela iria adorar e de que eu me arrependeria depois. Louise atendeu no primeiro toque. Eu ouvi o caos ao fundo e tive que falar mais alto ao me identificar. Resumi rapidamente as minhas necessidades: o programa de Natal seria apresentado naquela noite, e eu não tinha nada para vestir e precisava de ajuda com cabelo e maquiagem. Depois fechei os olhos e cruzei os dedos. Perguntei se ela poderia ir à minha casa, em vez de eu ir até ela. A ideia de ficar exposta aos meus primos e ao meu tio Bob era mais do que eu podia suportar.

— Preciso de uma desculpa para sair de casa — Louise respondeu sem rodeios. — Quando as crianças superam essa febre da véspera do Natal? Meus filhos estão pendurados nas vigas! Acho que vou dar um tiro na cabeça. — Ouvi minha tia gritar algumas ordens para Bob, um ou dois ultimatos para os dois mais novos e uma ordem para Tara: "Tire dos armários tudo o que puder servir na Josie". — Eu chego aí às três e meia. Assim vamos ter tempo para nos divertir. — Ouvi o sorriso na voz de Louise, porém estava agradecida demais para sentir medo.

— Eu te amo, tia Louise. O que eu faria sem você? — Suspirei, agradecida.

— Ah, menina. Você viveria em um mundo de sofrimento, só isso. — Louise riu. — Até que enfim começou a se preocupar com a aparência. Como você vai atrair a atenção de alguém se continuar usando as roupas que eram do Johnny? Você tem um corpo bonito e um rosto lindo, mas ninguém sabe disso, porque ele está sempre escondido atrás dos óculos e dos livros. E as lentes de contato? Eu consegui a receita para você, acho bom estar com elas quando eu chegar aí...

— Obrigada, tia Louise! — interrompi entusiasmada, sentindo que Louise se preparava para um grande evento. — A gente se vê às três!

❧

Meu pai não gostou muito de minha aparência quando Louise me levou pela escada estreita que descia do meu quarto no sótão e anunciou que estávamos prontas para ir à igreja. Eu estava muito feliz com o resultado, porém, e continuei andando meio acanhada atrás de Louise até a cozinha, evitando encará-lo.

— Ah, Louise! Por que você fez isso? — meu pai resmungou. — Ela é só uma criança, e você fez a minha filha parecer que tem vinte e cinco anos.

Vinte e cinco? Oba!

Cobri uma risadinha com a mão e decidi que havia sido uma grande ideia chamar minha tia. Ela trouxe um vestido preto de gola V com mangas longas, corpo justo e saia rodada, que balançava em torno das minhas pernas quando eu andava. O vestido tinha botõezinhos pretos que iam do peito até o quadril e me vestia perfeitamente. Eu ainda usava meia-calça preta e escarpins pretos de salto. Tia Louise prendeu meus cachos loiros, escureceu e modelou meus cílios e pintou meus lábios e as bochechas com um tom intenso de rosa. Eu me sentia sofisticada e esperava ser capaz de carregar tudo aquilo sem tropeçar a caminho do piano quando chegasse a hora de me apresentar. Tinha certeza de que precisaria tirar os sapatos antes de começar. Seria terrível prender os saltos nos pedais e estragar tudo.

— Ela não é mais criança, Jim! — Tia Louise cruzou os braços e levantou o queixo olhando para meu pai. — Você não pode ignorar que a sua menina é quase uma mulher! É melhor se preparar para gastar um dinheirinho depois do Natal. Essa menina não tem nada no armário dela. Nada! Vou levá-la para fazer compras, e vamos jogar fora todas aquelas camisetas velhas que eram do Johnny, as calças jeans e os tênis encardidos, toda aquela porcaria que ela usa há oito anos, desde que a minha irmã morreu. E ela vai começar a se vestir como a mocinha que é! Isso não é certo, Jim!

— Eu gosto do jeito da Josie! — meu pai protestou. Qualquer menção à minha mãe era sempre um erro. Comecei a levar os dois em direção à porta, enquanto a discussão continuava.

— Porque a aparência dela é confortável e segura... exatamente como um pai gosta. Não, senhor, não enquanto eu estiver aqui! Chega! — Louise estava ficando realmente nervosa. — Passou da hora de ela ter a ajuda de uma mulher. Eu devia ter feito isso há muito tempo!

Meu pai entrou na caminhonete bufando. Sentei ao lado dele, e Louise sentou atrás de mim e continuou falando durante todo o trajeto. Olhei para meu pai e lhe dirigi um silencioso "desculpa, pai". Ele soltou um gemido e continuou dirigindo para nos levar à igreja.

Meu estômago deu um nó enquanto procurávamos uma vaga mais próxima para o carro. A ausência de neve facilitava a tarefa de estacionar. Normalmente a neve acumulada cobria as calçadas e transbordava para o leito das ruas. A noite era muito fria e silenciosa, com muito espaço dos dois lados da rua para as caminhonetes e vans que normalmente se enfileiravam na frente da igreja durante os cultos.

— Hoje vai nevar. Pode apostar. — Meu pai interrompeu Louise, que ainda falava sobre minha carência de roupas femininas. — Se nevar, vão me chamar para ir para a usina. É a lei de Murphy. Vão me ligar da usina e a Daisy vai ter o filhote... — Meu pai estava preocupado com a égua que teria filhote nos próximos dias. Seu pessimismo silenciou tia Louise momentaneamente.

Nessa pausa, ela viu Bob e os filhos dela parando o carro do outro lado do estacionamento.

— Ah, lá está o meu pessoal. Tenho que ir, Josie. Não passe a língua nos lábios. Vai estragar o batom! E não encurve os ombros. Esse vestido faz um franzido na frente quando você inclina as costas! Os botões podem se abrir e você vai acabar mostrando tudo o que tem embaixo da roupa!

Ela saiu do carro ainda falando, e meu pai e eu suspiramos em uníssono.

— Não gosto muito dessa mulher — meu pai resmungou. — Ela não é nada parecida com a sua mãe. Não sei nem como elas podem ter saído da mesma família, que dirá do mesmo útero. — Ele suspirou novamente, depois falou de um jeito seco, rápido. — Você está muito bonita, Josie. A Louise tem razão, você cresceu. Um dia desses vai sair de casa e deixar o seu velho. Não estou ansioso por esse dia.

— Não se preocupe, pai, eu sempre vou cuidar de você. — Sorri para ele, segurei seu braço e entramos na igreja.

Os bancos eram ocupados rapidamente, e tentei não olhar em volta procurando Don e Nettie. E Samuel. Queria vê-lo quase tanto quanto não queria. Fiquei olhando para a frente, tentando localizá-lo com o canto dos olhos. Todo mundo senta sempre no mesmo lugar. Acontece. Somos gente de hábitos. Há famílias que sentam no mesmo banco por gerações seguidas. Eu não me surpreenderia se descobrisse que os habitantes de Levan passavam aqueles bancos em testamento. Pelo que conseguia ver, os Yates ainda não estavam ali. Suspirei aliviada e, ao mesmo tempo, meu coração ficou apertado com a decepção.

Continuei dizendo a mim mesma para não procurar Samuel. Olhava para o púlpito, onde Lawrence Mangelson começava sua apresentação. Quando chegou a hora da minha apresentação, eu estava mais

140

nervosa do que nunca. Duvidava de que as pernas pudessem me sustentar quando subi os três degraus para o piano. Deslizei pela superfície lisa do banco, endireitei as costas e tirei os sapatos. Eu tinha que olhar. Não conseguia me conter. Virei para onde Don e Nettie costumavam sentar. Samuel estava com eles, sentado à direita de Nettie, perto do fim do banco. Desviei o olhar antes de registrar os detalhes. Ele estava ali.

Respirei fundo e comecei a tocar, deixando minhas mãos treinadas assumirem o comando. Era como me ver de longe. Eu não cometia enganos e, como sempre, antes de me adiantar muito na peça, a música me envolveu e me absorveu, e, quando toquei as notas finais, o eu que observava e o eu que tocava se uniram novamente.

Quando a noite acabou e as últimas notas do coro soaram, a congregação se reuniu trocando congratulações pelo belo evento, falando sobre filhos, vacas e quem estava fazendo o quê. Eu fiquei perto de minha família, de costas para o local onde Samuel havia se sentado. Sabia que Nettie se aproximaria de nós em algum momento. Depois de dez minutos de conversa amena e agradecimentos aos que se aproximaram para elogiar minha apresentação, percebi, é claro, que ela não tinha ideia de que eu esperava aflita que se aproximasse com Samuel. Talvez nem lembrasse que havia prometido ir dar um oi. Talvez eles já tivessem ido embora. Odiando estar ali parada como uma vaca à espera da ordenha, virei para ver se eles haviam saído da igreja.

Só precisei de um minuto para encontrar Nettie e Don em pé, no fundo da capela, conversando com Lawrence Mangelson. Nem sinal de Samuel. Nettie notou que eu olhava para eles e acenou me chamando. Eu me aproximei, olhando em volta discretamente para ver se Samuel estava conversando com alguém. Talvez ele estivesse lá fora.

— Ah, Josie! Você foi maravilhosa. Eu choro toda vez que você toca. — Nettie me abraçou e tocou meu rosto ao se afastar. — Ela não foi maravilhosa, Don?

Don ofereceu seu elogio menos entusiasmado quando Lawrence Mangelson reafirmou o que Nettie acabara de dizer. Nenhuma menção a Samuel. Pigarreei, hesitante.

— Tive a impressão de ter visto o Samuel sentado com vocês. Queria dar um oi — falei, tentando me mostrar entediada para disfarçar o que sentia.

Nettie respondeu:

— Ele estava aqui, mas saiu logo depois da prece de encerramento. Acho que estava exausto. Ele dirigiu muito hoje, chegou a tempo de tomar um banho rápido para vir conosco. O ensopado de carne e o pão que deixei no fogão devem estar chamando por ele!

Ensopado de carne e pão? Eu estava ultrajada. Ele não podia nem me dar um oi? Olhei para o vestido preto e os sapatos de salto e me senti muito boba. Eu havia sido trocada por ensopado de carne e pão.

Desejei feliz Natal a Don, Nettie e Lawrence Mangelson, pedi licença e saí, passei pelas portas duplas de madeira e desci a escada para a noite prateada. Minha respiração formava pequenas nuvens brancas na minha frente, e eu as imaginei como desesperados sinais de fumaça subindo ao céu. Infelizmente, o único guerreiro indígena que sabia alguma coisa sobre sinais de fumaça não parecia estar interessado em se comunicar comigo.

❧

Meus irmãos e suas mulheres — Jacob e Jared eram casados, Johnny namorava sério — sempre vinham para a ceia da véspera de Natal, quando trocávamos presentes. As festas haviam perdido um pouco a graça desde que crescêramos, e brinquedos e Papai Noel ficaram no passado. Meu pai e eu iríamos à casa de tia Louise no dia seguinte, para o jantar de Natal.

Depois de comer meia dúzia de aperitivos diferentes, um presunto enorme, purê de batatas e pão caseiro, sentamos em volta da árvore para abrir os presentes. De barriga cheia e perto do fogo da lareira, ninguém parecia ter pressa de ir embora, e ficamos ali reunidos conversando sobre nada em especial. Eu ainda estava com o vestido preto e o cabelo preso. No fundo, continuava pensando que talvez houvesse alguma chance de Samuel me ver parecendo ter vinte e cinco anos, sofisticada e bonita. Fiquei sentada na beirada do sofá toda dura, e a única concessão que fiz ao conforto foi tirar os sapatos, que deixei perto da porta. Meus irmãos ficaram confusos com minha aparência e começaram a me provocar, mas Rachel os silenciou com uma piscada e uma advertência rápida.

— Às vezes é tão divertido se arrumar que nem dá vontade de tirar tudo no fim da noite. — Sorri para ela agradecida, e meus irmãos voltaram a me ignorar.

Como meu pai havia previsto, a neve começou a cair mais tarde, e com suspiros e gemidos meus irmãos agasalharam as mulheres e foram embora. Johnny ia dormir na casa da Sheila para passar o Natal com a família dela no dia seguinte. Jacob e Rachel haviam comprado uma casa em Nephi no ano anterior, e Jared e Tonya estavam no alojamento estudantil da Universidade Brigham Young, em Provo. Todo mundo ia atravessar a ponte para o norte, e ninguém queria esperar mais neve.

A ponte tem uns quinze quilômetros de extensão e duas faixas que unem Levan e Nephi. A população de Levan a atravessa várias vezes por semana por razões variadas: ir e voltar da escola ou do trabalho, ir ao Thriftway fazer compras ou à biblioteca retirar livros que os entretenham até o Bookmobile passar pela cidade novamente.

Cada habitante de dezesseis anos já passou por aquela ponte dirigindo muitas vezes antes de completar dezesseis anos. Levan é uma comunidade agrícola, e é assim que as coisas funcionam. Dirigimos desde cedo e dirigimos tudo, de tratores a velhos caminhões. Eu já sabia dirigir uma caminhonete com câmbio manual quando tinha dez anos, e dirigia bem o bastante para meus irmãos se equilibrarem na carroceria e jogarem fardos de feno para as vacas. A ponte era reta e estreita e muita escura à noite. As pessoas a atravessavam em alta velocidade, tomadas por um falso sentimento de segurança derivado do número de vezes que repetíamos a travessia. Tudo piorava quando um veado saía das montanhas procurando pasto e atravessava a pista. O animal era atropelado, ou o motorista tentava desviar e sofria um acidente. É claro, uma boa nevasca tornava tudo ainda mais perigoso. Todos os anos alguém morria naquela faixa entre as duas cidadezinhas.

Fiquei na varanda de casa, toda bem-vestida, acenando para meus irmãos. As luzes ainda estavam acesas na casa dos Yates. Vi uma caminhonete parada na frente e deduzi que era de Samuel. Que desculpa eu poderia inventar para ir até lá às onze da noite vê-lo? Fiquei ali tremendo, torcendo para ele sair. Em vez disso, diante dos meus olhos, as luzes se apagaram e a casa ficou escura. Tentando não chorar, entrei e apaguei a luz da varanda numa resposta abatida.

✲

MEU PAI ME ACORDOU ÀS CINCO DA MANHÃ PARA AVISAR QUE HAVIA sido chamado para trabalhar na usina. O supervisor do turno havia sofrido um acidente de carro na noite anterior, e alguém precisava cobrir o horário da manhã. Pedi para ele tomar cuidado, virei para o outro lado e voltei a dormir quase imediatamente. Ouvi meu pai dizer que voltaria a tempo para o jantar de Natal na casa de Louise e para eu não me esquecer de alimentar os cavalos quando acordasse.

Acordei de novo às oito e pensei em ficar na cama sentindo pena de mim, porque estava sozinha na manhã de Natal. Mas a verdade era que não me incomodava ter a casa só para mim, e pensei em fazer um prato bem grande com sobras da noite passada e ouvir o *Messias*, de Handel, bem alto. Vesti o jeans mais macio que eu tinha, as meias de listras vermelhas e verdes que combinavam com o Natal e um suéter muito feio com uma cabeça de rena enorme estampada, um presente que ganhei no ano anterior. Havia tirado os grampos do cabelo antes de ir para a cama, mas não senti vontade de tirar a maquiagem... e dormi com ela. Dei risada dos olhos de panda no espelho e compreendi que a maquiagem havia vencido. Lavei o rosto, escovei os dentes, ajeitei os cachos com os dedos e decidi que estava ótimo. Tinha acabado de sentar com meu prato de comida e ligado o aparelho de CD que ganhara na noite anterior, pronta para ouvir o movimento de abertura de Handel, quando me lembrei dos cavalos.

144

— Ah, que inferno! — praguejei, falando exatamente como meu pai. Fui criada em uma fazenda, praguejar era normal. Nunca usávamos o nome do Senhor em vão nem falávamos a palavra com F, mas droga, inferno e merda faziam parte do vocabulário das pessoas que nasciam e cresciam em Levan. Para falar a verdade, nem considerávamos essas palavras como palavrões. Na semana passada na igreja, Gordon Aagard dava um sermão sobre provações. No meio do discurso, ele falou em merda de cavalo, e ninguém nem piscou.

Calcei as botas velhas de Johnny e fui ao curral. Yazzie fez uma dancinha de cachorro feliz em volta das minhas pernas quando passei. Ele adorava visitar os cavalos. Meu pai havia construído um pequeno anexo ao curral, e Jon e Ben me cumprimentaram com relinchos e batidas de focinho quando limpei o esterco do anexo e enchi os comedouros. A água estava congelada no cocho, e eu quebrei o gelo com a pá e o revirei.

Daisy, a égua do meu pai, estava separada dos outros cavalos, sozinha em uma área mais quente e seca, até ter o filhote. Entrei no estábulo ansiosa para concluir a tarefa e então vi a égua deitada, com a respiração pesada e o pelo úmido. Tinha um pouco de sangue no chão da baia, e eu larguei a pá e corri para ela. Já havia visto animais dando cria em quantidade suficiente para saber que Daisy estava dando à luz, e eu estava sozinha em casa.

— Meu pai falou que isso aconteceria — comentei em voz alta, passando a mão no focinho macio de Daisy. — E agora, o que eu faço?

Voltei correndo para casa e liguei para a usina. Normalmente, tem sempre alguém na recepção para pegar recados e transmiti-los para quem está no plantão. Era dia de Natal, e a equipe estava bem reduzida. Ninguém atendeu o telefone. Ouvi a mensagem gravada dizendo para telefonar novamente no horário comercial. Grunhi uma resposta e desliguei. Então liguei para a casa de Jacob e Rachel, e a voz dela na secretária eletrônica informou que eles não estavam em casa e pediu para eu deixar um recado. Eles estavam em casa. Mas estavam na cama aproveitando a manhã de Natal. Deixei uma mensagem meio

145

apavorada pedindo para Jacob vir à fazenda. Johnny estava na casa dos pais da Sheila, e eu liguei para lá só para ter o mesmo resultado. Dessa vez pedi ajuda com um pouco mais de educação. Jared estava longe demais para poder me ajudar. Nem liguei para ele.

Voltei correndo para o estábulo e fiquei lá andando de um lado para o outro, nervosa. Não conseguia ver nada. Não tinha certeza do que devia procurar, mas não vi cascos nem uma cabeça pequenina saindo das regiões baixas de Daisy. A égua gemeu, e um jato de água escorreu entre suas patas traseiras.

— Ai, não! Não posso resolver isso sozinha! — gritei. Corri para fora do estábulo e para a casa dos Yates com toda a velocidade que as botas permitiam. Don saberia o que fazer. Sem fôlego e aflita, alcancei a frente da casa e, perdendo um pouco do equilíbrio, fui deslizando até a porta de tela. Bati gritando por Don. Estava tão compenetrada em Daisy e no parto iminente, que passei pela caminhonete que havia visto na noite anterior sem realmente notá-la. Ouvi uma porta abrir atrás de mim e virei. Samuel estava parado ao lado da caminhonete com a preocupação estampada no rosto. E era um rosto muito bonito. Por um momento, esqueci a pobre Daisy. Ele usava jeans e jaqueta cargo. Um pé estava no chão dentro de uma bota Justin, e outro continuava dentro do carro. Um chapéu preto de caubói cobria sua cabeça.

— Josie? O meu avô não está. Ele e a minha avó foram para a casa da minha tia Tabrina. Eles queriam ver as crianças abrirem os presentes. Estou indo para lá agora... Quer que eu leve algum recado? — Samuel era tão educado e formal que, por um momento, só olhei para ele e me perguntei se havia imaginado nossa velha amizade. Ele me encarava com a sobrancelha erguida, esperando uma resposta.

— A Daisy vai ter o filhote. O meu pai foi chamado para trabalhar às cinco da manhã. Não consigo falar com nenhum dos meus irmãos e não sei o que fazer. — Percebi que estava falando depressa, e Samuel parecia meio assustado.

— Daisy? — perguntou, confuso.

— A nossa égua! — gritei.

Samuel desligou o motor da caminhonete, tirou a outra perna de dentro dela, bateu a porta e começou a andar pela rua em direção à minha casa. Fiquei olhando para ele, paralisada, até compreender que ele ia me ajudar. Corri até alcançá-lo.

— Belo suéter. — Samuel falava sem olhar para mim, e eu olhei para baixo, para o meu peito. Chifres e um nariz vermelho brilhante escapavam pela abertura da jaqueta. Gemi em silêncio. Onde estava Samuel Yates ontem à noite, quando me preparei para ser vista de perto e de um jeito especial? *Deus deve ter muito senso de humor*, pensei. Ele havia atendido à minha prece de Natal, mas a seu tempo. Ha, ha, ha, muito engraçado. E por que eu tinha que exibir meu espírito natalino hoje? Por que não havia jogado a porcaria do suéter na pilha de compostagem, que era o lugar dele? Levei as mãos ao cabelo. Sentia os cachos soltos pulando em volta da arrumação desleixada.

— Obrigada — respondi, tensa. Talvez fosse minha imaginação, mas vi os lábios de Samuel se distenderem. — Você já ajudou em um parto? — perguntei ansiosa quando contornamos a casa e nos aproximamos do estábulo.

— Muitos carneiros, só um potro — Samuel respondeu, sem rodeios. — Não acho que seja muito diferente. Mas vamos ver. Tem algum veterinário para quem a gente possa telefonar?

— Tem um que cuida de todos os animais da cidade. Já liguei para o número do pager, mas não sei se ele vai retornar a ligação e não quero ficar esperando ao lado do telefone. O meu pai diz que ele não diferencia a própria cabeça da bunda, de qualquer modo. — Percebendo que o vocabulário que eu me esforçara tanto para construir e do qual muito me orgulhava havia me abandonado naquele momento de tensão, fechei a boca e jurei que não diria mais nada até poder controlar melhor a língua.

Samuel não comentou a opinião de meu pai sobre o veterinário, e eu o levei ao estábulo. Daisy ainda estava deitada e quieta, e o único movimento era no peito, que subia e descia com o esforço de respirar.

147

Rápido, Samuel tirou a jaqueta e enrolou as mangas da camisa até onde conseguiu. Depois se ajoelhou sobre a égua e afagou sua cabeça com a mão direita. Ficou ali esperando até o corpo enorme se contrair, e a contração fez os flancos do animal tremerem com o esforço. Quando a onda começou a passar, Samuel continuou afagando a cabeça da égua com a mão direita e sussurrando, enquanto introduzia a mão esquerda entre as patas traseiras. Daisy enrijeceu as patas e balançou a cabeça, mas não resistiu quando ele introduziu o braço inteiro em seu corpo. Eca. Eu estava tão feliz por Samuel ter assumido o comando que fiquei até tonta com o alívio. Depois de alguns minutos de exame atento, ele falou:

— Acho que consigo sentir a cabeça e as patas da frente, o que é bom. O filhote está virado para o lado certo. Agora a égua vai fazer todo o trabalho. Se tudo for como deve ser, não tem nada que possamos fazer. Vamos entrar, e eu me lavo enquanto você tenta ligar para o seu pai outra vez. O parto não vai demorar.

Não desliguei Handel quando saí para cuidar dos cavalos. Toda a produção de seu *Messias* havia sido tocada para uma cozinha vazia, e o "aleluia" ecoava alegremente pela casa quando entramos pela porta dos fundos. Minhas botas estavam sujas de lama, e não queria ficar longe de Daisy pelo tempo necessário para tirá-las, por isso desisti de atravessar a casa e ir até a sala para desligar o som. A música iria até o fim. Corri para o telefone e liguei mais uma vez para a usina, mas ninguém atendeu. Desliguei com um suspiro impaciente.

— O meu pai vai ficar maluco quando chegar em casa.

— Essa é a música que você tocou ontem à noite? — Samuel perguntou da pia, de costas para mim. Minha mente saltou da ligação não atendida para a música de Handel na sala de casa.

— Ah, hum... sim. É Handel, "Aleluia". Fica maravilhoso com uma orquestra completa, não é?

— Também ficou maravilhoso ontem à noite só com o piano — Samuel respondeu, sério, e virou a cabeça para olhar para mim enquanto enxugava as mãos e baixava as mangas. O comentário me encheu de alegria, e tentei não sorrir como uma idiota quando saímos da cozinha para voltar ao estábulo.

Quando Samuel e eu nos abaixamos ao lado da égua em trabalho de parto, nada parecia ter mudado. Ela bufou e gemeu um pouco com a contração seguinte, mas não dava sinais de estresse indevido. Rezei em silêncio para Daisy ficar bem e o parto correr sem problemas.

O silêncio tornou-se mais pronunciado com o progresso da nossa vigília, e eu tentei pensar em alguma coisa para dizer. Samuel não parecia sentir necessidade de falar.

— Handel compôs as três partes de *Messias*, inclusive a orquestração, em pouco mais de três semanas. Duzentas e sessenta páginas de música em vinte e quatro dias. Nenhum outro compositor fez algo assim em toda a história da música. Ele descreveu o evento como uma experiência fora do corpo. — Eu falava como um guia turístico, e minha voz sumiu com a incerteza quando Samuel não respondeu, nem sequer levantou a cabeça. Mais alguns segundos se passaram sem resposta, e eu mordi a língua para me conter, para não continuar passando vergonha. Quando ele falou, vários minutos mais tarde, eu pulei de susto.

— Por que todo mundo ficou em pé quando você começou a tocar ontem à noite?

— Eles ficaram em pé? — Eu não havia notado.

Samuel olhou para mim com a sobrancelha levantada.

Corei e dei de ombros.

— Não sei, de verdade...

— A sua professora foi a primeira a levantar. Sra. Grimaldi, não é? Todo mundo a imitou.

Dei risada ao entender o que Sonja havia feito.

— É tradição ficar em pé no "Aleluia". Quando o rei da Inglaterra assistiu pela primeira vez a uma apresentação de *Messias*, ficou tão emocionado com o coro de "Aleluia" que se levantou. Aparentemente, quando o rei da Inglaterra fica em pé, todo mundo fica em pé. Acho que a Sonja pensou que Levan deveria seguir a tradição de duzentos e cinquenta anos.

— Você não notou mesmo que todo mundo ficou em pé durante quase todo o tempo que você tocou? — O tom suave de barítono transmitia incredulidade.

Isso me fez ficar na defensiva, e eu abanei a mão, como se para espantar sua dúvida.

— Você me conhece, Samuel... Eu me perco na música. Quando voltei para a terra, provavelmente todo mundo já estava sentado de novo.

A insistência de que ele "me conhecia" ecoou nos meus ouvidos quando Samuel virou para Daisy e, sem dizer nada, afagou seu pescoço. Ele agia como se não nos conhecêssemos. Pensei em quantas vezes havia preenchido todos os meus pensamentos com ele nos últimos dois anos e senti um nó na garganta.

Momentos depois, esqueci minha infelicidade quando Daisy sofreu um espasmo bem forte e um focinho molhado apareceu entre suas patas traseiras. Não contive uma exclamação, e o focinho desapareceu com o fim da contração.

— Mais uma e acho que tudo se resolve. — A voz de Samuel era calma e firme, mas meu coração batia forte enquanto eu esperava pela próxima contração. Samuel passou a mão pelo flanco úmido de Daisy, falando com ela em voz baixa e tentando encorajá-la. — Só mais uma, menina, mais uma. Está quase acabando. Lá vem, é agora.

Momentos depois, a égua estremeceu e seus flancos se contraíram, expulsando um focinho e dois cascos dianteiros seguidos de orelhas grandes e molhadas e patas finas, instáveis. Samuel ajudou puxando o potrinho, limpando o sangue e o muco do filhote com punhados de palha. Daisy virou a cabeça e bateu com o focinho no bebê meio sem jeito, incentivando-o a ficar em pé, lambendo e sustentando o potro o tempo todo.

— É isso aí, Daisy! Muito bem, garota! — elogiei, aplaudindo baixinho. Percebi que eu estava em pé e lágrimas corriam por meu rosto. Eu as sequei depressa quando ajoelhei e beijei a cabeça suada da égua. — Você conseguiu, Samuel! — Sorri para ele, esquecendo a infelicidade diante do parto triunfante.

150

— Eu não fiz nada. Foi a Daisy — ele respondeu, mas seu tom era moderado e dava para perceber que estava satisfeito por tudo ter transcorrido sem nenhum incidente.

Eu pensava em nomes natalinos para o filhote da Daisy, quando ouvi o barulho de uma porta batendo e o som de passos no cascalho lá fora.

— Espero que seja o meu pai — disse eu. Levantei e corri para a porta do estábulo. Jacob e meu pai haviam estacionado a caminhonete do outro lado da casa e andavam em direção ao galpão, quando corri ao encontro deles com a boa notícia. Meu pai estava muito preocupado e correu para o estábulo. Eu o segui contando detalhes do milagre daquela manhã, relatando o papel de Samuel enquanto nos aproximávamos dele, que continuava abaixado ao lado do potro. Samuel levantou sem pressa, limpando as mãos sujas de sangue no jeans antes de estender uma delas para meu pai.

— Parabéns, senhor. Peço desculpas pela mão.

Meu pai a apertou e puxou Samuel, batendo em suas costas e agradecendo pela ajuda.

Todos eles conversaram por alguns minutos, admiraram o novo animal e comentaram sobre uma coisa ou outra, afagando suas orelhas caídas e se encantando com a surpresa de Natal.

— Bom, Josie — meu pai falou de repente —, acho que você e o Samuel podem escolher o nome do potro. O que acham?

Olhei para Samuel cheia de expectativa, mas ele deu de ombros e inclinou a cabeça em minha direção, como se me concedesse uma honra.

— Pode escolher, Josie.

— George Frederic Handel — anunciei num impulso.

Jacob e meu pai gemeram alto e ao mesmo tempo, depois vaiaram minha escolha.

— Que diabo de nome é esse, Josie? — meu irmão reclamou.

— É um compositor! — Eu estava envergonhada, arrependida por não ter parado para pensar um instante antes de falar a primeira coisa que me passou pela cabeça.

151

Um sorriso dançou nos lábios de Samuel, e ele se aproximou do animalzinho.

— Ele compôs a música que a Josie tocou na igreja ontem à noite.

— Achei que o potro tinha que ter um nome natalino, e a "Aleluia" de Handel é sinônimo de Natal! — expliquei e odiei quando meu pai e Jacob gargalharam de novo.

Meu pai enxugou as lágrimas deixadas pelas risadas e tentou se controlar.

— O nome dele é Handel — disse com a voz entrecortada. — É um bom nome, Josie. — E bateu no meu ombro sem parar de rir. Eu me senti com dez anos de idade.

— Meus avós já devem estar estranhando o atraso. — Samuel estendeu a mão para meu pai outra vez. — Vou me limpar antes de ir encontrá-los.

— Obrigado mais uma vez, Samuel — disse meu pai.

Samuel se despediu de mim e de Jacob com educados acenos de cabeça e saiu do estábulo.

Fui atrás dele, e meu pai e meu irmão nem perceberam. Samuel já havia se afastado quando saí do galpão. É claro, ele queria fugir dali. Era isso? Ele ia embora com um aceno de cabeça? Provavelmente partiria na manhã seguinte sem nem pensar em mim. De repente fiquei furiosa e magoada. Impulsiva, abaixei, peguei um punhado de neve, formei uma bola e joguei com toda a força que tinha na direção dele.

Não sou atlética, nem perto disso, e não conseguiria salvar minha vida se ela dependesse de arremessar uma bola, mas, pela primeira vez, minha pontaria foi perfeita e a bola acertou a parte de trás da cabeça de Samuel.

Ele virou, assustado, levando a mão à cabeça para limpar a neve do cabelo curto e negro. Peguei outra bola e fiz mais um arremesso. Ele desviou, mas eu já estava com outra na mão pronta para o lançamento. Dessa vez acertei seu peito, e a neve cobriu a parte da frente da camisa onde a jaqueta estava aberta, respingando no pescoço. Samuel ficou olhando para mim como se eu tivesse ficado maluca. Continuei séria.

— Josie! Qual é o seu problema?

— Qual é o meu problema? Por que você não me fala, já que está com tanta pressa de se livrar de mim?

Sacudi a neve das mãos e as escondi embaixo dos braços para aquecê-las. O frio provocava uma dor nos meus dedos que combinava com o ardor nos olhos causado pelas lágrimas que ameaçavam transbordar. Samuel voltou, percorreu a distância entre nós e parou na minha frente, bem perto de mim.

— Pensei que você fosse meu amigo — disparei, furiosa. — Ontem à noite você nem me cumprimentou, hoje agiu como se a gente nem se conhecesse, e agora está indo embora sem nem perguntar como eu estou. Faz dois anos e sete meses que você foi embora, e eu pensei em você todos os dias. Escrevi dúzias de cartas. — Balancei a cabeça, perplexa. — Nós éramos amigos, Samuel. Bons amigos!

Ele suspirou e enfiou as mãos nos bolsos do casaco. Depois inclinou a cabeça e me estudou por um momento com uma expressão indecifrável. Quando falou, sua voz era tranquila.

— Desculpa, Josie. Você tem razão. Nós éramos amigos. Bons amigos. — Então virou de lado, chutando a neve embaixo de seus pés. — Sabe quantos anos eu tenho? — perguntou e olhou para mim, sério.

— Vinte e um — respondi.

— É, e você?

Esperei sem responder, porque sabia o que estava por vir.

— Você tem dezesseis anos. Não é certo eu ficar perto de você.

Gemi alto e levantei as mãos no ar. Minha maturidade física e intelectual, além da natureza sensível e do meu amor pela literatura inglesa, devia ter me tornado uma candidata perfeita para os devaneios românticos e o drama feminino juvenil. Porém, embora tenha me apaixonado perdidamente pelo sr. Rochester de Jane Eyre e pelo sr. Darcy de Jane Austen, os garotos com quem estudava não me interessavam. Eu me sentia décadas mais velha que meus colegas de classe e tinha uma seriedade e um jeito reservado que deviam me fazer parecer inacessível e esnobe. Sonja sempre dizia que eu tinha uma alma velha. Eu

153

ficava sozinha na maior parte do tempo, cuidava do meu pai, lia meus livros, tocava piano e passava o tempo com os Grimaldi. Quando era forçada a conviver com os colegas da escola, ficava perto da minha prima Tara, que gostava de mim, apesar das minhas peculiaridades. Mas eu nunca me senti ajustada. Ouvir Samuel dizer que eu era jovem demais para ser sua amiga me dava vontade de gritar.

— O que a minha idade tem a ver com sermos amigos? — perguntei. — Você volta depois de todo esse tempo e finge que não me conhece. Ontem à noite... eu mal podia esperar para te ver, falar com você e... você foi embora! Aquilo foi horrível, Samuel. Você pode ser adulto agora, mas teria sido muito difícil me cumprimentar, conversar comigo por um minuto?

Frustrado, Samuel passou as mãos no rosto.

— Ontem à noite você não parecia ter dezesseis anos — disse, contrariado.

— E daí?

— Eu também estava ansioso para te ver, Josie. Mas... depois de assistir a sua apresentação na igreja, achei melhor ficar longe, porque gostei mais do que devia — ele reconheceu, relutante.

Meu coração bateu descompassado, e fiquei olhando para ele, sem saber como responder. Ele olhava para mim com as mãos nos bolsos, os pés afastados, a testa franzida. A expressão era tão familiar e preciosa, que eu ri e toquei sua testa tentando apagar a linha profunda. Ele se afastou bruscamente quando minha mão encontrou seu rosto, e os dedos envolveram meu pulso.

— Eu não menti quando disse que nunca te esqueceria, Josie. Mas não pode ser como era. Acho que você tem razão. Eu cresci, superei a nossa velha amizade. — Ele soltou meu pulso de repente. — Foi muito bom te ver. Se cuida, Josie. — E virou sem fazer mais nenhum comentário, andando pela neve sem olhar para trás.

Eu o observei partir, e doeu ainda mais do que na primeira vez. Eu não tinha ilusões sobre o futuro dessa vez. Não haveria cartas nem conforto. Samuel estava tão perdido para mim quanto minha mãe.

154

Na manhã seguinte a caminhonete dele não estava mais na frente da casa. Peguei as cartas que ele me mandou, a foto e o colar que guardava na caixinha dos tesouros. Pus tudo em uma velha caixa de sapatos e guardei na parte mais alta do armário. Empurrei para o fundo da prateleira e fechei a porta.

Fingi que também havia superado Samuel. Um dia eu iria embora. Seria uma pianista famosa. Viajaria o mundo e nunca mais pensaria em Samuel. Um dia seria eu quem partiria.

12
interlúdio

AGOSTO DE 2000

UMA SEMANA ANTES DO SEGUNDO ANO DO COLÉGIO, TUDO MUDOU. Kasey Judd morava em Levan desde que nascera, como eu. A família dele vivia ali havia gerações, como a minha. Nascemos com alguns dias de diferença, no mesmo hospital, no mesmo ano, íamos à mesma igreja, pegávamos o mesmo ônibus e estávamos nas mesmas turmas. Até o nono ano, ele usava aparelho nos dentes e óculos e era mais baixo que eu. O cabelo cacheado estava sempre bagunçado, os sapatos desamarrados, e ele vivia me desafiando pela primeira cadeira na banda da escola, o que eu achava bem irritante, porque sempre o derrotava. Ele fazia parte da periferia da minha vida desde sempre, como aquele sofá confortável na sala ou o desenho do papel de parede. Era só mais um menino... até eu me apaixonar por ele.

O pai de Kasey era treinador do time de futebol da Escola de Ensino Médio de Nephi. Eu tocava trompete na banda do colégio, por isso assistia a muitos jogos de futebol e torcia por alguns jogadores. Tara adorava jogadores de futebol, mas eu não tinha interesse em ouvir sobre cada um deles, as estatísticas, a posição em que jogavam e como ficavam dentro do uniforme.

Tara sabia tudo sobre todos, e eu costumava ouvir sem muito interesse. Sua capacidade de falar sem parar e sem o meu incentivo era o que fazia nosso relacionamento funcionar. Eu nunca tinha muita coisa a dizer, e ela não conseguia ficar quieta, então estávamos sempre em perfeito equilíbrio. Ela era a única pessoa que eu conhecia que tinha cartões enaltecendo a própria habilidade de falar dos outros. Os cartões anunciavam: "Se quer saber quem ou como, pergunte a Tara Ballow (BaLU)". Acho que a conversa constante de Tara preenchia uma carência feminina em mim. Meus irmãos estavam formados, casados ou morando fora, e eu continuava em casa com meu pai. Ele era quase tão quieto quanto eu, o que significava que conversa de mulher, ou qualquer outro tipo de conversa, era uma raridade, e Tara preenchia a lacuna com satisfação.

Minha habilidade de pianista fazia da banda algo que não exigia nada de mim, e eu era a primeira trompetista. Não tínhamos orquestra na escola, por isso, quando entrei na banda no sétimo ano, quis aprender um instrumento mais clássico, como clarinete, até Tara me contar que quem toca trompete beija melhor que todo mundo. Decidi que alguém desajeitada como eu precisava de toda ajuda que pudesse ter, e desde então toco trompete. Tara tocava flauta... bem mal. Mas a competição não era das mais fortes em uma escola pequena, e ela conseguiu ficar na banda. Poderia tocar melhor, se parasse de falar! A grande bola de chiclete cor-de-rosa que ela soprava o tempo todo também não ajudava muito. O sr. Hackett, nosso professor, havia proibido chiclete na banda, mas Tara vivia limpando Hubba Bubba sabor cereja do bocal do instrumento.

Começamos a ensaiar duas semanas antes do início das aulas para estarmos preparados para o começo da temporada de futebol. O ensaio era muito cedo, porque era a "semana infernal" para o time de futebol, o que significava dois treinos por dia. A banda se reunia bem cedo para permitir a participação dos jogadores que quisessem tocar antes do treino do time. Em uma escola pequena, não é incomum um atleta fazer parte da banda, do coral ou do grupo de teatro. Eu acho que essa é a melhor coisa de estudar em uma escola assim. Menos competição pode significar mais oportunidades. Tara havia passado o verão me contando tudo sobre "aquele fofo do Kasey Judd". Tinha dito que o pai dele levava todos os garotos para a sala de pesagem para preparar o começo da temporada. Tara ia para o campo de futebol no horário dos treinos e levava binóculos para acompanhar o desenvolvimento dos novos músculos.

Cheguei me arrastando para aquele primeiro treino no início da manhã. Com o cabelo cacheado preso em um rabo de cavalo frouxo, usando bermuda jeans cortada de uma calça velha, camiseta e chinelo, descobri que minha cadeira já estava ocupada. Suspirei. Quando Kasey Judd ia aprender? Olhei para ele e me assustei. Kasey tinha crescido! Os ombros eram largos, e as pernas longas estavam estendidas diante dele. Os óculos e o aparelho nos dentes haviam sumido. Seu cabelo era cacheado, como o meu, mas castanho-escuro e curto.

Sentei ao lado dele e, de um jeito tímido, disse:

— Essa cadeira é minha. — Esperava que as sardas que sempre apareciam no meu nariz durante o verão não fossem tão evidentes, e me arrependi de não ter passado rímel, pelo menos. Meus cílios eram longos, mas muito claros. Eu tinha começado a usar as lentes de contato com mais regularidade, e me sentia grata por ter decidido colocá-las naquela manhã, evitando a feiura total. Ele me olhou com um sorrisinho, levantou uma sobrancelha e respondeu:

— Isso é o que vamos ver.

Seus olhos eram esverdeados, e o sorriso desenhava uma curva ascendente. Covinhas marcavam a pele bronzeada das bochechas. Quase caí da cadeira. Nunca havia reagido fisicamente a um sorriso antes, mas senti o de Kasey como um soco no estômago. Estava perdida. Naquele dia ele me desafiou pela primeira cadeira na seção dos trompetes e, pela primeira vez em muito tempo, ganhou de mim. Na semana seguinte, eu o desafiei de novo e nunca mais perdi.

Duas semanas mais tarde, Kasey e eu nos beijamos pela primeira vez, sob as estrelas na lagoa Burraston, e, apesar da nossa inexperiência, não foi um encontro desajeitado de lábios e dentes. Foi um beijo tão natural quanto uma prece na hora de dormir. Simples, doce, forte. Fiquei tão apaixonada que via estrelas e, ingênua, imaginei que todo mundo vivesse a paixão do mesmo jeito. Dali em diante nos tornamos inseparáveis, a ponto de nosso nome virar um só. Kaseyejosie. Não dava para falar de um sem mencionar o outro. Com Kasey, tudo era muito fácil. Fácil amar, fácil ser amada.

Eu era amada por muita gente... Não podia reclamar de falta de amor. Sentia falta era de percepção... da percepção de mim. Eu podia ficar quieta no meu canto, lendo a noite inteira sem nunca exigir atenção, sem tentar atraí-la. Era capaz de me sentar ao piano, tocar e despertar a admiração das pessoas pela música, sem nunca chamar a atenção delas para quem tocava. Eu era uma presença constante e silenciosa na vida das pessoas que me cercavam. Mas, às vezes, em minhas leituras eu descobria novos insights ou tinha reflexões aparentemente profundas que mudariam meu jeito de pensar. Sentia vontade de compartilhar essa inspiração com alguém e tentava dividir as descobertas com meu pai ou meus irmãos. Eles ficavam em silêncio por alguns segundos, depois se distraíam com alguma coisa mais interessante ou urgente que o conhecimento recentemente adquirido por mim e me deixavam falando sozinha. Normalmente eu só parava de falar quando via que eles não estavam interessados ou não ouviam, e eles nunca reclamavam nem pediam para eu continuar.

Se tentasse filosofar com Tara, ela me encarava perplexa por alguns segundos, depois ficava vesga e dizia:

— Você está me deixando confusa, Jos!

Eu ria, porque sabia que era verdade, e guardava minhas reflexões para outra plateia. Tia Louise era muito literal, muito real e muito prática para conseguir apreciar a profundidade do universo, e ela me avisava sempre que eu tentava ser "profunda demais". Sonja preencheu essa lacuna durante muitos anos, mas seus pontos de vista eram tão preciosos para mim que, quando estávamos juntas, eu preferia ouvir e absorver sua sabedoria, em vez de falar.

Quando Kasey entrou na minha vida, parecia interessado em ouvir tudo o que eu tinha a dizer. Ele ouvia em silêncio e olhava para mim de vez em quando. Era comum concordar com qualquer coisa que eu dissesse e me abraçar dizendo:

— Você é tão inteligente, Josie.

Ele nunca tinha muito a contribuir para uma discussão profunda, mas eu apreciava tanto seu interesse pelas coisas que eu falava que não me importava com isso. Precisava de alguém para me ouvir e pedir minha opinião. Precisava de alguém que me valorizasse, que validasse meus pensamentos, que admirasse minhas habilidades, e não havia ninguém mais atento a uma adolescente do que um adolescente e apaixonado. Era tudo novo e maravilhoso, e a atenção dele me mantinha num estado de euforia constante, algo que era novo para mim.

Eu já havia sentido o poder e a presença de Deus na beleza da música, havia aprendido princípios de bondade na literatura clássica e sempre senti que as duas coisas eram bênçãos de um Pai celestial amoroso. Tinha a mesma certeza de que Deus havia me dado Kasey para amenizar a profunda solidão, uma solidão que nem a música, as palavras e o amor de minha família conseguiam extinguir. Decidi que Kasey era a compensação de Deus por ter levado minha mãe.

Entre os colegas eu era considerada estranha e antiquada, mas Kasey nunca parecia se incomodar. Ele também acreditava nos princípios ensinados por pais simples, tementes a Deus e trabalhadores. Nós dois crescemos praticando a fé e a crença em Deus e aprendendo a responsabilidade com a família. Entendíamos o que era esperado de nós e queríamos deixar nossos pais orgulhosos. Tenho certeza de que, durante aqueles dois anos, os pais dele e o meu se preocuparam com a proximidade exagerada entre nós. E nós éramos muito próximos... mas eles nunca tentaram nos separar. Existe no amor jovem uma intensidade que é difícil negar, mas conseguimos preservar nossa virtude e impor limites às nossas mãos na maior parte do tempo. Planejávamos nos casar e pôr fim a essa tortura assim que nos formássemos. Kasey me pediu em casamento na véspera de Natal e colocou uma aliança no meu dedo, com um pequeno diamante. Nossos pais se conformaram e abençoaram a união. Meu pai olhou para mim com lágrimas nos olhos e disse:

— Josie, você tem certeza disso, meu bem?

Eu me lembro de ter olhado para ele surpresa, pensando que a pergunta não tinha sentido. E de ter respondido rindo e lhe dando um abraço apertado. Nunca duvidei daquilo. Nem por um minuto. Nem uma sombra de dúvida. Meu pai me abraçou e beijou minha cabeça.

— Tudo bem, meu amor, tudo bem...

Antes de me apaixonar por Kasey, eu planejava fazer faculdade e me formar em música, com extensão em literatura inglesa, tocar piano profissionalmente, ganhar a vida fazendo o que mais amava. Depois de Kasey, eu já não me sentia tão desesperada para realizar esse sonho. Não que tivesse perdido a ambição, mas não conseguia imaginar uma dessas coisas me dando mais alegria do que ficar perto de Kasey e construir uma vida com ele. Eu tinha bolsa de estudos garantida em qualquer escola que escolhesse, e Kasey tinha bolsa de jogador de futebol na Universidade Brigham Young. Eu podia dar aulas de piano e ganhar um bom dinheiro com isso. Todo filho de mórmon faz aulas de piano em algum estágio da infância. Teria um carro para ir dar aula em domicílio, o que as mães ocupadas adoravam, e ajudaria no nosso sustento enquanto Kasey e eu cursávamos a faculdade. Depois de formados, ele poderia dar aula na escola e ser treinador de futebol, como o pai, e eu tocaria piano profissionalmente e seria compositora, e viveríamos juntos para sempre. Tínhamos tudo planejado.

Kasey era como o ar que eu respirava. Passávamos muito tempo juntos, e nunca era o suficiente. Ele não compartilhava do meu amor pela literatura ou da minha obsessão por música clássica, mas também não se sentia ameaçado por isso. Kasey era o tipo de homem que a maioria das mulheres seria capaz de amar. Ele ria com facilidade e gostava de brincar com as pessoas, mas nunca feria seus sentimentos. Era animado e competitivo, mas perdoava rapidamente e sabia pedir perdão. Diferente de mim, nunca se sentia constrangido ao dar e receber afeto. Abraçava o pai, beijava a mãe e dizia "eu te amo" sem eu ter que falar primeiro. Sempre me fazia sentir como a melhor coisa que havia acontecido na vida dele. Era um bom filho. Seria um bom homem, um bom marido e um bom pai. Ele era o sol no meu universo desde que nos beijamos pela primeira vez.

❧

UMA VEZ, SEM MAIS NEM MENOS, KASEY ME PERGUNTOU SE EU JÁ havia me apaixonado antes. Estávamos encolhidos no grande sofá da sala dos pais dele em uma noite de sábado, com uma vasilha de pipoca doce entre nós e duas latas de Coca geladas sobre os apoios para copo na mesinha de centro à nossa frente. Coisas eram explodidas e dizimadas na tela grande da televisão enquanto tudo ia bem no mundo.

Dei risada da pergunta e respondi sem hesitar:

— Não!

Ele respondeu da mesma maneira e desistiu do assunto, quase como se esperasse aquela resposta e tivesse seguido adiante mentalmente antes mesmo de eu falar. Fiquei em silêncio por um minuto, segurando a mão dele e estudando a palma, traçando a linha da vida e tentando imaginar o que podia ter provocado aquela pergunta.

— Por quê? — indaguei de repente, sem conseguir conter a curiosidade.

Kasey olhou para mim distraído.

— Por que o quê?

— Por que você perguntou se eu já me apaixonei antes?

Ele deu de ombros e olhou para a televisão.

— Não sei, só estava pensando. Você só me notou no ano passado, mas eu notei você há muito tempo.

— Oi?

Kasey suspirou, pegou o controle remoto e deu pausa no filme, deixando o homem que era arremessado no ar parado no meio do voo. Depois olhou para mim, e seus olhos estudaram meu rosto.

— Josie, você é linda, sempre foi. — Adorei o elogio e sorri acanhada, mas satisfeita. — O legal é que você parece nem saber disso.

Quando estávamos no fim do fundamental, meus amigos e eu falávamos sobre você. Alguns achavam que você era metida, porque estava sempre quieta e não se interessava por nenhum de nós.

Levantei as sobrancelhas, e foi a vez de Kasey ficar constrangido.

— Bom, você era muito mais madura que todo mundo, era quase como se fosse de outro planeta. Era legal, mas distante, como se estivesse só cumprindo o seu tempo ali, sabe? Alguns meninos achavam que você tinha um namorado mais velho. — Kasey olhou nos meus olhos, como se procurasse neles o efeito do comentário, esperando, talvez, eu confessar que tive um namorado secreto. — Você era mais alta que nós e parecia muito mais velha, além de ser muito mais inteligente, sem dúvida. Mas eu não pensava como a maioria. Sabia que você era tímida, não antipática. Você não deve lembrar, mas no sétimo ano sentava do meu lado na aula de ciências. Era muito simpática, nunca foi grossa ou metida. Eu esperava aquela aula ansiosamente todos os dias. Foi quando decidi que um dia você seria minha namorada. Eu gostei de outras meninas, mas sempre fiquei de olho em você.

Eu me inclinei e beijei seus lábios, e a conversa foi interrompida pelo beijo. A voz da mãe dele na cozinha nos trouxe de volta à realidade, e retomamos uma distância mais apropriada. Kasey apertou o botão no controle remoto e a pobre vítima concluiu sua trajetória de colisão com a parede do prédio. Kasey passou um braço sobre meus ombros, e eu me recostei nele e puxei os pés nas meias cor-de-rosa para baixo do corpo.

Passei o restante daquela noite pensativa, quase culpada. Fiquei feliz quando Kasey escolheu um vídeo do Schwarzenegger para ver, porque pude refletir enquanto ele assistia à destruição na tela. Fazia tempo que eu não pensava em Samuel. Ele ainda andava discretamente pelos meus pensamentos, de vez em quando. Quando as Torres Gêmeas e o Pentágono foram atingidos, me perguntei onde ele estava e se era um dos fuzileiros na linha de frente da guerra no Afeganistão. Até havia assistido aos jornais com seu rosto em minha mente. Mas não senti saudade dele por muito tempo. Afinal, não o via fazia mais de dois anos.

163

Mas, enquanto estava ali sentada segurando a mão de Kasey, tive que reconhecer minha mentira. Agora eu podia amar somente Kasey, mas já havia me apaixonado antes. Eu amei Samuel. Não foi uma paixão. Foi amor. Inocente, incomum, precoce, mas... amor. O tempo trouxe perspectiva, e, embora eu nunca tenha admitido a mim mesma, sabia que essa era a verdade. Pensar nisso me deixou abalada.

Nunca contei a Kasey sobre Samuel. Nada, nem uma palavra. E agora eu estranhava meu silêncio. Não me envergonhava do que havia vivido, mas nunca falei nada. Algumas coisas não podem ser explicadas ou compartilhadas, porque perdem o brilho quando são passadas adiante. Eu me lembrei da escritura sobre "pérolas aos porcos". Um porco nunca saberá apreciar uma pérola, por mais que ela seja preciosa. Ele não tem a experiência ou a capacidade para compreender seu valor. Meu relacionamento com Samuel havia sido uma pérola reluzente em minha vida, e nem mesmo as pessoas mais próximas, que certamente estavam longe de ser porcos, poderiam apreender o valor intrínseco dessa experiência. A expressão "você precisava estar lá" resume o que eu penso. Eu não tinha nada a ganhar expondo esse assunto, por isso nunca falei dele. Samuel já não fazia parte da minha vida, e naquela noite, de mãos dadas com meu futuro, decidi mantê-lo guardado no passado.

No dia da formatura, 28 de maio, ficamos em fila e percorremos o corredor para receber o diploma. A ordem alfabética manteve Jensen e Judd lado a lado, e Kasey e eu jogamos o capelo para cima juntos. Eu estava entre os dez melhores alunos da turma. Teria sido a oradora, se tentasse. Mas fiz de tudo para não ser. Não tinha nenhum interesse em fazer um discurso na formatura. Não derramei uma lágrima enquanto as pessoas à minha volta, inclusive Kasey, se abraçavam e choravam com nostalgia. O ensino médio nunca foi o apogeu para mim, e eu estava ansiosa pelo que viria a seguir... Kasey e eu na igreja diante de toda a cidade dizendo "sim". Quando era pequena, eu havia assistido ao musical *Sete noivas para sete irmãos* milhões de vezes, e eu seria uma noiva de junho. Marcamos a data, mandamos imprimir os convites, e o vestido de noiva, o mesmo com que minha mãe havia se casado, estava pendurado no armário, onde eu podia vê-lo todas as noites quando ia dormir.

A tradição da formatura incluía uma festa que durava a noite inteira em um parque aquático em Provo, aproximadamente quarenta e cinco minutos ao norte de Nephi. Kasey era sociável e adorava diversão, por isso fui com ele, embora não fosse fã de parques aquáticos e noites em claro que não envolvessem uma boa leitura. Depois os formandos entrariam nos ônibus escolares e voltariam ao colégio para um grande café da manhã de panquecas servido por algumas mães. Kasey trabalhava no mercado de Nephi, onde estocava as prateleiras todas as manhãs. Ele tinha que ir trabalhar cedo, por isso meu irmão Johnny iria me buscar no colégio depois de cumprir o turno da noite na usina de energia. Kasey planejava tomar um banho rápido e cochilar um pouco na sala dos funcionários antes de começar seu horário.

Como sempre, tentamos adiar a despedida até o último momento. Faltava pouco para as cinco da manhã, e Kasey entrava às seis e meia no trabalho. Ele decidiu que tinha tempo suficiente para me levar para casa, voltar, tomar um banho e dar uma cochilada. Ligamos para a usina de energia do telefone da secretaria do colégio, e Johnny foi chamado para atender a ligação.

— Eu não me importo, Johnny — Kasey falou com sinceridade. Johnny deu risada.

— Eu sei que não, Kasey, e sei que a Josie também não se incomoda, mas são cinco da manhã e vocês dois estão sem dormir. Estou liberado em quarenta e cinco minutos, e você não precisa dirigir até lá.

Kasey insistiu e eu implorei, e pouco depois estávamos a caminho de Levan no velho Ford verde do meu namorado. Gostávamos do carro velho por causa do banco dianteiro, que era inteiro e me permitia sentar bem perto dele. Enquanto dirigia, Kasey mantinha a mão esquerda no volante e a direita na minha. Nós dois estávamos com cheiro de cloro do parque aquático, com o cabelo seco e duro da água da piscina. O meu estava preso, mas o dele caía nos olhos, e eu afastei as mechas de sua testa enquanto conversávamos sem parar no caminho para minha casa.

Quando subimos pela alameda de cascalho que levava da entrada do terreno até a frente da minha casa, o sol espiava por cima das montanhas que emolduravam nossa cidade sonolenta. Eu havia passado muitos dias naquelas montanhas, no cânion por onde corria um riacho. Naquele ano tivemos seca, inverno rigoroso e pouca neve, e, como costumavam fazer os fazendeiros no Oeste, passamos muito tempo jejuando e rezando por chuva. O cânion não veria o rio aumentar de volume aquele ano, o que seria ruim para os fazendeiros. Mas eu estava feliz demais para me preocupar, e aquela manhã, com o sol às nossas costas e as montanhas que eram como minha casa, era uma moldura cor-de-rosa com reflexos de promessa dourada se derramando sobre nós. Kasey saiu do carro e eu o segui, porque estava mais próxima da porta do motorista que do outro lado. Ele se recostou na porta e me puxou contra o corpo, apoiando o rosto na minha cabeça. Vimos o sol nascer em silêncio. Normalmente, adolescentes não gostam de levantar mais cedo que o necessário, e éramos bem normais nesse aspecto. Nunca tínhamos visto um nascer do sol juntos, o que fazia daquela manhã mais uma primeira vez para nós, e me lembro de transbordar contentamento. Existe uma música silenciosa na alegria, e a música daquela manhã ainda faz meu coração doer quando me permito revisitá-la. Os braços jovens e musculosos de Kasey envolviam meus ombros, e, quando ele se inclinou e afagou meu rosto com o dele, seu hálito era doce e cheirava a calda de panquecas.

— Eu te amo muito, Josie Jensen — ele cochichou, e eu segurei seu rosto entre as mãos. Senti um nó na garganta quando olhei para ele, uma estranha vontade de rir com a doçura daquele momento.

— Eu também te amo, Kasey Judd, e, se você não me beijar agora, vou me desmanchar em um milhão de pedacinhos — cochichei.

Ele se inclinou para mim, e eu fui ao encontro de seus lábios, me erguendo na ponta dos pés e puxando-o para mim. Senti a doçura em seus lábios e inspirei seu cheiro. Meu coração acelerou, e nós nos beijamos como se fosse a primeira vez. Sem fôlego, tive que me afastar, porque havia em seu beijo algo mais intenso, e o jeito como ele me abraçava era urgente. Eu adorava sentir sua paixão, mas sabia que Johnny não ia demorar a chegar e não queria causar constrangimento ou provocar um discurso de irmão mais velho sobre a necessidade de "tomar cuidado".

Kasey baixou a cabeça e fechou os olhos, fingindo agonia.

— Ai! — ele gemeu. — Três semanas é muito tempo! Quem vai se desmanchar em milhões de pedacinhos sou eu.

— A gente consegue esperar. Não é para sempre. — Dei risada.

Ele me abraçou e me beijou novamente, ávido como antes, e eu encerrei o beijo com relutância, me afastando sem soltar as mãos dele.

Kasey curvou os lábios, os cantos voltados para baixo, e franziu a testa compondo uma expressão cômica de abandono. Ele parecia melancólico quando se despediu de mim. Dei risada outra vez, encantada com quanto ele precisava de mim.

— Talvez seja melhor a gente não se ver até o grande dia — brinquei, sorridente.

— É uma eternidade — ele respondeu em voz baixa ao entrar no carro.

Dei um passo para trás e o vi dar ré no velho Ford. Acenei e joguei beijinhos bobos.

— Ligue para mim mais tarde! — gritei, e ele acenou pela janela para indicar que tinha ouvido.

Nem vi o carro se afastar pela rua. Virei e entrei em casa, repentinamente ansiosa por um banho e meu travesseiro. Não tive premonição, nenhuma intuição de que seria realmente uma eternidade. Aquela foi a última vez em que vi Kasey vivo.

13

réquiem

KASEY DEVE TER COCHILADO NO CAMINHO DE VOLTA PARA NEPHI. Os oficiais que estiveram no local do acidente disseram que, aparentemente, ele invadiu o outro lado da pista e começou a entrar no canal de irrigação no acostamento da estrada. Acordou assustado, pisou forte no freio e capotou. Kasey foi arremessado pelo para-brisa e morreu na hora. O carro estava virado no sentido contrário da pista, com as rodas para cima, e meu irmão foi a primeira pessoa a passar por ali e ver o automóvel acidentado. Johnny disse que pensou que nós dois estávamos lá, por causa da posição do veículo. Ele achou que o acidente tinha acontecido quando Kasey fora me levar para casa. Johnny contou que encontrou Kasey não muito longe do carro e correu por ali me procurando. Não dava para ver o interior do automóvel, porque a parte de cima afundou. As portas estavam amassadas e travadas. Ele pensou que eu estivesse lá dentro. Johnny não tinha celular, e não havia ninguém na estrada às quinze para as seis de uma manhã de sábado. Ele falou que nem se lembrava direito de ter entrado na caminhonete e voado para casa. Eu havia desistido do banho e ido direto para a cama, e acordei com meu irmão gritando ao telefone. Desci a escada correndo, tropeçando do sótão até a cozinha. Johnny me viu, largou o fone, que ficou balançando pendurado no fio, e se aproximou de mim cambaleando.

— Josie! Eu pensei que você estivesse com ele! Você está bem! Está bem mesmo? O Kasey... o carro dele! Você está aqui? Como? — Ele olhava para mim e deslizava as mãos pelos meus braços, enquanto lágrimas lavavam seu rosto. Depois ele me abraçou, me afastou e tentou explicar o acidente e como havia pensado que eu estava com Kasey.

Sabe quando a gente sente que está em um pesadelo pavoroso? Quando acorda e se sente paralisada por quase um minuto? Não consegue sentir as pernas ou os braços e sente calor e frio ao mesmo tempo? Eu me lembro de ter ficado ali olhando para o meu irmão, para o rosto que se contorcia entre a alegria por me ver segura e o desespero por minha perda. O sangue corria mais lento nas veias, e meus dedos começaram a formigar. Enquanto isso, Kasey estava caído ao lado da estrada e os pássaros cantavam no céu azul de uma perfeita manhã de maio. A compreensão veio de repente.

— Você deixou o Kasey lá? Você deixou o Kasey lá? — Minha voz se tornou um grito incomum que ecoava em minha cabeça. Virei e saí correndo de casa, ainda de maiô e shorts e descalça. Eu corria muito, corri como louca pela estrada, enquanto meu irmão gritava meu nome e me pedia para esperar. De repente ele começou a chamar meu pai e pedir ajuda. Meu pai, que devia estar cuidando dos cavalos.

Eu corri consumida por uma raiva violenta por Johnny ter ficado na nossa cozinha falando, enquanto Kasey estava ferido em algum lugar. Eu havia percorrido quase um quilômetro quando Johnny e meu pai me alcançaram. Eles estavam na velha caminhonete, que ficava estacionada perto do curral onde Johnny havia encontrado meu pai, as chaves na ignição. Johnny dirigia, o que era bom, porque eu teria arrancado seus olhos se ele tentasse me segurar. Meu pai era forte, e herdei dele as pernas longas de corredor. Quando Johnny reduziu a velocidade, meu pai saltou da caminhonete e começou a correr a meu lado. Então me abraçou e me puxou para o chão, como se eu fosse um bezerro em um rodeio, e eu caí entre os arbustos no acostamento.

— Josie! Josie, para! Minha querida! Eu te levo até lá! Para! Você vai chegar mais depressa se entrar na caminhonete! — Eu esperneava e me debatia, tentando me soltar.

Quando entendi o que meu pai dizia, parei de me debater e olhei para ele. Nossa respiração era ofegante. Meu pai era um homem de rosto bronzeado, com uma pele envelhecida de rancheiro. Minha mãe costumava dizer que ele era o seu John Wayne. Quando falava, sua voz era alta e rude, e ele foi duro com meus irmãos quando eles eram pequenos, mas era um grande marshmallow quando a gente passava pela casca grossa da superfície. Vi seus olhos lacrimejarem milhares de vezes, e todos nós debochávamos dele por isso. Mas, quando o encarei e vi a devastação em seus olhos e as lágrimas no rosto, minha raiva deu lugar a um medo terrível.

— Meu amor, eu acho que o Kasey não resistiu. — Meu pai tentou engolir um soluço. — O Johnny disse que ele estava inconsciente. Ele foi para casa para chamar a ambulância. O seu irmão pensou que você estivesse presa no carro, meu bem.

— Não! — Voltei a me debater, e meu pai levantou e me conteve em seus braços, me segurando e chorando, fazendo um esforço para entrar na caminhonete e me pôr lá dentro.

— Eu levo você até lá... Eu levo você, meu amor, só aguenta firme...

Eles me levaram ao local do acidente, mas não me deixaram sair da caminhonete. Uma viatura da polícia havia chegado, e vi que eles cobriram Kasey com uma espécie de lona ou lençol. Meu pai me envolveu com seus braços e pernas para me conter, enquanto Johnny descia da caminhonete e corria até o oficial mais próximo. Era um dos filhos dos Carter. Ele havia crescido e agora usava uniforme e óculos escuros. Devia ser cinco ou seis anos mais velho que eu, mas também havia crescido em Levan. Eu o conhecia desde sempre, mas não conseguia lembrar seu nome naquele momento. O oficial passou um braço sobre os ombros agitados de Johnny, e os dois se aproximaram do lugar onde Kasey estava deitado. Ele se ajoelhou, levantou uma ponta do lençol, e Johnny concordou com a cabeça em resposta a alguma coisa que ele disse. Vi de lampejo os cabelos encaracolados de Kasey, ouvi Johnny falar o nome dele, apoiei a cabeça no colo de meu pai e chorei.

❧

DEPOIS DO FUNERAL, KASEY FOI ENTERRADO NO CEMITÉRIO LEvan, ao lado do avô Judd, que havia falecido quando ele tinha dez anos. Kasey amava o avô e teria gostado disso, mas eu queria que ele fosse sepultado ao lado da minha mãe, que na morte eu pudesse estar ao lado dele, que ele pudesse ficar entre os membros da minha família, como agora eu nunca estaria entre os da família dele. A raiva que eu sentia de Deus me distraiu da dor por um tempo. Eu já havia sofrido a minha cota! Não era justo que Ele me tirasse duas pessoas. Era a vez de outra pessoa. Eu sentia muita raiva. Mesmo quando tentava rezar pedindo força e compreensão, acabava furiosa demais para ir até o fim e desistia.

Por trás da raiva também havia uma pergunta. E, em meio ao sofrimento, eu me vi questionando: "Por que o Kasey me foi dado, Deus, se era só para tirá-lo de mim?" Era cruel, e o Deus que eu conhecia não era assim. Era a primeira vez na minha vida que eu questionava seu amor por mim.

No dia em que eu teria me casado com Kasey, Tara passou em casa para me buscar e me manteve ocupada. Mas, quando a noite chegou, eu estava no quarto tocando o vestido que fora da minha mãe, o vestido que teria sido meu naquele mesmo dia, se Kasey estivesse vivo. Era simples, com cintura alta e mangas longas. Estilo Jane Austen, eu achava, e tinha adorado aquele vestido durante toda a minha vida. Minha mãe o guardava com cuidado, e ele era quase tão branco quanto no dia em que ela se casou.

Eu tinha uma foto dela com o vestido, olhando para meu pai com um sorriso sereno no rosto. O buquê em suas mãos era de rosas amarelas, e havia uma guirlanda de flores enfeitando seus cabelos. Cabelos castanhos que desciam até a cintura. Eu não tinha a mesma coloração, mas os olhos grandes e o rosto em forma de coração eram como os dela, assim como o lábio superior ligeiramente mais cheio, que dava à minha mãe um efeito Betty Boop. Quando ela era viva, meu pai nos chamava carinhosamente de Boop e Boop Dois. Ela e meu pai pareciam jovens e felizes. O fotógrafo capturou meu pai de olhos fechados, e isso me fez amar aquela foto ainda mais, como se naquele momento ele agradecesse pelas bênçãos recebidas, de olhos fechados em profunda gratidão.

Fiquei pensando... Se eles soubessem que aquele tempo passaria depressa e que a vida de minha mãe seria curta, teriam se olhado nos olhos por mais tempo? As mãos teriam se segurado com mais força? Senti uma inveja repentina dos meus pais, do tempo que eles tiveram juntos. Vinte anos. Seriam sempre um do outro depois disso. Minha mãe seria sempre Janelle Wilson Jensen. Eu nunca seria Josie Judd.

Quando a casa ficou silenciosa e Johnny e meu pai foram dormir, eu pus o vestido de noiva, arrumei o cabelo e me maquiei com capricho. Enquanto isso, ouvia *Sonata ao luar*, de Beethoven, bem baixinho no aparelho de CD. Quando terminei o ritual feminino de tantas noivas, parei na frente do espelho de corpo inteiro e fiquei olhando para o reflexo por muito tempo. As palavras de *Jane Eyre* surgiram em minha mente, e entendi minha amiga literária como jamais a havia entendido antes.

"Onde estava a Jane Eyre de ontem? Onde estava sua vida? Onde estavam suas perspectivas? Jane Eyre, que havia sido uma mulher cheia de expectativas e entusiasmo, quase uma noiva, era novamente uma jovem fria, solitária: sua vida era pálida. As perspectivas eram desoladoras."

Meu pai me encontrou dormindo na cadeira de balanço da varanda na manhã seguinte, ainda vestida de noiva e coberta com o véu. Eu havia saído para me sentar e olhar a lua, sem querer tirar o vestido e abrir mão do que restava do dia do meu casamento. Dormi com o rangido da cadeira. Meu pai me chamou, me acordou para o dia seguinte. Ele se sentou ao meu lado e me pôs em seu colo, alisando minhas costas e me balançando lentamente, deixando o sol e os cavalos esperarem enquanto ficava ali comigo, me segurando em seus braços. A raiva foi passando, desapareceu no buraco negro do meu profundo desapontamento. A vida que eu tinha imaginado jamais aconteceria, e eu chorava por ela quase com o mesmo desespero com que chorava por Kasey.

✑

Os meses depois da morte de Kasey foram como uma peça estranha na qual eu era a protagonista, com um elenco coadjuvante impotente e em que as roldanas da vida diária me mantinham funcionando em uma paródia afetada de existência. Ninguém sabia o que fazer ou dizer. O ultraje com a perda voltava aleatoriamente, me obrigando a me isolar para não perder a paciência com pessoas queridas que só queriam ajudar. Eu tocava minha música constantemente, até quando dormia. Ela me envolvia e me invadia, me ajudava a escapar da realidade.

Eu corria pelas colinas em volta de casa, pelas longas estradas rurais que atravessavam fazendas conhecidas e casas vizinhas. As distâncias aumentavam mais e mais, noturnos intermináveis, concertos e sonatas que me poupavam de pensar, o ritmo da respiração acompanhando a percussão dos pés no chão. Decidi esperar até janeiro para começar a faculdade, mas, depois do Natal, descobri que estava ansiosa para partir. O antigo sonho da fama musical agora parecia vazio, a perda de alguém com quem compartilhá-lo o transformava em uma concha vazia. Mas eu ainda o queria. Precisava dele. Precisava recuperá-lo, dar a ele uma nova forma. E queria muito o anonimato de uma cidade onde ninguém soubesse da minha dor. Escondê-la seria muito mais fácil.

Meu pai parecia aliviado com minha aparente decisão de seguir em frente, e tenho certeza de que uma nuvem se dissipava cada vez que eu saía de casa. Embora ele nunca tenha admitido. Como deve ter sido doloroso para ele. Como era íntimo o conhecimento que ele tinha do meu sofrimento. Dez anos antes, sua angústia havia sido como a minha. Mas a empatia dava a ele uma paciência que parecia infinita, e agora ele cuidava de mim como eu havia tentado cuidar dele no passado.

E o pobre Johnny. Fiquei irracionalmente furiosa com ele. No primeiro mês ele fora cuidadoso comigo, tentando comunicar seu amor por mim com pequenos gestos... arrumando minha cama, deixando a geladeira cheia de Coca diet, embora ele e meu pai só bebessem Pepsi. Um dia ele até lavou minhas roupas brancas e dobrou cada meia e roupa íntima de renda, deixando tudo em cima da minha cama. Com o tempo, comecei a fazer algumas dessas mesmas coisas por ele, pedindo perdão e retribuindo seu amor quando recolhia as roupas do chão de seu quarto, colocava Twinkies no freezer para ele comer congelado, como ele gostava, limpava o barro de suas botas de trabalho e as deixava brilhando na varanda dos fundos. Era mais fácil executar pequenos atos de bondade do que me expressar com palavras. E nunca falamos sobre aquele dia terrível.

❧

Mais ou menos uma semana antes da data em que eu pretendia ir embora para a universidade, meu pai saiu cedo do trabalho por causa de uma forte dor de cabeça. Eu estava no quarto, encaixotando parte das minhas coisas, quando ouvi a porta da cozinha bater e o chamei para confirmar que era ele quem havia chegado. Ouvi o barulho das portas dos armários, um vidro quebrando e suspirei, sem conseguir entender o que meu pai estava fazendo.

— Pai? — Desci a escada, entrei na cozinha e o encontrei parado na frente da pia, meio tonto, segurando uma embalagem de analgésicos e cercado de cacos de vidro.

Ele virou para mim, perdeu o equilíbrio e teve que se segurar na beirada do balcão. O frasco caiu de sua mão, e os comprimidos se espalharam pelo chão.

Meu pai começou a falar, mas as palavras saíam estranhas, enroladas, como quando ele bebia demais.

— Pai! São duas horas da tarde! Você bebeu? — perguntei, furiosa.

— Não — ele resmungou e caiu.

O medo me atingiu com a força de um trem, e eu corri para ele, vendo a sombra da longa foice da morte tentando tirá-lo de mim enquanto ele tentava se levantar, mas mantinha os olhos fechados e fazia uma careta terrível.

— Não! — gritei, momentaneamente enlouquecida pela imagem familiar e pavorosa da morte. Abracei meu pai e passei seu braço esquerdo por cima dos meus ombros. — Pai, a gente precisa ir para o hospital!

Eu o ajudei a ficar em pé, e cambaleamos como uma dupla em uma corrida de três pernas para fora da cozinha e pela escada dos fundos. Consegui levá-lo até a caminhonete, acomodá-lo no banco do passageiro e prender o cinto de segurança, tentando mantê-lo sentado. Ligar para o número de emergência significaria esperar a ambulância chegar de Nephi, e não tínhamos tempo para isso. Eu não sabia o que estava acontecendo, mas algo estava muito errado.

❧

MEU PAI TEVE O QUE OS MÉDICOS CHAMARAM DE DERRAME ISQUÊMICO, provocado por um coágulo no cérebro. Quando chegamos ao hospital, ele falava de um jeito incompreensível e não ficava mais em pé. Entrei correndo no pronto-socorro, pedindo ajuda, e em poucos minutos ele era levado em uma cadeira de rodas, enquanto eu contava aos berros o que havia acontecido na cozinha. Depois de um exame para verificar se o derrame não havia sido causado por uma hemorragia cerebral, ele começou a tomar o medicamento para afinar o sangue e desmanchar o coágulo. Mas o dano era extenso.

Depois de uma semana no hospital, meu pai voltou para casa sem conseguir andar e incapaz de falar com clareza. A área do cérebro responsável pelo controle do movimento e da fala havia sofrido lesões. O lado esquerdo era o mais fraco, e meu pai não conseguia nem se alimentar.

Eu o levava de carro à clínica de reabilitação em Provo todos os dias, e lá ele passava de três a cinco horas reaprendendo tudo, de amarrar os sapatos a escrever o próprio nome.

Aprendi a cuidar dele observando a equipe de médicos e terapeutas que o atendia todos os dias. Meus irmãos e cunhadas ajudavam sempre que podiam. Jacob assumiu a maior parte do trabalho da fazenda, e eu deixei tudo em suas mãos competentes. Muitas vezes uma das minhas cunhadas levava meu pai à clínica de reabilitação ou de volta para casa, mas, na maior parte do tempo, eu era a cuidadora e me dedicava à tarefa com uma determinação feroz de vê-lo recuperado. Já havia perdido muita gente, e meu pai não entraria na lista.

Em dois meses ele voltou a andar com a ajuda de um andador e fazia progressos consideráveis em outras áreas. A fala não era mais tão enrolada, embora ele houvesse perdido parte da capacidade cognitiva e algumas vezes esquecesse o que havíamos falado momentos antes. Uma vez perguntei a ele o resultado de dois mais dois. Depois de pensar um pouco, ele me perguntou o que era dois.

Até o tato mudou. Ele não distinguia mais quente e frio. Era como se o sinal que desencadeava sensações tivesse desligado em algum lugar do cérebro. Um dia ele lavou as mãos com água fervendo, sem saber que as queimava.

Durante a semana que ele passou no hospital logo depois do derrame, telefonei para o reitor de admissões na Universidade Brigham Young e para o diretor do departamento de música, que conheci ao aceitar a bolsa de estudos. Depois de informá-los sobre minha situação, ambos foram muito gentis e disseram que a bolsa seria minha no próximo ano letivo. Desliguei o telefone sabendo que jamais a usaria.

Eu parei de tocar piano depois que meu pai sofreu o derrame. Nas primeiras semanas após ele ter voltado para casa, eu vivia cansada demais para fazer qualquer coisa além de suprir suas necessidades. Eu dava comida, banho, orientava os exercícios como haviam me ensinado, porque assim ele recuperaria a força e a mobilidade perdidas. E, é claro, as longas horas de reabilitação se estenderam pelos meses seguintes. De vez em quando eu tocava as teclas esperando sentir a reação familiar nas veias, mas a música que antes estava sempre dançando em meus pensamentos havia silenciado. Não parei para pensar nisso. Não sei se era exaustão ou só indisponibilidade para lidar com o que acontecia comigo.

Depois parei de ouvir música clássica quando ia correr. Peguei emprestado o iPod de Tara e ouvia Tim McGraw e Kenny Chesney. De acordo com Tara, eles eram "homens de verdade com chapéu de caubói". Meu pai sempre amou George Strait e Johnny Cash. Descobri que a música ocupava meus pensamentos enquanto eu corria e deixava meu coração intocado, e era exatamente isso que eu queria.

Quando meu pai ficou bem o bastante para eu poder deixá-lo sozinho por mais tempo, comecei a dar aulas de piano. Estávamos financeiramente encrencados, e eu precisava trabalhar. Mas as aulas eram barulhentas, e a nossa casa era pequena e pouco apropriada para um paciente que se recuperava de um derrame e precisava muito descansar, por isso o bispo da nossa congregação me permitiu usar uma das salas da igreja para receber meus alunos. O verão havia chegado, e com ele as férias escolares. Eu podia marcar as aulas nos intervalos da agenda de reabilitação do meu pai. Mas, quando as férias acabassem, os alunos não conseguiriam ter a mesma flexibilidade, e eu precisava de mais uma fonte de renda que me permitisse a mesma liberdade de horários. Tinha que fazer outra coisa.

Tara havia se matriculado na escola de estética e se formado no ano anterior com grandes sonhos e cabelo azul. Uma noite ela sugeriu do nada que eu assistisse às aulas na escola, nas horas que meu pai passava na reabilitação. Decidi que cortar cabelos era tão bom quanto qualquer outra coisa que me permitisse ficar em casa e pagar as contas. Jared morava em Provo, a uns dez minutos do hospital, e, quando eu não saía do curso a tempo de ir buscar meu pai, ele o pegava e levava para sua casa até eu sair da aula. Superamos aquele ano de al-

177

gum jeito e, diferente de Tara, eu me formei com a cor do cabelo intacta e nenhum sonho digno de ser contado.

Tara quis sair de Levan e conseguiu um emprego de auxiliar em um salão caro em Salt Lake City, onde esperava aprender com os melhores profissionais e progredir. Sei que Louise teria gostado se Tara fosse trabalhar com ela no Ballow's, mas não se surpreendeu com a necessidade da filha de fazer as coisas do jeito dela. A falta de interesse de Tara no estabelecimento da família me favoreceu, porque Louise me aceitou para trabalhar lá. Eu cortava cabelos de dia e dava aulas de piano à noite, e assim meu pai e eu seguíamos em frente com dificuldade, financeiramente e em outros aspectos. Meu cabelo passou por vários tons e cortes diferentes antes de a mãe de Tara chamá-la de lado para dizer que ela devia treinar em outra pessoa. Eu era a cobaia perfeita, porque não me importava com minha aparência. Na escola, eu também treinava nela, embora com resultados muito mais conservadores, e, mesmo sabendo que jamais seria criativa como Tara, era atenta e precisa. A solidão me fazia uma boa ouvinte, e eu conseguia entregar o que as clientes queriam, não o que eu achava que poderia despertar aquela gata sensual interior, como Tara costumava fazer.

De vez em quando, eu me pegava pensando em como minha vida era diferente daquela com que eu havia sonhado. Houve um tempo em que sonhei ser aluna de um colégio de belas-artes. Nunca falei sobre isso com meu pai, mas sei que ele teria tentado realizar meu sonho. O laço que me prendia à minha casa era muito apertado, muito forte. Depois aconteceu o Kasey, e esqueci qualquer intenção de partir. Eu me lembrava dos dias em que Sonja havia sonhado que eu me apresentaria com a Sinfônica de Utah. Mas ela nunca me fez sentir culpada por minhas escolhas. Ela entendia o que me prendia ali. Mas eu sabia que ela sofria por mim e temia que eu enterrasse meu talento em obrigações e um dia tentasse desenterrá-lo, só para descobrir que ele havia enferrujado com o tempo e a falta de atenção.

Sonja tinha envelhecido. A mulher ágil de setenta anos dos nossos primeiros dias juntas de repente tinha oitenta. Estava ficando mais esquecida, divagava, não lembrava onde estava ou como havia chegado ali. Um ano depois do derrame de meu pai, Sonja recebeu o diagnóstico de mal de Alzheimer. Doc me ligou e pediu para eu ir vê-la. Sonja estava devastada, e eu fiquei chateada, mas não me perturbei. A vida parecia ter se tornado uma sequência de tragédias, e eu aprendi a lidar com elas.

Infelizmente, a saúde de Doc também se deteriorava. A mente ainda era aguçada, mas, fisicamente, ele adoecia. Sonja e Doc contrataram uma enfermeira para que eles pudessem continuar na casa pelo tempo que fosse possível.

Foi por Sonja que voltei a tocar piano. Subia a colina de bicicleta todos os dias no fim da tarde e tocava para ela, como fazia quando ia para as aulas anos atrás. Tocava músicas que exigiam grande habilidade, mas não despertavam minha alma. Sonja parecia querer as escalas em cascata e os acordes contundentes, e nunca reclamava por eu passar muito tempo cortejando a "fera". A doença que aos poucos lhe roubava a personalidade e o espírito se acovardava diante do meu furioso ataque musical. Era como se as sinapses e as vias neurológicas que um dia foram forjadas pelo intenso estudo musical se regenerassem e religassem enquanto a música lembrava o cérebro confuso de seu complexo conhecimento. Meus dedos voavam, e eu despejava toda a minha energia em um frenesi de música furiosa.

Depois que eu tocava, ela se comportava de um jeito quase normal, revigorado, sem nenhum tropeço ou deslize. E essa era a única ocasião em que eu tocava. Nada da beleza de Beethoven ou dos sonhos de Debussy, nada de concertos emocionantes de amor e perda. Eu só tocava a técnica, a dificuldade, só o que exigia muito de mim. Sonja era minha única plateia. Pela maior parte dos dois anos seguintes, ela permaneceu coerente e saudável o bastante para ficar em casa.

Então, um dia, pedalei pela colina até a casa dela, e a enfermeira me recebeu e falou que ela não estava bem e dormia. Voltei todos os dias daquela semana. Sonja se recusava a me ver. Quando finalmente insisti em vê-la, Sonja se mostrou temerosa, com o lábio trêmulo e

179

os olhos cheios de lágrimas. Ela gritou para eu ir embora. Eu me sentei ao piano e toquei com desespero, tentando trazê-la de volta. Pela primeira vez, não funcionou. Ela trancou a porta do quarto, e eu a ouvi soluçando do outro lado quando bati. A enfermeira disse que era preciso tomar as providências para colocá-la em uma clínica. Doc e Sonja já haviam feito uma pesquisa e traçado um plano detalhado. Quando Sonja teve que ir para uma clínica de repouso, Doc foi com ela. Ele morreu dormindo dois meses depois. Sonja era fisicamente saudável, mas seu espírito, seu eu espiritual, já havia partido, estava escondido em algum lugar, me deixando de luto enquanto seu corpo permanecia ali para, sem querer, debochar e fazer lembrar.

Eu a visitava frequentemente na clínica, e ela parecia gostar dos CDs que eu levava. Mas nunca mais acordou com a música, embora desse sinais de preferir agora as composições mais suaves e melodiosas, rejeitando as peças poderosas dos últimos dois anos em prol de noturnos e serenatas mais doces. Eu lia para ela, como fizera tantas vezes quando era menina. Ela também gostava disso, mas preferia *Nancy Drew* a *Orgulho e preconceito*. Tentei ler seu adorado *O morro dos ventos uivantes*, mas ela o jogou do outro lado, como eu havia feito tantos anos atrás. A medicação a deixava menos temerosa, mas eu percebia que ela sempre ficava aliviada quando eu ia embora. Afinal, eu era uma desconhecida.

14

reprise

AGOSTO DE 2007

DURANTE A SEMANA INTEIRA HOUVE AMEAÇA DE CHUVA, COM NU-
vens negras se formando, o som roncando e a tempestade se dissipando
sem derramar nenhuma gota. Os cavalos ficavam agitados, o ar esta-
lava com a estática, e depois de um tempo... nada. Era fim de agosto
e o verão tinha sido especialmente intenso. Tivemos pouca umidade, e
o inverno também fora moderado. Precisávamos desesperadamente
de chuva. Mas uma semana havia se passado, e as nuvens teimavam
em permanecer carregadas.

Naquela manhã acordei ao amanhecer, calcei os tênis e saí. Lá fora
o céu estava encoberto por nuvens cinzentas de tempestade. De novo.
Pensei em voltar para a cama, deitar embaixo das cobertas e ouvir a
chuva. Hesitei. Sabia que não ia chover se eu voltasse para a cama, e
eu sentiria falta da corrida. A manhã era relativamente fria, a escuridão da noite anterior havia espantado o calor de ontem. Era o clima
perfeito para correr, e eu não ia desperdiçar essa oportunidade.

Havia percorrido quase cinco quilômetros e começava a voltar para
casa quando a mãe natureza decidiu rir da minha cara. O ar ficou pa-

rado e de repente ecoou um estalo. Um relâmpago cortou o céu e o trovão explodiu. A chuva desabou das nuvens pesadas, castigando a estrada de terra como um baterista caprichoso. Gritei e acelerei, voando para casa.

Não há nada de errado com uma tempestade de verão, e nem me incomodei por ser pega a mais de um quilômetro de casa. Continuei correndo, os braços se movendo, o cabelo voando atrás de mim, os tênis guinchando. Ia acabar com bolhas nos pés por causa da fricção, mas, por ora, o barulho dos calçados não era suficiente para me fazer ir mais devagar ou diminuir minha gratidão.

Estava me aproximando do local onde a estrada de terra encontrava a faixa de asfalto e sabia que o pavimento era escorregadio. Estava prestando atenção quando virei na esquina, acelerando ainda mais na reta final. Um relincho repentino e um "Oooa" me fizeram levantar a cabeça assustada, os braços girando e os pés saindo do chão, tentando evitar um encontro com o traseiro da égua castanha de Don Yates, Charlotte.

Charlotte dançou, e eu passei deslizando bem perto das patas em movimento, de barriga para baixo e com as mãos escorregando pelas poças. Processei algumas coisas nesse tempo breve. Não havia um cavaleiro sobre Charlotte, e me perguntei se ela havia fugido do curral novamente. A égua era famosa pelas fugas. Eu a encontrara na minha horta algumas vezes, comendo minhas cenouras. Mas tinha escutado nitidamente uma voz masculina falar "Oooa" e sabia que Charlotte havia sido contida antes de eu dar de cara com sua anca larga. Depois de parar completamente e me certificar de que não tinha nenhum ferimento grave, apoiei o corpo sobre as mãos e os joelhos, as palmas ardendo, mas inteiras. Sempre fui desajeitada, e isso me ensinou algumas coisas sobre cair.

— Josie? — Havia perplexidade na voz profunda sobre mim. — Tudo bem? — Braços fortes me envolveram e me puseram de pé.

A mão grande ajeitou meu cabelo molhado, tirando-o do meu rosto e da frente dos olhos, enquanto eu limpava as mãos sujas de lama nos shorts ensopados. A chuva começava a diminuir, e levantei o rosto para pedir desculpas a Don por minha falta de jeito. Então me vi cara a cara com Samuel Yates.

Fazia quase sete anos que eu não via Samuel. Atônita, sorvi cada traço de seu rosto familiar, tão querido e tão diferente. Meu velho amigo havia desaparecido. Em seu lugar eu via agora um homem, cuja confiança podia ser percebida no desenho da boca e nos olhos negros e atentos. Notei uma forte semelhança com a família do pai dele, ou então ele não era mais desesperado como antes para disfarçar. Ainda era esguio, porém mais forte, com o pescoço mais grosso e os ombros largos. O cabelo longo e negro que um dia fora símbolo de sua individualidade agora era curto, quase escondido sob o chapéu de caubói que protegia seu rosto da chuva, mas eu não tinha nenhuma proteção, e a água entrava nos meus olhos. Limpei o rosto impaciente, sem acreditar que Samuel estava ali, em pé na minha frente.

— Josie? — Ele ameaçava um sorriso, embora as sobrancelhas negras estivessem unidas. — Tudo bem?

Percebi que estava olhando para ele e sorrindo, mas não falava nada.

— Samuel — murmurei devagar, mas com alegria, e senti uma doce nostalgia inundar minha alma. Os lábios dele se distenderam com ternura, pequenas rugas surgiram no canto dos olhos, e eu vi que ele compartilhava das minhas emoções.

De repente me dei conta do meu traseiro molhado e do cabelo que havia despencado do rabo de cavalo e pingava dos dois lados do rosto. Eu estava completamente encharcada, e a camiseta e o shorts de corrida estavam colados ao corpo. Estremeci e puxei o tecido aderente. Os olhos dele aumentaram de tamanho, registrando minha falta de decoro involuntária.

— Você está ensopada. — Ele tirou o moletom e me deu. Estava úmido, mas era muito melhor do que as roupas que eu vestia.

Virei de lado e vesti o agasalho pela cabeça. Por dentro a blusa estava seca, e a barra ultrapassava os shorts. O moletom estava deliciosamente quente do contato com a pele de Samuel. Cheirava a loção de barba e chuva, um cheiro muito másculo e, para mim, maravilhoso. Era cheiro de segurança, sabonete e sonhos desfeitos. O cheiro da sensação de voltar para casa. Fui tomada por uma nostalgia tão forte, uma saudade tão intensa, que gemi alto e senti meus olhos se encherem de lágrimas.

— Josie? Você se machucou? — Samuel agora estava preocupado e segurou meus braços. Alguma coisa se partiu em meu coração. A fenda se espalhou pelo peito. A sensação me fez pensar em gelo rachando sob os pés em um lago congelado. A respiração ardia no peito, como se eu houvesse corrido quinze quilômetros em temperatura negativa. O controle glacial a que eu me submetia desde a morte de Kasey falhou, depois desapareceu, me deixou.

Sem pensar, dei um passo na direção de Samuel e apoiei a cabeça em seu peito largo, as mãos abertas sobre os ombros musculosos, os dedos agarrando a camiseta dele. Respirei seu cheiro, inspirei com um soluço entrecortado. Soltei sua camiseta e passei os braços em torno da cintura dele. Agarrei-me a Samuel como se minha vida dependesse daquilo. Talvez dependesse. Passara muitos anos sem vê-lo, e tanta coisa havia acontecido em minha vida desde que vira seu rosto pela última vez, mas naquele momento voltei a ter treze anos. Alguém que eu amei tinha voltado, alguém que eu perdi voltava para mim, e eu segurava essa pessoa com força, sem nenhuma intenção de soltá-la.

Não conseguia ver o rosto de Samuel, mas imaginava a expressão chocada com meu comportamento. Eu nem havia falado com ele, só murmurei seu nome, e de repente estava agarrada a ele embaixo de uma tempestade, no meio da rua. Lentamente, senti seus braços fortes me envolverem, me cercarem. Fui envolvida em calor. O prazer do abraço era tão intenso que eu estremeci. Senti a mão dele no meu cabelo e ouvi os ruídos baixos que ele fazia para me acalmar. Percebi que eu estava chorando. Ficamos parados na chuva, com ele me abraçando e me deixando abraçá-lo. Sem comentários, sem perguntas, só conforto.

Depois de um tempo, ele me soltou, passou a rédea por cima da cabeça de Charlotte e, com um braço sobre meus ombros, me levou para casa. Eu andava agradecida ao lado dele, ridiculamente aliviada por não estar sozinha naquele momento.

Ele parou na frente da minha casa. O animal relinchava agitado atrás dele, querendo sair da tempestade. O braço saiu de cima dos meus ombros, e ele olhou para mim. O chapéu estava encharcado.

— Você vai ficar bem?

Respondi que sim com a cabeça.

— Obrigada, Samuel. É bom te ver de novo — falei com sinceridade. Depois virei e me afastei apressada. Tirei os tênis ensopados na varanda. Ele continuava na chuva, segurando a égua e me observando. Entrei e fechei a porta com delicadeza.

No banheiro, tirei o moletom e o segurei um instante contra o rosto. Respirei aquele cheiro. Não queria tirá-lo, embora estivesse com frio e sentisse o calor delicioso que emanava da banheira que eu enchia com água quente. Não me sentia constrangida pelo modo como me comportei com Samuel. Samuel! Era maravilhoso saber que ele estava ali, novamente em Levan. Tantos anos haviam se passado! Mais uma vez, considerei meu comportamento incomum, e, mesmo sabendo que ficaria mortificada quando o visse novamente, a doçura do contato ainda era intensa demais para eu me arrepender.

Tive afeto constante de Kasey durante dois anos e estava faminta desde que ele se fora. Depois dele, qualquer sinal de piedade ou afeição sabotava meu esforço para controlar o desespero, e acabei evitando todo mundo que oferecesse um ou outro. Por um longo período, fiquei tensa até com o toque mais leve. Se você afasta as pessoas por muito tempo, o isolamento se torna um hábito terrível. As pessoas começam a acreditar que você prefere que seja assim.

De repente, me senti ávida por um toque amoroso. Como a fome física, a fome de contato era voraz. O ser humano não foi feito para ficar sozinho. O Criador nos deu pele macia e sensível, que anseia pelo calor de outra pele. Os braços querem abraçar. As mãos querem tocar. Somos atraídos por companhia e afeto por causa de uma necessidade inata.

Larguei o moletom de súbito, balançando a cabeça para me livrar dos pensamentos indulgentes. Terminei de me despir e entrei na banheira, deixei a água quente me cobrir e submergi a cabeça, o rosto, os pensamentos. Depois sufoquei as carências há muito adormecidas, antes que acabasse fazendo papel de idiota.

❧

Fiz vinte e três anos em um domingo. A família costumava se reunir para as festas de aniversário, o que era bom, mas tudo sempre acontecia em casa, na casa do meu pai, que também era a minha, o que significava que eu tinha que cozinhar para todo mundo, como sempre. Na verdade, eu estava torcendo para conseguir fazer uma caminhada até o cemitério e visitar os túmulos de Kasey e da minha mãe. Talvez pudesse ler um pouco recostada na lápide fria da sepultura de minha mãe, como fazia quando era mais nova. E talvez fizesse um bolo de chocolate para mais tarde. Nada era melhor que bolo de chocolate, leite gelado e silêncio. Mas com a família reunida não haveria silêncio, não até muito mais tarde.

Senti um pouco de culpa por não querer minha família por perto no meu aniversário. Eu sabia que era estranha. Ficava sempre feliz quando os via, quando podia beijar meus sobrinhos e cozinhar para eles. Mas estava um pouco melancólica. Ver Samuel me fez pensar em Beethoven. Eu não havia banido completamente a música da minha vida. Dava aulas de piano e tocava órgão na igreja, mas os dias de ouvir pelo puro prazer de ouvir agora eram poucos e bem espaçados. Eu protegia as emoções com muito cuidado, e a música sempre penetrava essas muralhas. Mas eu podia ouvir alguma coisa que me animasse sem alargar as rachaduras no meu coração. Talvez um pouco de *Rapsódia húngara* para acompanhar o bolo de chocolate.

Fui à igreja naquela manhã, e meu pai foi comigo, o que acontecia com frequência maior ultimamente. Não perguntei por quê. Só me deixei apreciar o fato de ele ir e estar comigo. Com exceção de uma leve fraqueza persistente no lado direito, ele estava recuperado do derrame. E estava bonito na camisa azul-clara com calça azul-marinho. O cabelo havia ficado branco, como o meu também ficaria um dia. A pele era bronzeada da vida em cima de um cavalo. Os olhos azuis eram cativantes, e eu não entendia como uma viúva solitária não o havia conquistado. Acho que não havia muitas em Levan. Tinha a Betty Suada na lanchonete. Ela admirava meu pai e servia o café quente antes que ele pudesse pedir sempre que ele encontrava um tempo para ir até lá jogar conversa fora com os homens que se reuniam ali todas as manhãs. Pensar em meu pai com Betty me fez esconder uma risadinha com a mão, e ele olhou para mim intrigado.

Eu havia escolhido tocar o hino "O Senhor é meu pastor", do Salmo 23, no encerramento. Eu adorava o Salmo 23. As palavras falavam de uma fé e uma beleza muito simples. Era uma prece que eu sempre fazia quando estava à beira da depressão. A congregação cantou com pouca emoção. Bancos duros, barriga vazia e crianças impacientes, ansiosas para se verem livres das roupas de domingo, dificultavam a expressão sincera. Depois da canção de encerramento, a última prece foi feita e eu me levantei da banqueta do órgão. Foi então que vi Nettie e Don Yates mais para o fundo da igreja. Meu coração perdeu o ritmo e a respiração acelerou. Samuel estava com eles, impecável na camisa branca com gravata vermelha e calça preta. Tentei imaginar como ele ficava com o uniforme da marinha. Não o vira desde que literalmente eu o atropelara debaixo da tempestade. O moletom dele estava em casa, lavado e dobrado em cima da secadora. Não tive coragem de ir até a casa de Don e Nettie devolvê-lo.

Meu pai se aproximava deles, a mão estendida para Don, que não aparecia na igreja havia anos, exceto na véspera de Natal. A presença de Samuel na cidade podia ter alguma coisa a ver com a presença deles ali. Parecia improvável, mas eu não conseguia imaginar outra razão para eles terem decidido ir ao culto. Samuel me viu caminhando na direção deles e alguma coisa ganhou vida em seu rosto bonito. Fiquei feliz por ter escolhido usar vermelho naquela manhã.

Mais uma das minhas fraquezas: sapatos vermelhos. Tara me dera esse par quando me formei na escola de estética. Ela os havia comprado para o aniversário da mãe, uma compra de impulso, pensando que tia Louise se divertiria com os sapatos vermelhos de salto. Louise deu risada, é verdade, depois disse para a filha devolvê-los. Não sei explicar por que não deixei Tara devolver os sapatos, mas os quis para mim. Calço o mesmo número que Louise, e fiquei feliz quando olhei para aqueles sapatos. Para mim, felicidade era algo raro. Eu me ofereci para comprá-los, mas Tara tinha visto minha expressão e anunciou eufórica que eles seriam meu presente de formatura.

Eu não tinha muita coisa para usar com eles e acabei comprando um vestido vermelho com mangas japonesas e saia rodada, só para combinar com os sapatos, mas valeu a pena. Tive receio de que fosse meio exagerado para a igreja. Sapatos, vestido e batom, tudo vermelho, chamavam muita atenção. Eu usava aquela roupa raramente, porque me sentia meio boba com ela, mas de vez em quando calçava os sapatos para fazer o serviço doméstico, só porque eles me faziam sentir bem. Tem alguma coisa em sapatos vermelhos. Naquela manhã, quando me vestia para ir à igreja, decidi que devia comemorar meu aniversário vestindo vermelho. Tentei imaginar o que Samuel pensaria da roupa e me senti culpada por me importar.

— Apareçam hoje à tarde — meu pai dizia. — Vamos fazer um churrasco para comemorar o aniversário da Josie, e seria ótimo se vocês estivessem com a gente.

— Vou levar quadradinhos de limão! — Nettie respondeu, decidida. — Assim você não precisa pensar na sobremesa, Josie.

Contive um gemido. Eu odiava quadradinho de limão. E queria pensar na sobremesa. Queria bolo de chocolate.

— Ótimo — meu pai respondeu, já a caminho da porta da igreja e do sol radiante lá fora.

Eu andava ao lado de Samuel, tentando pensar em algum jeito de fazer bolo de chocolate sem ferir os sentimentos de Nettie.

— Eu gosto de vermelho — Samuel comentou em voz baixa.

O bolo de chocolate desapareceu da minha cabeça tonta. Olhei rapidamente para ele. Ele olhava para mim.

— Feliz aniversário, Josie.

— Obrigada — falei em um tom animado demais.

— Quer mesmo que a gente vá para a comemoração? O seu pai não perguntou o que você achava antes de nos convidar.

— Vamos adorar receber vocês. — O único problema tinha a ver com a sobremesa. — Assim vou poder devolver o seu moletom. — Preferia não ter falado sobre o moletom, porque isso me fazia pensar em abraçá-lo na chuva. Olhei acanhada para meus sapatos vermelhos.

— Não estou preocupado com o moletom — ele disse. — A gente se vê mais tarde, então.

Os avós dele acenaram, e Samuel os seguiu em direção ao carro cinza de Nettie.

&

Jacob e Rachel tinham quatro meninos loiros, o mais velho com sete anos, o mais novo com dois. E eles estavam o tempo todo no caminho. A única orientação de Jacob era "não se matem", e Rachel estava sempre ocupada fazendo uma coisa ou outra, preparando comida, me ajudando na cozinha, e não parecia se incomodar com as travessuras da prole selvagem. Uma vez os dois mais velhos amarraram Matty, de quatro anos, no galinheiro. Ele passou meia hora, pelo menos, berrando como um louco, até alguém perceber que o menino tinha sumido. As galinhas não o machucaram, mas ele levou uma ou duas bicadas e provavelmente nunca mais vai se oferecer para me ajudar a recolher os ovos.

Jared se casou com uma "forasteira" que conheceu quando foi estudar fora. O nome dela era Tonya, e ela era meio arrogante. Não gostava muito do nosso jeito, e os filhos do Jacob a deixavam nervosa. Ela mantinha as duas filhas sempre por perto e passava a maior parte das reuniões de família olhando horrorizada para os meninos. Tonya era muito bonita, com seu cabelo castanho chanel e a maquiagem perfeita, mas tinha uma cara eternamente azeda e vivia dizendo coisas como "Jared, acho que você não devia..." e "Jared, você tem que...". Atualmente, Jared tinha um ar de marido intimidado.

Sheila, a esposa de Johnny, estava grávida de gêmeos e quase não conseguia se movimentar. Os pés estavam inchados e os braços magros pareciam palitos de picolé. Ela se sentou em uma cadeira no quintal e não saiu de lá durante todo o tempo em que estiveram em casa. Eu a mantive abastecida de refrigerante gelado, e Tonya a manteve entediada com histórias de seus partos, que todos nós já tínhamos escutado trilhões de vezes.

Eu havia feito pão naquela manhã, antes de ir à igreja, e deixei a massa crescendo enquanto estávamos fora. Tinha peito de frango marinado para a churrasqueira, comandada por meu pai, e acrescentamos algumas salsichas para as crianças. Fiz uma salada com folhas verdes da minha horta e preparei a salada de batata picante que era a preferida do meu pai. Batatinhas chips, melancia e refrigerante completavam a refeição simples, e eu estava colocando as toalhas sobre as mesas de piquenique que montamos no quintal quando Don, Nettie e Samuel chegaram.

Todas as mulheres, inclusive a grávida e a arrogante, devoraram Samuel com os olhos. Ele ainda usava a calça preta e a camisa branca, mas havia tirado a gravata, aberto o colarinho e dobrado as mangas. Era bronzeado e musculoso, e sua coloração contrastava com a abundância de cabelos claros e sardas por ali. Ele carregava os quadradinhos de limão. Suspirei, derrotada. Tinha todos os ingredientes para um bolo de chocolate com cobertura de creme de manteiga. Teria que prepará-lo quando todo mundo fosse embora. Pensar nisso me aninou, e fui pegar os quadradinhos de limão das mãos de Samuel.

A comida foi servida, a prece de gratidão foi feita e as pessoas começaram a comer antes que eu tivesse a chance de passar um minuto sentada. As mesas eram ocupadas por meus irmãos e suas famílias, por isso fui sentar na escada da cozinha com o prato na mão. Nunca sentia muita fome quando era eu quem cozinhava. Devia ser a necessidade de experimentar tudo antes. A sombra de Samuel recaiu sobre mim.

— Posso sentar aqui?

Fui para o lado e abri espaço.

— A comida está ótima. — A voz dele era educada e formal, e tentei pensar em algo para dizer depois do óbvio "obrigada". — Eu lembro do Johnny. Ele fez algumas aulas comigo no colégio. As crianças são seus sobrinhos, é claro, mas não reconheço as mulheres, e não sei quem é quem dos seus irmãos mais velhos.

Fui apontando as pessoas e falando os nomes, organizando os grupos familiares, contando um pouco sobre cada um.

— A Tonya parece tensa — Samuel comentou, indicando com a cabeça o lugar onde Ricky, o filho mais velho de Jacob, corria atrás de Matty em volta da cadeira dela. Bailey, a filha de quatro anos de Tonya, estava sentada no colo dela, gritando eufórica.

— Ela não é muito boa com crianças. — Dei risada quando Tonya gritou um "Jaaaaareeeed!", totalmente em pânico.

Nesse momento fomos interrompidos por Ryan, meu sobrinho de seis anos, que apareceu correndo da lateral da casa.

— Tia Josie! Tem gente chegando! — Ele segurava um buquê de balões coloridos tão grande que ia acabar decolando. Atrás dele sugiram os pais de Kasey, Brett e Lorraine Judd. Lorraine, abençoada, trazia um bolo de chocolate de três camadas.

— Feliz aniversário, Josie! — ela exclamou. Fui cumprimentá-los e abracei Brett, que me abraçou de volta. — Sei que bolo de chocolate é o seu favorito. Espero que ainda não tenham comido a sobremesa!

— Ah, Lorraine, eu te amo — murmurei eufórica. — Vou esconder esse bolo na cozinha para que não seja devorado. Não quero dividir com ninguém! — Ela riu e enlaçou minha cintura com um braço quando peguei o bolo e o entreguei a Rachel, dando instruções claras para ela deixá-lo longe do Johnny!

— Como você está, Josie? Faz tempo que quero dar uma passada no salão, mas não tenho tido nem um minuto.

— Estou bem...

— Treinador Judd! — Johnny se aproximou e apertou a mão de Brett com aquele exagero masculino. Rápidos tapinhas nas costas e um meio abraço completaram o cumprimento.

Todo mundo disse oi, e logo Lorraine e Brett foram apresentados a Samuel.

— Eu me lembro de você — disse o treinador Judd. — Foi meu aluno de educação física no seu último ano. Era um bom atleta, um ótimo corredor. Tive esperança de que você se inscrevesse para a equipe de atletismo. Conseguiu se tornar fuzileiro, como planejava?

— Sim, senhor.

— Que bom!

Lorraine olhava para Samuel e para mim com uma expressão que podia ser de dor. Percebi o que ela devia estar pensando e senti uma pontada de culpa, seguida por um lampejo de irritação. Eu não saía com ninguém desde que Kasey morrera. Não queria. Mas Kasey estava morto havia mais de quatro anos. Lorraine estava achando que eu tinha um novo namorado? Pensar nisso me deixou um pouco abalada.

Quando Kasey morreu, as ondas de choque ecoaram por toda a comunidade com uma intensidade jamais vista. Ele era muito popular na escola e querido por todos que o conheciam. O time de futebol retirou seu número do uniforme e gravou o nome dele nos capacetes no ano seguinte, e a bola da primeira vitória da temporada foi oferecida ao treinador Judd em nome de Kasey.

A igreja Levan era muito pequena para acomodar todas as pessoas esperadas para o funeral. A família teve que transferi-lo para uma igreja muito maior em Nephi, uma capela que se abria para o ginásio e podia acomodar grandes grupos. Não havia assentos vagos, e muita gente teve que ficar em pé durante as duas horas de culto. A fila para se despedir dele no caixão se estendeu para fora e em torno da igreja, e foram horas de espera. Eu fiquei com a família, abraçando amigos e vizinhos chorosos, enfrentando os intermináveis e ridículos comentários, do tipo: "Como você está, Josie?" e "Ele agora está em um lugar melhor". Passei o tempo todo desejando que o desfile ininterrupto de enlutados e simpatizantes, tanto os curiosos quanto os sinceros, simplesmente acabasse.

O choque e a dor eram enormes, o sensacionalismo do drama de cidade pequena era quase sufocante. Havia sido realmente terrível. Mais tarde, cada dia em que eu não chorava por Kasey era como uma traição. Todo mundo queria mantê-lo vivo. O túmulo estava sempre cheio de flores, bilhetes de amigos, fotos e animais de pelúcia. Mesmo depois de quatro anos, amigos e entes queridos visitavam o túmulo regularmente. Kasey era prioridade no coração da mãe dele, o sofrimento ainda era recente. Seria sempre assim? Pensei em tudo isso enquanto estudava o semblante bonito de Lorraine. Ela era uma loira atraente de quase cinquenta anos, mas a dor da perda de um filho envelheceu seu rosto prematuramente, e havia um cansaço em torno dos olhos que não estava lá antes da morte de Kasey.

— Acabamos de visitar o túmulo do Kasey, Josie — Lorraine falou com um tom mais alto que de costume. A conversa de Brett e Samuel se interrompeu, meio desconfortável. — Sabemos que ele ia querer que viéssemos desejar um feliz aniversário para a namorada dele. — Ela tocou meu braço, mas os olhos estavam em Samuel, que olhava para mim com a mesma expressão de antes. Depois ele pediu licença e foi se juntar aos avós, que conversavam com Jacob e Rachel.

Lorraine continuou falando por mais meia hora, sem sair de perto de mim. Brett foi conversar sobre futebol com meus irmãos, e eu fiquei sozinha com ela, sem saber o que falar para confortá-la. Ela não me perguntou nada sobre Samuel. E eu não teria nada a dizer, se ela perguntasse. Mas estava grata da mesma maneira. No fim, ela ficou sem assunto, me deu um abraço rápido e avisou que passaria no salão durante a semana. Eu esperava que ela não fosse e me senti culpada de novo.

Brett e Lorraine foram embora. Eu estava com dor de cabeça e não via nenhuma indicação de que meus irmãos e as famílias pretendessem partir em breve. Sheila dormia à sombra do bordo na espreguiçadeira do jardim. As crianças brincavam relativamente tranquilas. Tonya conversava com Rachel sobre um livro recente de psicologia infantil e técnicas de disciplina, e Rachel segurava o filho de dois anos, que dormia em seu colo, enquanto bordava. Nettie se abanava satisfeita, e Samuel e Don participavam do debate sobre a nova temporada de futebol.

Eu precisava sair dali. Contornei a casa e segui para a frente, pegando um livro e minha bicicleta no caminho. Não dava mais para andar na bicicleta azul da minha infância, mas eu tinha outra, meio engraçada, com rodas largas, guidão em forma de chifres e cestinho na frente. Eu ria dela, porque parecia uma bicicleta que uma lady inglesa pedalaria pelos campos. Combinava comigo. Respirei melhor quando escapei de casa pedalando depressa pela rua, rumo ao cemitério. O sol descia no céu a oeste, e a brisa leve era agradável.

Fui primeiro ao túmulo de minha mãe, onde limpei o mato em volta da lápide e tirei as folhas que cobriam a sepultura. Gostava de sentir o nome dela sob os dedos. Conversei um pouco com ela, contei como estava, falei que sentia saudade e segui para o túmulo de Kasey. Os pais dele haviam comprado a maior lápide que puderam pagar. Era luxuosa e tinha uma mensagem gravada no centro: "NOSSO AMADO FILHO". Eles mandaram gravar uma foto de Kasey na pedra, para que todos que visitassem o túmulo vissem a bela juventude sorridente em seu rosto feliz. Não dava para não se emocionar com a imagem, não sentir a tragédia da perda. Ele era tão vivo, tão radiante e bonito... e a foto só havia capturado uma pequena parcela dessa magia. Doía olhar para ele, e deslizei a mão sobre a imagem antes de ir para o outro lado, onde não teria que ver seu rosto enquanto lia.

Eu havia mergulhado no livro da baronesa Orczy, *Pimpinela escarlate*, fazia poucos minutos quando o vi se aproximando. Samuel caminhava respeitoso por entre as lápides, contornando todas elas a caminho de onde eu estava. Lembrei o que ele havia aprendido com a avó sobre a morte e tudo o que se associava a ela serem coisas temidas pelos navajos. Não sei se isso ainda era verdade para ele, mas estranhei sua presença no cemitério mesmo assim.

Samuel parou a alguns passos de mim. Eu estava sentada do lado direito da lápide de Kasey, protegida do sol. Samuel estava de frente para o poente e teve que virar um pouco o rosto para olhar para mim. Ele se abaixou e encontrou alívio à sombra do monumento. Pensei que ele ia perguntar se eu estava bem, ou uma dessas coisas que as pessoas costumam dizer quando nada mais parece ser apropriado. Mas ele só ficou ali sentado, quieto, olhando para as pedras, convivendo com o silêncio. Fui eu quem falei primeiro.

— A situação em casa ficou um pouco estranha. — Tentei encontrar as palavras certas para me explicar, sem presumir um interesse que ele talvez não sentisse. — Eu fui noiva do filho da Lorraine e do Brent. Ele morreu em um acidente de carro três semanas antes do nosso casamento. Já faz quatro anos, mas para eles, e para mim também, às vezes parece que foi ontem.

— A minha avó me contou. — Ele não explicou, e fiquei pensando o que Nettie havia contado, exatamente. Decidi que não tinha importância. — O meu pai está enterrado aqui. Bem ali. — Ele apontou para a direção de onde tinha vindo. — Meus avós me trouxeram para visitar o túmulo logo que cheguei, há onze anos. Depois disso, estou voltando hoje pela primeira vez. — O silêncio se prolongou, pesado. — Você se sente melhor quando vem aqui?

Pensei em dizer que sim, mas não podia. Não sabia se me sentia melhor quando ia ali. O mais comum era sentir uma dor renovada e uma espécie de atemporalidade que me mantinha presa ao passado. O túmulo de minha mãe já tinha sido um lugar tranquilo de conforto e reflexão. Não sabia se o túmulo de Kasey me proporcionava o mesmo consolo. A culpa fez meu estômago ferver, e desejei que Samuel não estivesse ali.

— Como assim? — Minha voz era meio incisiva, e mordi o lábio numa reação de censura.

Samuel levantou e contornou o túmulo de Kasey. Olhou para a imagem sorridente sem reagir.

— Você se sente melhor quando vem aqui? — repetiu.
Não.
— Sim — menti. — Eu gosto do silêncio. — Isso era verdade.

— Existe silêncio, e existe silêncio demais — ele respondeu, enigmático.

Esperei que continuasse, mas ele ficou ali, parado, olhando para a foto de Kasey.

Levantei e limpei a grama e os ramos da saia colorida que Tara havia trazido para mim do México, onde foi passar as férias no começo do verão.

— Você o amava muito?

Agora eu estava bem irritada. Samuel me encarava. Ele estava quieto, contido. Parecia nem respirar, o único movimento era quando ele piscava os olhos de ébano. Ele sempre teve aquela imobilidade. O treinamento devia ter tornado a característica ainda mais pronunciada. Definitivamente, ele não tinha escrúpulos quanto a fazer perguntas diretas. Não devia ter nada a ver com treinamento. Isso era só ele, Samuel.

Peguei o livro e comecei a caminhar para onde havia deixado a bicicleta. Ele me seguiu. Andava de um jeito tão silencioso que eu só percebia sua presença por saber que ele estava ali. Como ele tinha ido até o cemitério? Não dava para oferecer carona na bicicleta. Lembrei dele me levando para casa pedalando anos atrás, quando torci o tornozelo. Substituí rapidamente a imagem por outra: Samuel enfiado no cesto de flores da minha bicicleta. Isso me fez sentir um pouco melhor.

— Você veio a pé? — perguntei.

— A cavalo. — Ele apontou para a égua castanha que pastava tranquila na beira da estrada.

Só naquele momento percebi que ele havia trocado de roupa, agora usava jeans e botas. Observadora, realmente. Não queria simplesmente ir embora, mas bicicletas e cavalos não andam lado a lado. E ele não parecia ter pressa de pegar o animal.

— Você me seguiu? — Eu não gostava do meu tom irritado, mas estava irritada.

— Não precisei de habilidades de rastreamento de navajo ou de fuzileiro para deduzir, Josie. Só perguntei ao seu pai onde você poderia estar. — Ele esperou alguns segundos. — Você ainda não respondeu.

— Porque não acho que seja da sua conta! — Fiquei vermelha. Eu não era boa em confrontos e, sempre que era obrigada a enfrentar alguém, me defendia, mas depois chorava no quarto. Não era uma coisa que eu procurava ou de que participava espontaneamente, mas Samuel provocava minha ira. A maioria das pessoas fica longe quando alguém vai a um cemitério, *sozinho*. Mas ele não. Ele simplesmente aparecia e perguntava se eu amava o meu falecido noivo.

— Estou tentando te entender — disse ele, sem emoção.

Balancei a cabeça.

— Sim. Eu o amava. Sinto falta dele. Por isso estou aqui, para visitá-lo.

— Mas ele não está aqui. — Samuel era enfático. — Nunca esteve. Não depois que morreu, pelo menos.

Eu precisava desesperadamente de bolo de chocolate. Ou ia gritar e arrancar os cabelos. Ou gritar e arrancar os cabelos de Samuel. A tentação me fez ranger os dentes.

— O que você veio fazer aqui, Samuel? — Cruzei os braços e levantei o queixo. — Por que você voltou para Levan depois de tanto tempo? Sete anos... e de repente você volta. É claro que podemos ser amigos de novo, mas... para quê? Você vai embora logo.

— Meus avós estão velhos. Eu queria vê-los. — Ele inclinou a cabeça e estreitou os olhos na minha direção. — Você achou que eu não ia voltar nunca mais?

— Na verdade, não. Na verdade, eu achei que você voltaria antes. Onde você esteve? O que andou fazendo? Quer dizer... tanto tempo longe! — De onde tirei tudo isso? Vermelha, levei as mãos ao rosto, mortificada. Desde o dia em que encontrei Samuel no meio do temporal, eu não me reconhecia. Essa era a segunda vez que eu me comportava de um jeito completamente estranho, falando sem pensar, reagindo com base na emoção.

— Eu ainda tenho as cartas que você mandou — Samuel comentou baixinho.

— Eu escrevi muitas. — De novo. Era como se eu não conseguisse conter o impulso de falar tudo o que me vinha à cabeça. — Mas

197

quando você voltou naquele Natal e disse que era um adulto e havia superado a nossa amizade... achei que era hora de parar de fazer papel de idiota. — Minha voz sumiu, e eu prendi o cabelo atrás das orelhas, disfarçando o nervosismo.

Samuel olhava para longe, quase como se não me ouvisse.

— Mesmo no campo de treinamento, eu achava que não era certo escrever para você, mas não conseguia me conter. Eu precisava muito de você. — A voz dele era baixa, e ele me olhou com uma honestidade brutal. — Mas você era muito nova, e os sentimentos entre nós eram intensos demais. Comecei a pensar em você como se fosse minha namorada. Depois lembrava que você era muito nova, então sentia vergonha. Um dos meus companheiros na escola de tiro perguntou quando eu ia mostrar uma foto sua. Nunca falei sobre você, mas suas cartas eram as únicas que eu recebia, e eu só escrevia para você. Eu me senti um traste, dezenove anos e escrevendo cartas para uma menina de catorze. Eu sabia que não podia ser bom. Você precisava crescer, e eu também. Tinha coisas que eu precisava fazer, e fiz. Achei que talvez fosse hora de voltar.

Ele falava como se eu fosse parte do motivo para essa volta, e minha boca ficou seca. Pigarreei.

— E quando você for embora de novo? E aí? — Eu não sabia o que queria que ele dissesse e me senti muito boba.

Samuel olhou para mim sem falar nada, pensando, e eu me xinguei em silêncio. E daí se ele fosse embora? Qual era o problema comigo? Senti como se eu voltasse a ter treze anos e odiava que ele fosse capaz de me deixar tão vulnerável. Peguei a bicicleta e joguei o livro no cesto. Montei, enrolei a saia entre as pernas para mantê-la longe dos raios e da corrente. Ele continuava em silêncio, me observando. Não olhei para trás quando comecei a pedalar.

15
paródia

NA MANHÃ SEGUINTE LEVANTEI CEDO, COMO SEMPRE, CALCEI OS tênis, vesti shorts de corrida e camiseta e prendi o cabelo em um rabo de cavalo. Peguei um pedaço de bolo de chocolate, bebi um copo de leite e saí. Havia um envelope grosso em cima do tapete, na frente da porta. No destinatário, alguém tinha escrito com letras grandes: "JOSIE". Peguei o envelope e o virei entre as mãos. Era pesado. Eu havia encomendado alguns livros de piano para os novos alunos, mas o envelope não tinha selos nem carimbos do correio. Alguém o havia deixado ali no capacho mais cedo, talvez na noite anterior.

Curiosa, removi o lacre e tirei o conteúdo. Eram pilhas de envelopes brancos menores, todos selados, todos com meu nome escrito na mesma caligrafia do envelope pardo. Sentei na cadeira de balanço da varanda e peguei um deles. Virei e vi a data no verso: 19 de agosto de 1999. Peguei outro. Mais uma data rabiscada no verso. Curiosa, peguei as cartas e descobri que estavam organizadas por data. De repente entendi o que era aquilo. A primeira data era 5 de junho de 1999, mais ou menos um ano depois de Samuel ter saído de Levan.

Meu coração disparou, o sangue gelou nas veias. Reverente e com mãos trêmulas, abri o envelope no topo da pilha. O relato continuava de onde havia parado na última carta que eu recebera, tantos anos atrás. Ele confessava a agonia por não poder responder e me pedia perdão. Samuel tinha escrito dúzias de cartas. A maioria era daquele primeiro ano. De quando ele se sentiu mais sozinho, talvez. Mas elas continuaram nos anos seguintes. Tinha uma carta de 11 de setembro de 2011. Eu havia pensado nele quando as torres gêmeas foram atingidas, havia me perguntado onde ele estava ou se seria mandado para algum lugar. Quando os Estados Unidos invadiram o Iraque, assisti a tudo pela televisão e pensei que Samuel poderia estar entre aqueles primeiros fuzileiros mandados para lá. Aparentemente, ele também pensava em mim.

Li várias cartas ali na varanda, fascinada com os lugares onde ele havia estado, com o que tinha visto e feito. Ele me contava sobre os livros que lia. Notei que muitos eu também havia lido, e alguns eu nem conhecia. Havia uma solidão evidente em muitas daquelas cartas, mas também havia confiança e propósito. Desisti da corrida e voltei para o quarto. Correr podia esperar. Eu tinha muito tempo para recuperar.

❧

Algumas manhãs depois, saí de casa e deixei a porta de tela bater. Não tinha que me preocupar com algum barulho que pudesse acordar meu pai, porque ele já estava cuidando dos cavalos. Respirei fundo, esperançosa, tentando sentir o cheiro de outono no ar, mas infelizmente farejei as sobras do verão. Abaixei para amarrar melhor os tênis.

Depois fui para a rua e segui na direção das minhas montanhas emolduradas de sol. Inspirei e levantei os braços, me alongando, encurvando e me livrando das cãibras matinais.

— Parece a Mulher Mutante cumprimentando o sol — uma voz comentou à minha esquerda.

Assustei, baixei os braços e me virei.

— Samuel! — gritei. — Você quase me matou de susto!

— Sou um índio sorrateiro, o que posso fazer?

Olhei para ele. Esse era o tipo de comentário que ele teria feito aos dezoito anos, mas, naquele tempo, sua voz teria transmitido amargura. Agora ele sorria e dava de ombros. Samuel usava jeans desbotado e as velhas botas de caubói. A camiseta preta com a inscrição "Semper Fi" em letras brancas revelava o peito e os ombros fortes. O cabelo negro, ainda cortado à maneira militar, estava molhado, como se ele tivesse acabado de sair do banho. Parecia meu Samuel, só que não. Durante muitos meses depois que ele foi embora pela primeira vez, eu havia chorado até dormir sem contar a ninguém como meu coração de menina doía com sua ausência. Sentia muita falta dele. Eu tinha poucos amigos e sabia como era raro um amigo como ele, uma alma gêmea. Quando ele foi embora pela segunda vez, eu estava magoada e com raiva e fiz tudo o que pude para não pensar nele. Meu coração se contorceu dolorosamente com a lembrança, e redirecionei minha atenção para o homem parado à minha frente.

— Mulher Mutante e o sol... Isso é uma história navajo? — Retomei o alongamento tentando agir com uma casualidade que não era verdadeira.

— É uma lenda navajo. A Mulher Mutante é filha da terra e do céu. Está ligada ao círculo da vida, à mudança das estações, à ordem do universo. Foi criada quando o Primeiro Homem sacudiu sua bolsa de remédios repetidamente na montanha sagrada. Dias depois, a Mulher Mutante foi encontrada no topo da montanha. O Primeiro Homem e a Primeira Mulher a criaram e educaram. Um dia, a Mulher Mutante estava andando e encontrou um jovem cujo brilho a ofuscou, e ela teve que desviar o olhar. Quando olhou novamente, o jovem havia desaparecido. Isso aconteceu mais duas vezes. Ela foi para casa e contou o que havia acontecido ao Primeiro Homem e à Primeira Mulher. Eles disseram para ela dormir do lado de fora naquela noite, com a cabeça voltada para o leste. Enquanto ela dormia, o jovem chegou e se deitou a seu lado. Ela acordou e perguntou quem ele era. O jovem disse: "Não sabe quem eu sou? Você me vê todos os dias. Estou em tudo à sua volta. Você foi criada em minha presença". Ela percebeu que o jovem era a forma interior do sol. Para vê-lo todos os dias, ela foi viver à margem do Oceano Pacífico, porque lá, quando o sol se punha sobre a água, ele podia ir vê-la.

Ficamos quietos por um momento. As aves começaram a cantar, e desejei que ficassem quietas. O silêncio era sedoso sem elas.

— Ela deve ter se sentido solitária enquanto o esperava. — Eu não tinha a intenção de falar em voz alta e me perguntei de onde vinha tanto sentimentalismo.

— Sim. — Samuel me olhava curioso. — De acordo com a lenda, ela sentia tanta falta de companhia que criou o povo navajo das descamações de sua pele, esfregando diferentes partes do corpo.

A história era estranhamente sensual, uma mulher linda e jovem que todos os dias esperava o sol ir vê-la. Olhei para a órbita que se erguia no céu e fechei os olhos, deixando o rosto receber seu calor.

— O que você ouve quando corre? — Samuel apontou para o iPod preso ao meu braço.

As lembranças de ter dividido minhas preciosas sinfonias com ele naquele ônibus sacolejante me bombardearam. Recordei nossas discussões intensas e íntimas sobre a "música de Deus" e virei o rosto, percebendo que não queria que ele soubesse o que eu ouvia quando saía para correr. Along uei as costas e levantei o pé esquerdo para trás, alongando o quadríceps e fingindo que não tinha escutado a pergunta. Samuel tirou um fone da minha orelha, pôs na dele, apertou o play no iPod e fez uma careta.

— Música eletrônica. Isso é coisa de boate e aula de aeróbica! Bum, bum, bum, bum. — Ele batia o pé para imitar o efeito. — As mesmas frases repetidas muitas vezes. Sintetizadores! — Samuel fingia estar horrorizado.

— É para manter um ritmo constante — expliquei, incomodada, arrancando o fone da orelha dele.

— É para não pensar.

Olhei para ele sem esconder a raiva, a revolta por ele ter deduzido a verdade com tanta facilidade, pelo menos em parte. Eu ouvia música

202

eletrônica para não ter que sentir. Não queria ter que explicar isso a ele. Comecei a andar.

Samuel me seguiu. Acelerei e comecei a correr. Ele também. As botas de caubói faziam barulho. Acelerei um pouco mais. Ele também. Corri em um ritmo forte por um quilômetro e meio, esticando as pernas, sabendo que ele devia estar morrendo com aquelas botas. Samuel não reclamava, corria ao meu lado passo a passo. Corri mais um quilômetro e meio. E mais três. Os pulmões ardiam. Nunca corri num ritmo tão forte. Ele não parecia nem cansado.

— O que você quer, Samuel? — De repente parei e olhei para ele. — Vai se machucar correndo com essas botas!

Ele parou e olhou para o meu rosto vermelho. Pôs as mãos na cintura, e foi gratificante ver o peito largo se movendo mais depressa, sugerindo algum esforço.

— Eu sou um fuzileiro, Josie, e também sou um navajo, um andarilho da terra. Sou Samuel, do Povo da Água Amarga. — Ele riu e balançou as sobrancelhas. Depois se inclinou para mim e disse: — Portanto você não pode correr mais que eu, nem quando estou usando chuteiras de merda. — Era a gíria de Levan para botas de caubói, e eu ri, apesar de tudo. Minha risada o agradou. — Cadê "Ode à alegria", Josie?

Olhei para ele, assustada. Ele se lembrava da música que no passado me emocionava muito, tanto que não conseguia passar um dia sem ouvi-la.

Mais uma vez, fiquei sem palavras. Na última vez em que vira Samuel, eu era uma menina, e ele, um homem. E ele havia me rejeitado abertamente. Não voltei a escrever. De vez em quando perguntava sobre ele à avó, porque queria notícias, queria saber como ele estava. O problema era que ninguém além de mim e Samuel sabia sobre o elo que nos unia. A ligação havia ficado presa naquelas viagens de ida e volta pela ponte todos os dias, com crianças e adolescentes falando, rindo e discutindo à nossa volta. Ninguém nunca percebeu nossas conversas, descobertas, nossos momentos compartilhados.

203

A avó dele me dava informações gerais, mas nunca foi além disso, nunca soube quanto eu queria desesperadamente saber, e eu não fui capaz nem quis explicar meu interesse. Sabia como Samuel era reservado e cuidadoso, e era isso que me fazia ter certeza de que ele não perguntava por mim. No dia anterior ele havia comentado que Nettie contara o que sabia sobre Kasey, mas ela só sabia o que todo mundo sabia, não os detalhes.

— A verdade, Samuel, é que a gente não se conhece mais. — Minha voz saiu um pouco mais amarga do que eu pretendia, e as palavras ardiam nos lábios.

Ele me estudou por um instante e não respondeu. Começamos o caminho de volta para casa. Havíamos dado uma volta correndo e não estávamos longe do nosso destino. Eu andava ao lado dele, me sentindo exposta e exausta.

O silêncio era tenso e eu queria fugir. Quando estávamos chegando perto da casa dos avós dele, Samuel voltou a falar.

— Você correu na direção errada.

— Quê?

— Correu para oeste, para longe do sol. Os navajos sempre correm para leste, para o sol, cumprimentando-o. Levante o rosto e deixe o Pai Céu te iluminar com uma bênção quando estiver correndo para ele.

Eu não sabia o que responder. Sempre tive que implorar para Samuel me contar alguma coisa sobre suas tradições navajo. Agora ele compartilhava lendas e histórias com conforto absoluto. Ele havia mudado.

O olhar dele era grave.

— A Mulher Mutante tem esse nome porque cresceu muito depressa. A lenda conta que ela ficou adulta em apenas doze dias. Não foi criança por muito tempo. Acho que, nesse aspecto, você é como ela. Também não foi criança por muito tempo. Aos treze, você era mais madura e mais sensata que todo mundo que eu conhecia, exceto minha avó Yazzie. A Mulher Mutante também tem esse nome porque é

204

responsável pelo ciclo da vida, que está em constante movimento... mas no coração, na alma, ela é estável e constante como o sol que ama.

Balancei a cabeça, perplexa.

— A verdade, Josie, é que agora você é uma mulher. Mas acho que não mudou aqui. — Ele tocou de leve a pele exposta pelo decote V da minha camiseta, apontando meu coração. — Acho que ainda é você. E eu ainda sou o Samuel que você conheceu.

Seu toque era quente, e tive que me esforçar muito para não cobrir sua mão com a minha.

Mas ele baixou a mão, então foi sua vez de se afastar.

Nos últimos anos eu havia aumentado meus preços e estabelecido meu nome como professora de piano. No verão, dedicava quase todo meu tempo às aulas e ganhava um bom dinheiro com isso. Nunca tive que recorrer a aulas em domicílio. Era a melhor pianista da região e não tinha filhos, nem marido, nem outras prioridades disputando meu tempo e minha atenção. Alunos vinham de Provo e Fillmore, ao norte e ao sul, a quase uma hora de distância em cada direção, e vinham só para ter aulas comigo. Em casa, o piano ainda estava no mesmo lugar que ocupava desde que o comprara por intermédio de um anúncio de pechinchas, mas não voltei a dar aulas nele depois que meu pai ficou doente, nem mesmo quando ele se recuperou. Continuava usando a sala da igreja para isso. Adorava aquele prédio antigo. Tinha até uma cópia da chave. Meu pai e eu precisávamos de tranquilidade em casa, sem a interminável procissão de alunos e o barulho que acompanhava o aprendizado.

Quando o outono chegava e as aulas recomeçavam na escola, os horários mudavam e eu recebia os alunos durante a tarde, das três às seis. De setembro a maio, passava as manhãs no salão de Louise, ouvindo fofocas e cortando cabelos. Louise tinha uma clientela fixa. Ser o único salão de beleza da cidade há vinte anos tinha suas vantagens. Nos últimos dois anos, ela havia transferido alguns clientes para mim, embora ainda atendesse a maioria das mulheres, que eram apegadas a ela, porque toda mulher se apega ao responsável por seu cabelo. Eu atendia, basicamente, as crianças, os homens, e uma vez até cortei os pelos do poodle miniatura de Iris Peterson, a Vivi.

Setembro costuma ser um mês bonito no Oeste. A luz é mais suave, as temperaturas caem e o céu é sempre muito azul, e um toque de cor começa a provocar as árvores com o outono. Agosto deixara Levan bufando, espalhando calor, e eu estava ansiosa pelo frescor de setembro. O outono era minha estação favorita, e eu estava ansiosa por seu cheiro, por senti-lo na pele. Infelizmente, caminhava para o salão naquela manhã sem ver nenhum sinal dele. O vestido amarelo que escolhera de manhã (por lembrar as folhas no outono) refletia um persistente sol de verão, e eu acelerei os passos para escapar de seus raios.

Entrei no salão com um suspiro e deixei a porta de tela fechar ao passar por ela. A sineta tilintou. O ar fresco me envolveu como salvação, e fechei os olhos enquanto levantava os cachos úmidos da nuca, deixando o ventilador ao lado da porta soprar minha pele.

— Bom dia, raio de sol — Louise me cumprimentou com uma voz que sugeria um sorriso.

— Bom dia, Louise — suspirei novamente, ainda de olhos fechados e com a cabeça baixa para desfrutar da brisa do ventilador.

— Quando terminar aí, você pode dar um oi para a Nettie e o Samuel.

Levantei a cabeça e abri os olhos rapidamente ao ouvir o nome dele. Nettie estava sentada na cadeira giratória cor-de-rosa de Louise, lendo pacientemente uma revista com Julia Roberts na capa, enquanto Louise enrolava seu cabelo vermelho com bobes pequeninos.

— Bom dia, Nettie — falei com leveza, notando que Samuel estava encostado na parede ao lado da porta de ligação com o armazém.

— Bom dia, Samuel — repeti, tentando manter a leveza. Minha voz ficou mais aguda, e Louise me olhou curiosa.

Samuel acenou com a cabeça, e Nettie respondeu sem tirar os olhos das páginas da revista.

— O Samuel quer cortar o cabelo, Josie, se você não tiver nenhum cliente marcado agora.

— Ela não tem — Louise respondeu sem hesitar, e as duas olharam para mim.

— É claro, Samuel — resmunguei. — É pra já.

Eu me aproximei rapidamente da minha estação e vesti o avental preto sobre a roupa, amarrando-o com agilidade e tentando controlar o calor nervoso que invadia meu estômago. Não entendia por que me sentia tão perturbada quando ele estava por perto. Não o via desde ontem de manhã, quando acabamos correndo juntos. Em parte, eu queria desesperadamente evitá-lo. Em parte, estava muito feliz por vê-lo.

Virei esperando que ele estivesse logo atrás de mim, mas encontrei seu olhar do outro lado da sala, onde ele permanecia imóvel, me observando com uma expressão indecifrável. De um jeito fluido e tranquilo, ele começou a andar em minha direção. Senti novamente o nervosismo como uma resposta física do estômago e me arrependi de ter tomado café.

Ele se acomodou na cadeira cor-de-rosa, e eu a abaixei para poder inclinar a cabeça dele no lavatório. Comecei a trabalhar sem encará-lo. Testei a temperatura da água e coloquei a toalha em volta do pescoço dele para não molhar sua camisa. Prestei atenção no cabelo negro, na textura sedosa em minhas mãos. A água era morna e corria entre meus dedos, e eu massageei o couro cabeludo com xampu. Tem alguma coisa muito gratificante em lavar o cabelo de outra pessoa, e minha natureza cuidadora normalmente apreciava o serviço simples. Sentia prazer ao ouvir os suspiros de contentamento da pessoa que recebia o atendimento. Muita gente fechava os olhos e relaxava.

Samuel mantinha os olhos abertos e fixos em meu rosto. Eu tentava desesperadamente evitar aquele olhar. O ato de tocar sua cabeça se tornava íntimo, e eu queria fechar os olhos para aliviar a tensão que aquilo criava entre nós. Tentei me distrair pensando em Kasey. Jamais beijei Kasey com os olhos abertos. Nunca nem pensei nisso. Sempre fechei os olhos e desfrutei da sensação dos lábios dele nos meus. Samuel me beijaria olhando em meus olhos? Censurei meus pensamentos pela direção que tomavam. Eu não queria que ele me beijasse! Samuel era irritante, questionador e cansativo, e eu queria que ele fosse embora!

Enxaguei o cabelo com determinação e fechei a torneira com um movimento frustrado. Furiosa, eu o levantei do lavatório e enxuguei sua cabeça com movimentos vigorosos.

— Você parece brava — ele comentou, tranquilo.

Queria estapeá-lo. Eu *estava* brava. De um jeito ridículo e desesperado. Por que ele tinha que voltar? Não queria lidar com velhos sentimentos que despertavam a dor. Estava farta de amar pessoas que sempre iam embora. Olhei para ele pelo espelho e vi a compaixão em seu rosto. A raiva desapareceu, escorregou de mim como um vestido de seda. Minhas mãos pararam em sua cabeça, meus olhos mergulharam nos olhos do meu velho amigo.

— Desculpa, Samuel. Tenho me comportado muito mal desde que você voltou — confessei com um sussurro. — Não consigo me controlar, e não sei por quê. Você me perdoa?

Ele me analisou por um momento antes de falar, o que era comum.

— Lady Josephine, não tem nada do que se desculpar.

Dei risada da lembrança daquele desejo infantil.

— Obrigada, sir Samuel. — Fiz uma mesura rápida e terminei o corte de cabelo em silêncio. Depois do trabalho concluído, ele me deu uma boa gorjeta, ofereceu o braço à avó e saiu sem dizer mais nada.

Naquela noite, voltei para casa a pé depois de dar aulas de piano para algumas crianças bem pouco inspiradas e muito obstinadas. Não sentia alegria quando ensinava crianças desinteressadas. Cansada, pensei na casa silenciosa que me receberia. Meu pai estava no plantão noturno naquela semana, e eu ficava sozinha. Pensar nisso me deixou melancólica, o que era inusitado, mas me animei quando lembrei que ainda tinha bolo de chocolate do meu aniversário no domingo passado. Vinte e três anos, e eu me sentia com cinquenta.

Quando cheguei, encontrei Samuel sentado na varanda. Ele se movia lentamente na cadeira de balanço que meu pai havia feito para minha mãe muitos anos antes. Controlei meu coração traiçoeiro e disparado quando me aproximei. Não tinha energia para Samuel agora. A exaustão me dominava, e pensei em fingir que estava doente. Mas havia pedido desculpas mais cedo e não queria ser hostil. Sentei ao lado dele e sorri cansada.

— Por que você corta cabelos, Josie? — Samuel perguntou, sem rodeios.

— E por que não? — Fiquei imediatamente irritada. Ele não conseguia dizer oi, como qualquer pessoa normal?

— Quando levei minha avó ao salão hoje, não sabia que você estaria lá. Fiquei muito surpreso quando te vi entrar. Depois minha avó falou que eu precisava cortar o cabelo, como se você trabalhasse lá. Fiquei muito confuso. Você vestiu o avental, e cheguei a pensar que as três estavam rindo da minha cara. Mas você olhou para mim, e vi que não estava brincando.

— É tão difícil assim acreditar? — Tirei as sandálias e alonguei o arco dos pés, flexionando os dedos de unhas pintadas de cor-de-rosa.

— Sim.

— Por quê? — Quase dei risada da tensão em seu rosto, da dureza da boca.

— Você sempre quis trabalhar no Ballow's?

Fiquei magoada com o tom de deboche e não respondi. Ele balançou a cabeça, e havia frustração na expiração forçada.

— Você lembra de *Pavana para uma princesa morta*, de Ravel?

A incredulidade me fez rir.

— Não dá para acompanhar o seu raciocínio, Samuel. Primeiro você debocha do meu trabalho, depois pergunta sobre música clássica!

— Você se lembra da peça?

— Sim! Mas estou surpresa por você lembrar. — Foi minha vez de ser irônica, e me senti infantil com a tentativa. — Era uma das minhas favoritas — acrescentei com tom conciliador. Ele me encarou por um instante.

— Vem comigo. — Samuel segurou minha mão, me fez levantar e me puxou para o gramado.

— Samuel! Os meus sapatos! — Estava me esforçando para acompanhá-lo. Quando chegamos ao gramado, ele me pegou no colo e continuou andando sem perder o ritmo. Eu gaguejava em meio a reclamações, me segurando em seu pescoço. A caminhonete de Samuel estava parada na frente da casa dos avós dele, do outro lado da rua, a meio quarteirão de distância da minha casa. Eu me sentia ridícula sendo carregada daquele jeito. Ele abriu a porta do passageiro, me colocou dentro da caminhonete e a fechou em seguida.

Depois se sentou ao volante e arrancou em direção à montanha que parecia querer tocar o céu a pouco mais de um quilômetro da cidade.

Olhei para ele, espantada.

— Posso saber aonde vamos sem os meus sapatos?

Ele não respondeu, continuou dirigindo até uma área de recuo debruçada sobre a cidade. Os adolescentes iam lá para namorar. O mirante não era alto, e a cidade ficava logo abaixo de nós, cercada pela colcha de terras cultivadas sob o brilho do anoitecer que se aproximava, infiltrando-se sobre as montanhas a oeste. Os regadores, grandes rodas giratórias enfileiradas, espalhavam água pelos campos dourados e verdes, e os jatos criavam pequenos arco-íris no sol poente. Samuel parou de frente para a paisagem impressionante, e o silêncio dominou o interior da caminhonete. Ele ficou ali sentado por um minuto, contemplando o esplendor rosado diante de nós. Depois apertou alguns botões no painel. Reconheci imediatamente *Pavana para uma princesa morta*. Eu devia saber. A música jorrava dos alto-falantes, subia rastejando por meus braços e pernas, arrepiava a pele. Tão linda, tão melancólica, tão... invasiva. Cruzei os braços e me controlei. Senti uma gratidão imensa quando Samuel falou.

— Acho que já te contei que o meu avô navajo foi fuzileiro na Segunda Guerra. Ele era um "code talker". Mentiu a idade quando o recrutador chegou na reserva. Sabia sobre o programa especial que eles tentavam implantar usando o idioma navajo para criar um código que japoneses e alemães não conseguiriam decifrar. Meu avô tinha só dezesseis anos quando se alistou, mas falava inglês relativamente bem e foi aceito. Os code talkers criaram um código usando o idioma navajo para descrever operações militares. A palavra para bombas, por exemplo, era *ayęęzhii*, que significa ovos em navajo. A palavra usada para Estados Unidos era *ne-he-mah*, que significa "nossa mãe". Eles também criaram um alfabeto codificado pegando a letra em inglês, pensando em uma palavra da língua que começasse com essa letra e usando a palavra navajo que significava a mesma coisa. Por exemplo, "formiga" representava a letra F. A palavra navajo para isso é *wóláchíí*, que foi adotada para substituir o F no código. Para U, a palavra era *shash*, urso em inglês. O idioma navajo era tão único que parecia só barulho para os decodificadores.

— Eu não sabia disso! — Nunca tinha ouvido falar nesse código navajo.

— Os code talkers foram instruídos a guardar segredo sobre o código, no caso de ser necessário em futuras guerras. Por isso a população norte-americana quase nem ficou sabendo do papel que eles tinham desempenhado no Pacífico.

— Fascinante! O seu idioma ajudou a salvar o nosso país. Que honra incrível! — Eu havia esquecido a dor da bela música, que deu lugar a *Traumerei*, de Schumann.

Os lábios de Samuel se elevaram ligeiramente nos cantos quando ele olhou para mim.

— É, foi uma honra. Mas eu não pensava assim quando era um adolescente mestiço e revoltado. Achava que o *bilagáana*, o homem branco, tinha usado o meu avô e outros como ele. Usado e jogado de volta ao lugar deles, depois de concluído o serviço. O que os olhos não veem o coração não sente. Perguntei ao meu avô por que ele se orgulhava tanto de ter servido. Ele me contou que este país é a terra dos ancestrais dele. Ancestrais que viveram aqui muito antes do homem branco, e por isso esta terra é tão nossa quanto de qualquer outro homem, e temos que defendê-la. Ele também contou que fez amigos entre os fuzileiros brancos. Ele tinha um guarda-costas *bilagáana*... alguém designado para cuidar dele e mantê-lo vivo, porque era crucial que ele não fosse morto ou capturaço pelo inimigo. Sem os code talkers, não havia comunicação segura, e o inimigo teria adorado pôr as mãos em um deles e torturar o capturado para obrigá-lo a revelar o código. Ele disse que o fuzileiro *bilagáana* salvou a vida dele muitas vezes, arriscando a própria vida. Por isso o meu nome é Samuel. É uma homenagem a Samuel Francis Sutorius, um fuzileiro do Bronx de quem meu avô não conseguia falar sem encher os olhos de lágrimas.

Ficamos em silêncio outra vez, emocionados com a história e embalados pela música.

— Seu segundo nome é Francis, então? — Provoquei e dei um beliscão carinhoso nele.

— Sim, Josie JO Jensen.

— Ahhh — gemi, teatral. — Você tem coragem de magoar uma garota de cidade pequena que sonha com um nome clássico?

Samuel sorriu, mas a voz era grave quando falou:

— Você nunca foi uma garota de cidade pequena, Josie. Sempre teve essa luz que te faz parecer da realeza... Uma mente incrível, muita beleza e humildade. Você me deixou sem ar muitas vezes, dia após dia, naquele velho e fedido ônibus escolar.

O nó na garganta me impedia de falar, e eu pisquei para limpar a umidade dos olhos. Ele continuou:

— No dia da tempestade, quando você percebeu que era eu, esses seus grandes olhos azuis se iluminaram, e eu quis te pegar nos braços, rodar e rir. Eu mal podia esperar para falar com você e ouvir a sua voz, saber o que estava lendo e ouvir você tocar de novo. — Ele olhou dentro dos meus olhos. — Mas você estava tão triste... e eu senti a sua solidão quando você me abraçou. Era molhada como a chuva, e eu soube que você tinha mudado. Estava diferente. Fiquei bravo quando ouvi aquela música idiota que você escuta nas suas corridas. Fiquei bravo quando te vi resistir às coisas que antes te faziam ser tão radiante. E hoje! Hoje te vi cortando cabelo naquele salão de beleza, ignorando o seu dom! Aqui nesta cidadezinha que te mantém escondida... Uma princesa agindo como uma plebeia, não consigo entender.

Meu rosto ficou vermelho, e senti um ardor que era como o de uma bofetada.

— Então é isso, Samuel? Por isso *Pavana para uma princesa morta*? Eu sou a princesa morta? Não sirvo mais para você? O que você quer que eu faça? — Estava magoada e incrédula. — Eu sempre amei a música e os livros porque queria fugir, sair desta cidade para conquistar coisas maiores e melhores. Mas não posso deixar a música me tirar de perto de tudo que eu amo, de tudo que me restou!

— O que mudou, Josie? — A voz dele era tão emocionada quanto a minha. — Você abandonou a música? Só isso? Você dizia que se sentia viva com a música de Beethoven, como se os mistérios de Deus fossem possíveis de alcançar. Dizia que conseguia sentir a sua mãe quando ouvia música. Como se soubesse que ela estava viva em algum lugar. Isso mudou? Você não quer mais sentir a sua mãe?

— Quando ouço uma bela música, eu ainda a sinto. E sinto outras coisas também. — Toquei meu rosto febril.

— Eu não entendo! — Samuel afastou minhas mãos do rosto e tocou meu queixo para levantá-lo, me obrigando a encará-lo. — Por que isso é ruim?

— A música me faz sentir demais! Desperta em mim o desejo por coisas que nunca vou ter! Você não entende? A música faz tudo mais difícil de esquecer!

Samuel soltou meu queixo, e a compreensão modificou seus traços.

— Que coisas? Quero saber que coisas você nunca vai ter.

Eu não queria compartilhar mais nada. Estava me sentindo encurralada. Não era da conta dele. Estava muito cansada e fechei os olhos, me negando a responder.

Samuel levantou meu queixo novamente e esperou até eu olhar em seus olhos mais uma vez.

— Então é isso, você desistiu aos vinte e três anos? E a faculdade? Lembro que você tinha grandes planos de viajar pelo mundo tocando piano.

Virei a cabeça, me soltando da mão dele. Samuel era... de enlouquecer! Não me lembrava desse lado dele. Tentei parecer indiferente.

— Eu estava de partida. Ganhei uma bolsa integral na Universidade Brigham Young. — A Bolsa de Musicista Destaque, concedida todos anos a um aluno do último ano do ensino médio no estado de Utah. Lembro a euforia de ter sido escolhida, como antevia a carreira de pianista e compositora. O sonho agora era desbotado, sufocado sob camadas de responsabilidades.

— E daí? — Samuel insistiu.

— E daí o Kasey morreu, depois o meu pai teve o derrame. — Comecei a relacionar os eventos, e minha voz ficou mais alta com a irritação, com a frustração de ter que me defender. — A Sonja recebeu o diagnóstico de Alzheimer, e a minha presença aqui era necessária! Entendeu? Precisavam de mim aqui, e eu fiquei.

— Eu vi você com a sua família, Josie. Você cuida de todo mundo. É boa nessa coisa de ser necessária, isso é certo.

— Como assim? — Eu estava muito brava. Como ele se atrevia? — O meu pai teve um derrame uma semana antes da data em que eu iria para a faculdade. Decidi adiar a bolsa para o ano seguinte e ficar para cuidar dele. Ele não podia trabalhar, e alguém tinha que cuidar de tudo. Eu fiz o que tinha que fazer. Meu pai começou a melhorar, as despesas médicas se acumularam, e ele ainda não podia trabalhar em tempo integral, então eu decidi esperar mais um pouco. Aí a Sonja recebeu o diagnóstico de Alzheimer, e o Doc morreu pouco depois de a termos colocado em uma clínica, e eu não podia simplesmente abandoná-la. Ninguém mais se importava, Samuel. E eu já havia perdido a bolsa de estudos. — Fiz uma pausa. Respirava ofegante, e a garganta doía com o esforço de conter a emoção. Samuel olhava pela janela e ouvia, muito parecido com o garoto de quem um dia eu fora amiga.

214

Não havia mais nada a ser dito. Ele parecia confuso, e eu estava esgotada. Depois de um momento, Samuel ligou o motor e voltamos à estrada.

Quando parou em frente de casa, ele desligou o motor e desceu para abrir a porta do meu lado. Pisei com cuidado no cascalho da entrada, tentando proteger os arcos sensíveis dos meus pés. Samuel me pegou no colo de novo, me carregando como se eu fosse algo muito precioso. Atravessou o gramado e me pôs no chão com cuidado. As mãos grandes emolduraram meu rosto, os polegares tocaram as faces num carinho breve. Estremeci. Ele me encarou por alguns instantes.

Quando falou, sua voz era baixa.

— Não é tarde demais, Josie.

Depois ele me soltou e foi embora. Fiquei ali parada, descalça na grama e imersa em introspecção, até o céu escurecer e as estrelas cintilarem trazendo a vida de volta.

16

modulação

UMA TARDE, TARA ENTROU NO BALLOW'S COMO UM FURACÃO. Cabelo cor-de-rosa, boca vermelha, sorriso radiante, abraçando todo mundo e gritando como se tivesse passado um século fora, em vez de três meses. Ela aparecia de vez em quando, tomava sua dose de "mãe" e desaparecia novamente como um turbilhão. Sentada em minha cadeira giratória, começou a me contar nos mínimos detalhes tudo o que havia acontecido com ela desde a última vez em que me vira. De repente ela me encarou e comprimiu os lábios.

— Gostei do cabelo. — O tom era tão surpreso que eu ri alto. — É verdade! Gostei! Você está deixando crescer, e os cachos estão macios, soltos. — Eu tinha feito Louise cortar meu cabelo bem curto quando comecei a trabalhar no salão. Ele havia sofrido muito durante um ano de experiências nas mãos de Tara, e não tive alternativa senão eliminar tudo o que estava estragado. Louise havia protestado durante o corte, sempre me perguntando onde eu estava com a cabeça, por que tinha deixado Tara acabar com meu cabelo.

Toquei as mechas, que agora estavam um pouco abaixo dos ombros.

— Acho que está mais comprido, só isso. Não fiz nada de especial.

— Você está saindo com alguém? — Ela gargalhou, como se tivesse contado uma piada hilária. — Quem poderia ser? Aqui todo mundo tem dezesseis anos, é casado ou foi embora faz tempo!

Louise falou de sua estação de trabalho, onde cortava o cabelo de Penny Worwood:

— Ah, não sei, não! Há alguns dias a Nettie Yates esteve aqui com o neto. Ele é bem bonitão!

— O neto da Nettie? Filho da Tabrina? Aquele cara é feio que dói! A idade está te deixando desesperada, mãe?

— Não é o filho da Tabrina! Você tem razão, aquele não se distinguiria nem num chiqueiro. Estou falando do filho do Michael — Louise concluiu, triunfante.

— Quem é Michael? — Tara estava perplexa.

— O irmão mais velho da Tabrina.

— Eu nem sabia que a Tabrina tinha um irmão mais velho.

— Tem. Ele morreu quando você era bebê, deve ser por isso que nunca ouviu falar dele. Michael Yates era uma coisa de louco, uma delícia! — Louise suspirou. — Era mais religioso que o restante da família e partiu em uma missão de dois anos, coisa que nenhum deles jamais havia feito. Ele era quieto, mas lindo, lindo, lindo, uma beleza de se olhar! A irmã dele, a Tabrina, ficou com o que sobrou, coitada, e os filhos são ainda mais feios que ela.

— Mãe, foco! — Tara deu risada. — Esse Michael tem um filho, então?

— Sim, e ele morou aqui com os avós durante um tempo quando estava no colégio. É mestiço. Navajo, eu acho. Não acredito que você não lembra dele. Como ele chama, Josie?

— Samuel. — Virei para limpar minha bancada. Não queria olhar para Tara, temia revelar algo que ainda não me sentia preparada para discutir.

— Samuel... — Tara franziu a testa, tentando lembrar. — Ah, eu sei! Josie, não é aquele garoto com quem você teve que dividir o banco do ônibus no sétimo ano? — Ela fingiu um arrepio exagerado. —

Sempre tive certeza de que ele ia matar os avós quando eles estivessem dormindo!

— Tara! — Virei e olhei para ela. — Por quê?

— Ele era intimidante! Nunca disse mais que duas palavras para ninguém, e estava sempre de cara feia. Usava cabelo comprido, e aposto que carregava um tacape preso à perna. Não sei como você suportava aquele garoto. Eu teria feito xixi na calça se o sr. Walker me obrigasse a sentar com ele.

— Eu gostava dele. Nós ficamos amigos. Ele era quieto e intenso, mas eu não era muito diferente. — Olhei para ela de um jeito significativo.

— Não é o moço que aplaudiu na igreja uma vez? — Penny Worwood interferiu.

Louise virou e apontou a escova para mim, acenando loucamente e dançando como se tivesse formigas dentro da calça.

— Era ele! Sim, ele ficou em pé e aplaudiu depois da sua apresentação. Na época pensei que fosse só rebeldia, que ele quisesse envergonhar os avós, ser o engraçadinho. Eu não sabia que vocês se conheciam! Uau! Puxa, aquilo foi incrível! Ainda lembro da sua cara, Josie Jo! Como se tivesse morrido e ido para o céu.

— E esse... esse Samuel... ele voltou para a cidade? — Tara interrompeu o monólogo agitado da mãe.

— A Nettie me contou que ele voltou para ajudar o Don e ela a organizar tudo — Louise respondeu. — Eles não têm mais ninguém e estão ficando velhos. A Tabrina e o marido não ajudam. Os dois juntos são tão úteis quanto uma caixa cheia de pedras.

— Louise! — eu a censurei.

— Tudo bem, Josie. Caixa de pedras foi exagero. Uma caixa de sapos, pronto. — Ela sorriu para mim antes de continuar. — Enfim, o Samuel... ele ficou bonitão, Tara, apesar do que eu achava dele quando vocês estavam no sétimo ano. Ele voltou para tratar de questões legais para os avós, ajudá-los a vender o rebanho, algumas terras, essas coisas. O Don não está bem de saúde, e é hora de ele parar de trabalhar tão duro.

— Questões legais? Ele é advogado? — Tara perguntou, interessada. Para ela, advogados eram ricos, e dinheiro era a prioridade em um eventual candidato a marido.

— Não, ele é fuzileiro — respondi.

— Fuzileiro, isso mesmo, mas a Nettie contou que os Fuzileiros Navais ajudaram a pagar os estudos do Samuel, e depois ele passou pelo treinamento de oficiais. Agora ele vai para a faculdade de direito. Está de licença.

Não contive uma exclamação de espanto. *Samuel vai se tornar advogado?* Senti uma fraqueza nos joelhos e uma ridícula vontade de chorar. De repente me sentia eufórica, orgulhosa dele. Não tinha lido muitas cartas ainda, e ele não falava nada sobre isso. Mas quando teve a oportunidade? Todas as nossas conversas foram bombardeadas de emoção e recordações. Estava envergonhada por ter perguntado tão pouco sobre ele.

— Ei, Josie! — Tara balançava os braços. — Parece que você vai chorar, está tudo bem?

Ignorei as perguntas, sorri e torci para o dia acabar logo. Precisava encontrar Samuel, apesar de ele acreditar que a princesa estava morta.

❧

SAMUEL NÃO ESTAVA EM CASA QUANDO BATI NA PORTA MAIS TARde, naquela noite. Eu havia preparado cookies para ter uma desculpa para ir até lá. Também enchi um cesto com vegetais da minha horta. Nettie havia parado de plantar nos últimos anos, reclamando de estar "frágil demais para continuar trabalhando na terra". Ela havia compartilhado com minha família os produtos de sua horta durante muitos anos e também tinha me ensinado a plantar e a cuidar dos vegetais, e agora eu podia dividir com ela o que colhia na minha horta.

Nettie estava fazendo crochê e me convidou para sentar e conversar um pouco.

— O Samuel e o Don foram buscar as vacas na montanha hoje de manhã. Eu não queria que o Don fosse. Fico preocupada com ele em

219

cima de um cavalo o dia inteiro, mas ele nem quis me ouvir. E eu não insisti. O Don traz as vacas do monte Nebo para casa todos os outonos desde que tinha idade suficiente para amarrar os próprios sapatos, e esta vai ser a última vez, provavelmente. Vamos vender o rancho e os animais. O Don está aliviado, mas é difícil para ele. A presença do Sam ajuda a tirar um pouco do peso dos ombros dele. Quando o Samuel veio morar conosco há tantos anos, eu não sabia o que esperar. Ele nunca foi de falar muito e parecia estar sempre bravo. Depois ele começou a mudar... Não sei por que, mas sou grata por isso. Ele cresceu, se tornou um bom homem e uma bênção para nós, agora que precisamos dele. O Samuel disse que vai ficar até resolvermos tudo.

Eu era péssima para falar amenidades, não sabia o que dizer para fazer a conversa fluir. Decidi ser franca e perguntar o que queria saber.

— Quando eles voltam das montanhas?

— Ah, devem chegar a qualquer momento. — Nettie me encarou com curiosidade.

Mudei de assunto depressa e perguntei se ela precisava de ajuda com alguma coisa antes de eu ir embora. Nettie hesitou, tentou evitar, disse que não queria me incomodar, mas acabou confessando que precisava de ajuda com os canteiros de flores no jardim da frente. Pouco tempo depois, eu estava ajoelhada na terra. Gostava de arrancar o mato. Pode me chamar de maluca, mas acho que tem algo muito terapêutico em puxar ervas daninhas da terra fresca. Fiquei ocupada com o canteiro de um lado da calçada, que ia até a entrada da casa, e estava começando a trabalhar do outro lado quando ouvi uma caminhonete chegando. Esperava estar composta e controlada quando visse Samuel de novo, mas eu estava ali, de joelhos, com o traseiro para cima, arrancando os dentes-de-leão do meio dos cravos.

— Ah, oi, srta. Josie! — Don Yates saiu da caminhonete com dificuldade e se aproximou de mim mancando um pouco. Ele era alto, mas havia ficado encurvado nos últimos anos. Quando jovem, Don montava touros e havia se arrebentado e se recuperado uma ou duas vezes. Nettie costumava dizer que ele já havia quebrado todos os os-

220

sos das mãos antes do fim da carreira. Os dedos dele eram grossos como linguiças, as palmas calejadas, fortes. Junte tudo isso a braços musculosos, e ele parecia o Popeye. Braços grandes, traseiro reto, pernas arqueadas.

— Oi, sr. Yates. — Empurrei o cabelo para trás e limpei as mãos na saia do vestido cor-de-rosa. — Como foi o trabalho com o gado?

Samuel estava atrás dele e, sem dizer nada, se ajoelhou ao meu lado no chão e começou a arrancar a erva daninha.

— Demorado, srta. Josie! Agora vou entrar e pedir para a mãe fazer um café para mim. Se eu não continuar andando, posso cair aqui mesmo. Estou velho demais para tocar o rebanho. Vocês dois querem limonada ou alguma outra coisa?

— Não, obrigada. — Olhei para Samuel, sem entender o que ele fazia.

— Pode ir, vô. Eu vou ajudar a Josie a terminar aqui.

Um minuto depois, a porta de tela bateu atrás de Don Yates e Samuel e eu retomamos o trabalho em silêncio. Imaginei que seria mais fácil falar enquanto as mãos estivessem ocupadas, por isso respirei fundo e comecei:

— Estou orgulhosa de você, Samuel. — Arrancava o mato mais depressa, as mãos acompanhando o ritmo do coração galopante.

Ele me olhou surpreso. Eu o encarei, mas logo baixei a cabeça para não correr o risco de arrancar os cravos.

— Hoje ouvi uma conversa no salão. — Sorri acanhada. — Bom, sempre tem alguém conversando no salão. Mas a de hoje me interessou.

Ele parou de arrancar o mato e olhou para mim, a cabeça inclinada, esperando.

Olhei para baixo e tentei encontrar uma erva ao alcance da minha mão.

— Eu soube que você vai para a faculdade de direito. — O orgulho que sentia dele inchou no meu peito, como havia acontecido um pouco antes. Olhei para Samuel e engoli para controlar as emoções. — Não sei nem dizer como... como me senti quando ouvi. Só queria

221

aplaudir e... pular de alegria ao mesmo tempo. Estou muito... muito... bem, estou muito orgulhosa do que você conquistou. — Eu olhava nos olhos dele e tive a impressão de que ele considerava o que eu havia dito.

— Obrigado, Josie. Você não imagina como isso é importante para mim. — Os olhos permaneceram nos meus por um momento, depois ele voltou a arrancar o mato até o último e teimoso invasor ser removido do canteiro de flores.

— E, Samuel... obrigada pelas cartas. Ainda não consegui ler todas, mas vou ler. — Tentava me expressar com honestidade sem ser muito pessoal, mas desisti ao perceber que não conseguia. — Elas me fizeram sentir quase como se eu estivesse lá com você. E, mais que isso, senti que talvez eu não estivesse sozinha em todas as noites que passei chorando e sentindo a sua falta. — Minha voz estava embargada, mas eu continuava composta. Ameacei me levantar do canteiro, mas Samuel segurou meu braço e me fez ficar onde estava.

— Desculpa, Josie. — A voz dele era rouca e baixa. — Pelo que eu disse naquela noite, por ter dado a impressão de que estava desapontado com você. Não tem nada de errado com quem você é e o que faz. — Ele passou a parte de trás dos dedos no meu rosto. — É que eu odeio te ver sofrer. Não reagi bem à situação. Eu queria me redimir. Me deixa fazer alguma coisa por você?

Eu queria fechar os olhos e descansar o rosto em sua mão. O toque era leve, mas os olhos eram penetrantes. Assenti e percebi que nem me importava com o que ele poderia fazer, desde que ficasse perto dele por mais um tempo. Samuel levantou e me ajudou a ficar em pé.

— Tem um dia inteiro de suor e cheiro de cavalo grudado em mim, preciso de um banho. Eu passo na sua casa em meia hora. Tudo bem?

Concordei com um movimento de cabeça e virei para ir embora.

— Josie? O seu pai está em casa?

Meu coração deu um pulo com a intimidade implícita na pergunta.

Balancei a cabeça e consegui falar com um tom calmo, controlado, o que me encheu de gratidão.

— Ele tem mais uma noite nesse turno na usina.

— Eu passo lá. — Samuel virou e entrou em casa. Tentei não correr, mas acabei saltitando pelo meio da rua como uma criança boba.

⁂

ESTAVA ESPERANDO SAMUEL NA VARANDA QUANDO ELE CHEGOU, meia hora mais tarde. Eu tinha tomado banho para tirar a terra dos braços e das pernas. Troquei o vestido sujo por uma saia e uma camiseta azul justa que, eu sabia, era exatamente da cor dos meus olhos. A saia era branca, confortável e bonita. Fiquei descalça. As pernas e os pés estavam bronzeados do verão, e a ausência de sapatos tornava minha preferência por saias um pouco menos formal. Eu raramente usava calça comprida, e só vestia shorts quando ia correr. Gostava de usar roupas bonitas e femininas, e já não me preocupava com a possibilidade de as pessoas me acharem antiquada. Não tive tempo para lavar o cabelo, por isso o prendi, fiz uma maquiagem leve e salpiquei um pouco de lavanda nos pulsos. Estava me sentindo meio boba esperando por ele, mas esperei mesmo assim.

Samuel usava jeans limpo e camisa de cambraia com as mangas dobradas até os cotovelos, expondo os antebraços fortes. Ele calçava mocassins e havia penteado o cabelo para trás. Carregava um jarro grande e um balde de madeira ainda maior. Ele parou na minha frente e olhou para os meus pés descalços e para o cabelo preso.

— Precisamos de música — informou. O olhar deixava ver que ele não sabia que resposta esperar.

— Tudo bem — falei.

— Debussy.

— Ok, Debussy.

— Eu já volto. — Samuel contornou a casa sem esperar para ver se eu atenderia ao pedido. Ele havia mudado em muitos aspectos, mas ainda era um pouco autoritário. Fiquei contente. Entrei em casa para procurar algo de Debussy.

Ele estava sentado no quintal, no banco embaixo da janela da cozinha, quando abri a porta de tela e equilibrei o aparelho de CD no parapeito, logo acima dele. A luz da cozinha se derramava para a penumbra do anoitecer, pelas costas largas de Samuel e sobre sua cabeça inclinada. Ele cortava alguma coisa com uma faca, removia a parte externa como se fosse uma casca, expondo a raiz branca e fibrosa que parecia escorregadia, ensaboada. Inclinado para a frente, Samuel pegou uma grande vasilha prateada de dentro do balde de madeira. Pôs a raiz branca na vasilha, pegou o jarro e despejou água fumegante sobre a raiz. Samuel esfregou a raiz como se ela fosse uma barra de sabão, e pequenas bolhas começaram a se formar. As bolhas se transformaram em espuma, e ele continuou esfregando até a vasilha prateada ficar cheia de água espumante. Então ele deixou a vasilha de lado e pegou no balde de madeira uma toalha de mão e uma de banho. Em seguida se levantou, pôs a toalha de mão sobre o ombro e deixou a de banho em cima do banco. Então olhou para mim e bateu de leve no banco.

— Deita aqui.

Eu observava tudo fascinada, tentando entender o que ele pretendia fazer. Pensei que fosse um escalda-pés quando vi a vasilha cheia de espuma. Estava curiosa, mas não fiz perguntas. Ajeitei a saia e deitei no banco. Ele ligou o aparelho de som, pulando as faixas até encontrar o que procurava. Depois virou o balde de madeira, posicionando-o perto da minha cabeça, e o usou como uma banqueta para sentar. Puxando a toalha sobre a qual eu havia deitado, Samuel me puxou para perto dele até minha cabeça se acomodar em seu colo. Um a um, ele tirou os grampos do meu cabelo. Os dedos fortes deslizavam pelos cachos, alisando-os sobre as mãos. A música que ele havia escolhido era *A menina dos cabelos de linho*, de Debussy.

— Muito apropriado — falei, com voz mansa.

— Eu gosto — ele respondeu. — Não consigo ouvir sem pensar em você.

— Você ouve essa música com frequência?

— Ouvi quase todos os dias durante dez anos.

Meu coração deu um pulo, a respiração acelerou.

Ele continuou falando como se não tivesse confessado algo muito importante.

— Você lavou o meu cabelo. Agora eu vou lavar o seu. A minha avó navajo me ensinou como fazer isso... ela faz sabão da casca da yucca. A raiz de uma yucca jovem faz o melhor sabão, mas a que tem no quintal da minha avó Nettie foi plantada há muitos anos pelo meu pai. Não é uma planta nativa desta área, mas, quando ele voltou para casa depois dos dois anos na reserva, quis trazer alguma coisa. Tirei um pedaço da raiz. É preciso remover a casca. Depois você esfrega a parte interna... isso é o sabão. Eu não sabia se ia fazer espuma, mas fez.

Segurando gentilmente minha cabeça com a palma da mão, ele se inclinou e pegou a vasilha, que colocou sobre o colo coberto com a toalha de mão. Samuel baixou minha cabeça nessa água com sabão. Com uma das mãos ele a amparava, com a outra espalhava a espuma no meu cabelo. Eu sentia o calor penetrando o couro cabeludo, a mão deslizando, os dedos pressionando a base do crânio e subindo. Fechei os olhos e senti as terminações nervosas enrijecendo. Flexionei os joelhos, deslizando a sola dos pés pelo banco de madeira rústica, encolhendo os dedos com a doce agonia das mãos no meu cabelo.

Samuel continuou, e a música da voz dele era tão relaxante quanto a água morna.

— Minha avó usa o sabão de yucca para lavar a lã dos carneiros depois da tosquia da primavera. Ela diz que funciona melhor que qualquer outra coisa. O seu cabelo não vai ficar com cheiro de lavanda ou rosa quando eu terminar, mas vai estar limpo. Minha avó diz que o sabão renova a energia.

— A sua avó é uma sábia. Penso nela cada vez que alimento as minhas galinhas.

— Por quê? — Havia um sorriso na voz dele.

— Uma vez você me contou que ela dava nome para todos os carneiros, e eram muitos! Dei nome às minhas galinhas quando eu era pequena, depois que a minha mãe morreu. Por alguma razão, era mais fácil cuidar delas assim, quando eu dava um nome para cada uma. Escolhi nomes como Peter, Lucy, Edmund e Susan, porque eram os personagens de *Crônicas de Nárnia*. Mas a sua avó escolhia nomes como

Corcunda Peluda e Cara de Peixe, e eu sempre ria quando pensava nisso.

— Humm. Os nomes têm um som mais poético em navajo — Samuel respondeu, rindo baixinho. — Acho que Corcunda Peluda e Cara de Peixe morreram, mas ela tem um novo chamado Cara de Corcunda, em homenagem aos dois.

Ri alto, e os dedos de Samuel seguraram meu cabelo com mais força.

— Ah, Josie. Esse som deveria ser engarrafado e vendido. — Ele sorriu para mim quando o encarei, surpresa.

Samuel pegou o jarro e virou a água limpa na minha cabeça, depois repetiu o processo.

— A minha mãe é a única pessoa que já lavou o meu cabelo — comentei sonolenta, sentindo que o movimento dos dedos me deixava tranquila e relaxada. — Faz muito tempo. Na época eu não pensava em quanto isso é maravilhoso.

— Você era uma criança. É claro que não pensava.

— Eu sei por que a minha mãe lavava o meu cabelo — falei, me sentindo corajosa com os olhos fechados. — Mas por que você está fazendo isso, Samuel? Eu lavo o cabelo de muita gente no salão. Nenhuma dessas pessoas voltou e se ofereceu para lavar o meu.

— Provavelmente pelo mesmo motivo da sua mãe quando o lavava.

— Porque estou com o cabelo sujo e embaraçado depois de brincar no celeiro? — provoquei.

— Porque é bom cuidar de você. — A voz dele era terna e sincera. Minha alma cantava.

— Eu cuido de mim mesma há muito tempo — respondi baixinho, incrivelmente emocionada com a doçura da resposta.

— Eu sei, e você é boa nisso. E também cuida de todo mundo há muito tempo.

Ele não falou mais nada, e eu não insisti no assunto. Teria que investir muita energia, e eu me sentia embalada pela música, pelo encanto da noite e pelas mãos firmes.

226

O som de *Reverie*, de Debussy, flutuava na noite escura, e nosso rosto permanecia na sombra, fora do alcance da luz. Samuel segurava meu cabelo molhado nas mãos, torcendo as mechas grossas em torno dos dedos, puxando minha cabeça para trás e arqueando meu pescoço enquanto removia todo o excesso de água. Ouvi quando ele deixou a vasilha no chão e percebi o movimento quando ele levantou, ainda sustentando minha cabeça com uma das mãos. Com a água morna e limpa, Samuel retirou toda a espuma e repetiu o procedimento de enxaguar e torcer até a água sair limpa.

Depois de torcer meu cabelo pela última vez, ele enrolou minha cabeça com a toalha que havia deixado em seu colo. Samuel então se sentou no banco, na minha frente, com uma perna de cada lado, segurou minhas mãos e me puxou. Fiquei sentada diante dele, também com uma perna de cada lado do banco e a testa apoiada em seu peito. Ele pegou a toalha de rosto e secou meus cachos com delicadeza, massageando o couro cabeludo e tirando todo o excesso de água. A toalha caiu no chão quando ele ergueu meu rosto em direção ao dele. As mãos alisaram meu cabelo para trás, afastando-o da testa e das bochechas. Prendi a respiração esperando o beijo, mas, em vez disso, ele passou a mão na minha cabeça mais uma vez. Em seguida colou o rosto ao meu, fazendo um leve movimento de fricção. O calor de seu hálito fazia cócegas na minha nuca. O gesto era muito amoroso, muito gentil, e fiquei de olhos fechados, sentindo a carícia leve. Segurei o fôlego quando ele deslizou os lábios por minha testa, beijando meus olhos fechados. Senti que ele recuava e abri os olhos. Os dele me fitavam no escuro. Queria muito que Samuel me beijasse.

As mãos emolduraram meu rosto, e tive a impressão de que ele ficou sem respirar por muito tempo. Depois, dedos e palmas viajaram com leveza por meus braços e pulsos até ele segurar minhas duas mãos. *Clair de lune* sussurrava com a brisa e fazia cócegas na minha pele, criando pequenas espirais de desejo onde as mãos dele haviam estado pouco antes.

— Lembra a primeira vez em que eu segurei a sua mão? — A voz dele era densa.

Meus pensamentos eram lentos e pesados, minha mente estava relaxada, mas só precisei de um momento para responder, ainda pensativa:

— Foi depois que falamos sobre Heathcliff. Você ficou com raiva de mim. Passou dias sem falar comigo. — Eu me lembrei da mágoa e da confusão, de como queria que ele voltasse a ser meu amigo. — Eu me arrependi de ter falado. Mas você me deixou muito brava. — Ri pensando em como Samuel parecia determinado a provar que minha teoria estava errada.

— Você tinha treze anos. Uma menina de treze anos que era bonita, sensata, paciente... e muito irritante! Eu me perguntava: "Como ela sabe essas coisas?" Você citou aquela escritura como se a tivesse estudado com o único propósito de me dar uma lição. Depois levantou e saiu do ônibus! Fiquei tão atordoado que perdi a minha parada. Ainda estava sentado lá quando todo mundo já tinha descido. Acabei voltando a pé da casa do motorista do ônibus até a minha casa. O sr. Walker ficou nervoso, achou que eu estava tramando alguma coisa. Não dá para dizer que ele estava errado, eu me comportei de um jeito bem estranho mesmo.

Olhei para nossas mãos unidas e senti o arrepio provocado pelos dedos se movendo sobre minha pele.

— Coríntios, versículo 1, capítulo 13... Como você sabia? Não me interessa se você era brilhante. Meninas de treze anos não citam escrituras do nada, como você fez.

Balancei a cabeça e sorri.

— Algumas semanas antes, você e eu tínhamos discutido por outra coisa. Eu estava sentada na igreja com a tia Louise e os meus primos. O meu pai não ia muito à igreja, mas a tia Louise arrastava os filhos para lá toda semana. Ela sempre dizia que precisava de ajuda, e eu gostava da igreja.

Samuel gemeu.

— É claro que gostava.

— Fica quieto! — Dei risada antes de me defender. — A igreja era quieta e tranquila, a música era relaxante, e lá eu sempre me senti amada. Enfim, naquele domingo, alguém se levantou e leu Coríntios, versículo 1, capítulo 13. Achei que aquela era a coisa mais linda que eu já tinha escutado. Tive medo de não conseguir encontrar o trecho porque, você tem razão, eu não conhecia as escrituras muito bem. Disse a tia Louise que não me sentia bem e fui correndo para casa repetindo o que tinha ouvido durante todo o trajeto, para não esquecer. Quando cheguei em casa, peguei o meu...

— ... grande dicionário verde?

— O meu grande dicionário verde — repeti, sorrindo com ele. — Também peguei a Bíblia que mantínhamos em casa, na estante. Li do versículo 4 ao 9 muitas vezes, procurando cada palavra, até as que eu já conhecia. Queria ter uma compreensão perfeita de todas elas. Aqueles versículos eram como a mais incrível poesia. Para mim, era ainda melhor que uma simples coleção de palavras, porque era a verdade! Senti a verdade quando li aquele trecho. Quando terminei, escrevi os versículos no meu Mural de Palavras e lia essa passagem bíblica todas as noites antes de dormir. Não demorei muito para decorar.

— Seu Mural de Palavras? — Samuel questionou, levantando as sobrancelhas.

— Você não sabe sobre o meu mural? — cochichei com horror debochado. — Não acredito que eu nunca te contei sobre o Mural de Palavras! — Pulei do banco e o puxei, minhas mãos ainda segurando as dele. — Vem, eu vou te mostrar.

Entramos em casa e subimos a escada estreita para o meu quarto no sótão. Os ombros de Samuel pareciam enormes no corredor apertado. Parei no alto da escada.

— Espera! Esqueci as regras do meu pai! Nada de garotos no quarto. Droga! Acho que vou ter que tirar uma foto da parede e te mostrar depois. — Contraí os lábios e arregalei os olhos com vontade de rir. Fingi que ia descer a escada de novo.

Samuel me enlaçou pela cintura.

— Eu fico na porta.

Dei risada saboreando o flerte, depois entrei no quarto que era meu desde que aprendi a subir a escada. Samuel me seguiu e, como havia prometido, apoiou o ombro no batente. Seus olhos estudavam minha obra-prima.

Olhei para aquela parede com novos olhos, lembrando os livros nos quais eu havia encontrado cada palavra. Apontei o lugar onde tinha escrito Coríntios, versículo 1, capítulo 13.

— Aqui... registrado bem antes de discutirmos a definição do amor verdadeiro.

Virei e olhei para ele. Samuel se afastou da porta, chegando mais perto da parede para ler as letras pequenas. Ele deslizou as mãos pela parede, como eu havia feito muitas vezes antes, sentindo as palavras.

— Tanto conhecimento... e está tudo aqui — disse com ternura, estendendo a mão para tocar minha testa. Depois se aproximou da janela e olhou para fora, apontando para a rua onde as luzes da casa dos avós dele brilhavam na escuridão. — É estranho pensar em você aos treze anos lendo aqui no quarto, enquanto eu estava logo ali. — Samuel fez uma pausa, parecia pensativo. — Aquele ano me modificou. Eu pensava em você o tempo todo, discutia com você mentalmente e praguejava quando não conseguia ler nada sem o maldito dicionário. — Nós dois gargalhamos. Depois de alguns segundos, ele continuou: — Às vezes eu ficava furioso porque você me fazia questionar o que eu sabia. Comecei a pensar que eu não sabia nada. Na metade do tempo eu queria te sacudir, na outra metade só queria estar com você, e isso me enfurecia ainda mais. Quando saí de Levan, jurei que não voltaria até poder te ensinar uma ou duas coisas ou provar que você estava errada, aquilo que fosse mais rápido.

Lembrei o que ele disse na noite em que me fez ouvir *Pavana para uma princesa morta*. Tristeza e pesar desceram por minha garganta e reviraram o estômago.

— Agora você está aqui. E eu estou aqui. E não é exatamente como você se lembra. — Tentei rir, mas a risada ficou presa e saiu mais como um soluço.

Ele olhou para mim, enganchou os dedos nos passantes da calça e começou a andar lentamente em minha direção. E me encarou de um jeito intenso. Olhei para minhas mãos e prendi o cabelo atrás das orelhas. Cabelo que estava quase seco e enrolava sobre os ombros. Contive o impulso de passar as mãos nos fios e fiquei ali parada sob o olhar atento.

— Não é, você tem razão. Você não é mais a mesma. Nem eu. Você não tem mais treze anos, e eu não tenho dezoito. E isso é muito bom. — Então ele estendeu as mãos e segurou meu rosto, me puxando em sua direção. Com muita suavidade, seus lábios tocaram os meus. De novo. E de novo.

Seu hálito era uma carícia sutil sobre minha boca sensível. Ele não aumentou a pressão, não chegou mais perto. No fundo da alma, senti algo retumbar e estremecer e deslizei as mãos por seus braços, segurando os pulsos próximos do meu rosto.

— Vejo você amanhã? — ele cochichou com a boca bem perto da minha.

Eu queria dizer que ele podia me ver mais, hoje à noite, mas contive a emoção. Ele parecia saber o que estava fazendo, e eu não tinha nem ideia.

— Sim — sussurrei e recuei um passo, tentando recuperar a dignidade. — Eu levo você até lá fora.

Pouco antes de descer a escada, Samuel virou e olhou mais uma vez para a minha parede.

— Eu lembro algumas dessas palavras. Algumas eram palavras nossas. — Ele me fitou com ternura.

Descemos a escada e saímos pela porta dos fundos. Ele pegou o balde, a vasilha e as toalhas, encaixando recipientes menores nos maiores até restar um só. A música havia terminado bem antes. Andamos até a frente da casa em silêncio. Eu não queria que ele fosse embora.

— Boa noite, Josie — Samuel falou em voz baixa.

Não respondi. Temia revelar meu desesperado desapontamento com o fim daquela noite. Tentei sorrir, virei e comecei a andar. Ouvi um gemido gutural atrás de mim. Ouvi quando o balde caiu no chão com tudo o que havia nele, provocando um barulho alto. Quando virei novamente, Samuel se aproximava de mim, e eu me assustei com a veemência em seu rosto. De repente ele me abraçou, e a força desse abraço me tirou do chão. A boca de Samuel cobriu a minha, as mãos encontraram meu cabelo. Os lábios exigiam, as mãos seguravam minha cabeça contra a violência do beijo. Minhas mãos seguraram a cabeça dele, o cabelo, puxaram Samuel para mim. Senti os braços me envolvendo, me apertando, e respirei seu cheiro me sentindo triunfante. O beijo foi interminável e infinitesimal ao mesmo tempo. Ele afastou a boca e apoiou a testa na minha, nossa respiração ofegante. Samuel se afastou tão de repente quanto havia me abraçado e me soltou, os olhos fixos em minha boca.

— Boa noite, Josie.

— Boa noite, Samuel — sussurrei. Ele deu alguns passos para trás, depois virou e recolheu as coisas do chão. Sem pressa, foi para casa virando de vez em quando e olhando para mim. Ouvi seus passos se afastando em um trecho do caminho que meus olhos não podiam mais alcançar.

✧

Naquela noite tentei me perder em Shakespeare e acabei olhando para o Mural de Palavras. A caligrafia havia mudado com os anos, de letras pequenas e redondas com corações no lugar dos pontos para uma escrita limpa de mão treinada. Fiz um questionário mental definindo cada palavra em que os olhos paravam.

irascível: *turbulento, difícil de lidar ou controlar.*
insípido: *sem graça, desinteressante.*
docente: *professor.*
imanente:

Fiquei olhando para a palavra enquanto a memória voltava à superfície. Então me lembrei do dia, muitos anos atrás, quando descobri seu significado.

Samuel e eu líamos sonetos de Shakespeare para a lição de casa dele. Eu lia em voz alta e encontrei a palavra "imanente". Parei, porque o uso não era coerente com o significado que eu acreditava conhecer.

— Sabe... *iminente*, o que está prestes a acontecer... pode acontecer a qualquer minuto — Samuel havia sugerido.

— Acho que não é isso... ou está escrito errado, se for. Procure "imanente", com "a" em vez de "i".

Samuel havia suspirado e aberto o dicionário, virando rapidamente as páginas até encontrar a palavra. Depois de ler o termo em voz alta, ele havia olhado para mim e balançado a cabeça com uma expressão admirada.

— Você está certa. É uma palavra diferente. Você tem boa percepção... ou são essas orelhas de duende — dissera com tom seco.

Eu cobri as orelhas com as mãos numa reação horrorizada. Distraída, tinha empurrado o cabelo para trás delas enquanto lia, e tratei de escondê-las depressa. Odiava minhas orelhas! Não eram grandes, não eram orelhas de abano, mas eram meio pontudas. E, para piorar as coisas, a ponta era meio viradinha, o que me deixava parecida com um dos ajudantes do Papai Noel. Quando eu era pequena, minha mãe falava que elas me faziam parecer um espírito do bosque. Meus irmãos, é claro, diziam que eu parecia um troll, e aprendi a escondê-las.

Samuel devia ter percebido o desânimo que suas palavras causaram. O rubor fazia meu rosto pulsar no ritmo do coração. Apertei o livro no colo e perguntei o que significava "imanente", tentando distraí-lo do vermelho no meu rosto.

Segurando o livro, ele ficou quieto por alguns instantes, de olhos baixos. Depois prendeu o cabelo atrás da minha orelha e eu paralisei, sem saber se ele ia rir de mim de novo.

Mas não havia deboche em sua voz.

— Eu gosto das suas orelhas. Elas te deixam parecida com uma fadinha esperta. As orelhas contribuem para sua beleza *imanente*. — Eram palavras sinceras, e eu fiquei curiosa. Meu rosto deve ter expressado essa curiosidade, porque ele continuou: — Imanente: intrínseco à natureza e à alma do homem. — E me encarou, sério.

Depois de um momento, levantei a mão e prendi o cabelo atrás da orelha do outro lado, que também ficou exposta. Continuei com a leitura, e não voltamos mais ao assunto.

Naquele dia, quando voltei para casa depois da escola, escrevi "imanente" na parede e fui procurá-la no dicionário. Além da definição que Samuel tinha me dado, "imanente" significava algo que existe apenas na mente. Rindo, decidi que, se a beleza das minhas orelhas só existia na cabeça de Samuel, era o suficiente para mim.

Sorrindo, toquei a palavra e deixei a lembrança me aquecer. Eu me sentia estranhamente relaxada e muito sonolenta. Fui para a cama e mergulhei imediatamente em um sono pesado e sem sonhos.

17
rubato

SAMUEL ESPERAVA NA FRENTE DA MINHA CASA QUANDO SAÍ NA manhã seguinte, ao nascer do sol, para correr. Eu sabia que ele estaria ali. Não havíamos combinado, mas lá estava. Hoje ele usava bermuda e tênis, exibindo as longas pernas musculosas e bronzeadas cobertas por pelos escuros. A camiseta do USMC era cinza. Justa, deixava ver o desenho das costas em V e o peito. Maravilha. Eu me aproximei dele sem saber o que dizer. O beijo da noite passada ainda era vivo em minha memória.

— Oi — falei com tom leve. — Você vem comigo?

Samuel olhou para mim em silêncio, os olhos fixos nos meus. Ele nunca tinha pressa para responder. Eu havia esquecido esse detalhe sobre ele. Sempre falava devagar, e eu tinha que controlar o impulso de ocupar o silêncio. Samuel era assim. Talvez nem respondesse. Afinal, era evidente que ele iria comigo. A pergunta era retórica.

— Na verdade, eu queria que você fosse comigo — ele falou finalmente, a voz profunda ainda meio rouca de sono, sinal de que essas eram suas primeiras palavras desde que nos despedimos na noite passada.

Foi a minha vez de estudá-lo em silêncio, sem saber o que concluir depois da resposta. Ele me encarava com aqueles olhos negros e firmes.

Formávamos uma bela dupla ali, parados no meio da rua, trocando longos olhares sem falar nada. De repente eu ri do nosso comportamento.

Levantei as mãos.

— Você manda, Super Sam! Eu te sigo.

A expressão dele mudou ao ouvir o velho apelido, mas Sam não sorriu.

— Vou cobrar essa promessa, Josie Biônica.

Ele começou num ritmo forte, e eu não era ingênua a ponto de acreditar que a intenção era me impressionar. Eu sabia que não era isso. O homem tinha uma boa forma física e sabia correr. Eu acompanhava o ritmo. Não conversávamos, só corríamos num companheirismo silencioso, os pés batendo no chão e a respiração ecoando a cadência. Corremos alguns quilômetros na direção leste, subimos mais e mais à medida que nos aproximávamos da base do cânion, até que o grande sol cor de laranja deu impulso no pico da montanha e subiu pesado no céu de início da manhã. Então viramos, demos as costas para os raios quentes e corremos de volta à cidade. Aceleramos com a ajuda da gravidade e descemos em direção ao vale.

O outono estava no ar. A luz muda no outono. O ângulo do sol é diferente desde que ele nasce, a intensidade diminui, perde a força, como se fosse uma pintura embaixo d'água. O ar era um pouco mais fresco do que havia sido nas manhãs anteriores. Eu sentia uma leveza repentina, uma alegria explosiva, e olhei para Samuel sorrindo, deixando a emoção fluir. Fazia muito tempo que não me sentia tão bem. Era como estar inteira, realizada. Completa. Como era possível passar por uma mudança tão radical em duas semanas? Como se, de algum jeito, eu tivesse encontrado a chave para o jardim secreto, um lugar que sempre esteve ali, mas que havia sido escondido pela negligência. Destranquei a porta e me permiti entrar, pronta para tirar as ervas daninhas e plantar rosas.

Samuel devia sentir a mesma coisa, porque seus dentes brancos apareceram num sorriso largo no rosto bronzeado. Apreciei aquele rosto por alguns instantes, depois voltei a prestar atenção à estrada de terra diante de mim. Sabia que não devia tirar os olhos dela por muito tempo. Na última vez em que fizera isso, dera de cara com o traseiro de uma égua.

Quando nos aproximávamos do fim da corrida, meus músculos começaram a reclamar da redução na velocidade, acostumados ao ritmo intenso que havíamos mantido nos últimos quase dois quilômetros. Eu precisava correr com Samuel todas as manhãs. Ele me fazia exigir mais de mim. As manhãs de ritmo preguiçoso haviam chegado ao fim para essa super-heroína.

Samuel passou pela casa dos avós e continuou correndo comigo, e só reduzimos a velocidade para uma caminhada quando nos aproximamos da minha casa. Meu pai estava sentado na varanda da frente, com os pés na balaustrada e uma Pepsi diet na mão. Ele preferia cafeína gelada. Chamava o refrigerante de uísque barato e dizia que nada era melhor que o fervor do primeiro gole depois de aberta a lata. Eu concordava com ele, mas preferia Coca diet.

— Arrumou um parceiro de corrida, Josie Jo? — Meu pai comentou quando atravessamos o gramado. Como a maioria das garotas, me senti aliviada por ele não se incomodar com o fato de eu estar acompanhada por um homem.

— Bom dia, pai. — Debrucei na balaustrada, peguei a lata e bebi um gole do fogo gelado.

— Senhor. — Samuel estendeu a mão. As botas do meu pai tocaram no chão com um estrondo e ele apertou a mão de Samuel.

— Fico feliz por ter encontrado alguém com quem correr, pelo menos por enquanto, Josie. Sempre me preocupei um pouco com você sozinha por aí. Mesmo em um lugar pequeno como Levan, nunca se sabe.

Ignorei a preocupação do meu pai. Nas minhas corridas matinais, nunca via nada além de esquilos, aves e gado, e os vizinhos que conhecia desde sempre.

— Samuel, entra, vou pegar uma bebida para nós, já que o meu pai não quer dividir. — Sorri para ele, e Samuel pediu licença e me seguiu.

Eu gostava disso.

— Essa educação toda é coisa de fuzileiro? — perguntei quando atravessamos a sala de estar a caminho da cozinha. — Água, suco de laranja, leite ou refrigerante?

— Suco de laranja. E, sim, é coisa de fuzileiro. Não consigo deixar de dizer "sim, senhora" e "sim, senhor". Dez anos assim, ficou impregnado.

Servi o suco em um copo grande que entreguei a Samuel. Depois tomei meus indispensáveis 250 ml de água antes de abrir a lata de cafeína gelada. Encostamos no balcão e ficamos ali juntos, matando a sede em silêncio.

— E agora? — Apoiei um lado do quadril no balcão e olhei para ele. — Qual é o próximo passo para você nos Fuzileiros Navais?

— Não sei. Faz só três semanas que eu voltei do Iraque.

— Três semanas? — Não sabia que o retorno era tão recente. — Quanto tempo passou lá?

— No total, com exceção de uma ou outra licença oficial, passei quase três anos no Iraque. Dois períodos de doze meses, mais uma extensão de seis meses para o último período. Era hora de voltar para casa, de algum jeito.

— De algum jeito? Como assim?

— Eu não tinha uma casa para onde voltar. Entrei para os Fuzileiros Navais com dezoito anos. Cumpri dois períodos no Afeganistão depois do 11 de Setembro, e então os dois períodos no Iraque. Quando não estava em missão, estava em treinamento especializado ou servindo em Camp Pendleton, ou embarcado. Depois da última missão, meu pelotão ganhou um mês de licença remunerada. Economizei mais que isso nos últimos dez anos. Não gastei muito. Peguei a caminhonete emprestada com um membro do meu pelotão. Eu não tenho carro. Nem casa, nem carro, todos os meus bens cabem em uma mala. Enfim, estou aqui há duas semanas e tenho mais duas pela frente.

— E depois? — Não conseguia imaginar que ele voltaria ao Iraque para uma terceira missão. Estava exausta só de ouvir!

— Depois eu vou ter que decidir. — Samuel olhou dentro dos meus olhos.

— Decidir?

— Se quero outra coisa.

— Além dos Fuzileiros Navais?

— Sim. — Samuel deixou o copo sobre o balcão e se afastou. — O que você vai fazer hoje?

Ele mudou de assunto de repente, como se não quisesse discutir o próprio futuro, e eu pensei nos últimos dez anos, tentando imaginar suas experiências, perdas e vitórias, as amizades... sua vida. De algum jeito, depois que as cartas pararam de chegar, sempre imaginei Samuel no contexto daquele ambiente, na relativa segurança de uma base militar com instrutores de treinamento atentos a cada movimento que ele fazia. Na verdade, ele havia passado os últimos dez anos em ambientes muito hostis, em lugares muito perigosos. Balancei a cabeça, admirada. Quando Nettie elogiou sua habilidade de atirador e as proezas de "assassino", não parei para pensar que ele devia passar a maior parte do tempo em diferentes zonas de guerra.

— Josie?

Lembrei que Samuel havia feito uma pergunta.

— Hum?

Ele esperava paciente pela resposta.

— O que você vai fazer hoje?

Olhei para o relógio.

— Entro no salão às onze, trabalho até duas e meia, depois vou para a igreja e dou aulas de piano até sete e pouco. E você?

— Vou trabalhar com o meu avô até você ficar livre, às sete e pouco. — Seus olhos suavizaram sugerindo um sorriso, presumindo que eu estaria à disposição dele depois de dar todas as aulas. Meu coração disparou, e resisti ao impulso de olhar para baixo para ver se a pulsação era visível embaixo da camiseta.

A porta da cozinha se abriu e eu pulei assustada, embora Samuel estivesse longe. Meu pai enfiou a cabeça branca na fresta.

— Jos?

— Oi, pai.

— Acho que não avisei, o Jacob e eu vamos para Book Cliffs no fim de semana. Ele conseguiu uma licença para caça com arco naquela região. Vamos ter alguns dias de folga na usina e decidimos levar o trailer e os cavalos e tentar pegar um alce.

Book Cliffs. Os penhascos ficavam em Moab, a mais ou menos cinco horas de Levan, rumo a sudeste. O nome significa Penhascos dos Livros, com montanhas que lembravam livros alinhados em uma estante. Era um território de beleza estonteante, e as licenças de caça para a região eram difíceis, altamente disputadas. A única coisa de que meu pai gostava tanto quanto de cavalos era caçar, e eu sabia que ele devia estar eufórico com a sorte de Jacob.

— O Jared e o Johnny também vão?

— O Jared não conseguiu autorização — meu pai resmungou, referindo-se ao papel de Tonya como chefe da casa. — O Johnny está com medo de ir, os gêmeos podem nascer a qualquer momento. Vamos só eu e o Jacob. Acho que o Marv pode ir também. — Marv era o sogro de Jacob. Ele também não perdia uma caçada.

— Quando vocês vão?

— Talvez hoje, no fim do dia, e ficamos fora até quinta ou sexta. — Ele hesitava, como se eu pudesse reclamar por ter planejado seis ou sete dias fora de casa.

— Vai ser divertido — respondi.

— Você pode ir também — ele sugeriu, sem entusiasmo.

— Pai! — Dei risada. — E se eu aceitasse o convite, o que você ia fazer? Quem ficaria sem cama no trailer? — Cheguei perto dele e beijei seu rosto. — Não, obrigada, mas divirtam-se. E obrigada por ter avisado. Enquanto você estiver longe, vou virar a noite tocando piano e comendo bolo de chocolate — brinquei.

Ele me olhou sério por um momento.

— Seria ótimo, Jos. Faz tempo que não ouço você tocar. Talvez possa tocar alguma coisa para mim quando eu voltar. Sinto falta disso.

240

Fiquei vermelha por pensar que Samuel ouvia a conversa.

— Combinado, pai — respondi, fazendo um carinho em seu rosto antes de me afastar.

Imaginei que Samuel comentaria o pedido, mas ele não falou nada, apenas se inclinou para brincar com Yazzie quando o cachorro entrou na cozinha para ir dormir em sua cama na lavanderia. Yazzie não dormia mais no meu quarto. Ele tinha dez anos, era velho para os padrões caninos, e não gostava de subir escadas, embora ainda o encontrasse dormindo aos meus pés de vez em quando. Acho que ele sentia falta dos velhos tempos. Eu também sentia saudade, apesar de acordar com as pernas e os pés adormecidos em suas raras visitas.

— Samuel, você pode ir com a gente — meu pai falou. — Eu adoraria ver alguém atirando de verdade. Temos lugar para mais um homem. — Meu pai olhou para mim como se pedisse desculpas ao falar "mais um homem". Aparentemente, ele havia aprendido um pouco sobre as habilidades de Samuel no churrasco de domingo.

— Não, obrigado, senhor — Samuel respondeu, com cortesia. — Já cacei tudo o que queria por um bom tempo. — O constrangimento passou por seu rosto, como se ele houvesse falado sem pensar.

Meu pai sorriu, como se a resposta fosse engraçada, e saiu sem dizer mais nada, deixando a porta de tela bater.

— Ei, menino. — Samuel não fazia voz infantil quando brincava com Yazzie. Sua voz era moderada e baixa, e ele passou mais um minuto afagando o cachorro. Yazzie bocejou e se encostou na mão grande dele, revirando os olhos e deixando a língua cair fora da boca numa demonstração de puro prazer.

Depois de um tempo, Samuel olhou para mim e disse:

— Até mais tarde.

Yazzie e eu o levamos até a porta, Samuel acenou e saiu, atravessou o gramado e desceu a rua em direção à casa dos avós. Yazzie e eu ficamos olhando da porta, os dois com a mesma cara de abandono.

— Ah, fala sério! — Ri olhando para o cachorro. Ele latiu para mim, como se dissesse "Olha quem fala", depois voltou para a cozinha atrás do café da manhã.

SAMUEL DEVIA TER TESTADO TODAS AS PORTAS ATÉ ENCONTRAR A que não estava trancada, porque esperava em frente à entrada lateral da igreja quando acompanhei o último aluno até sua bicicleta. Fiquei muito feliz por não ter que conversar com algum pai à espera. Ou apresentar Samuel. Alguns amigos bem-intencionados tentaram arrumar um namorado para mim nos últimos anos, e tive que ser bem firme com os mais obstinados, que não desistiam nunca. Recusei todas as propostas e todos os encontros. Podia imaginar como as línguas entrariam em ação quando eu fosse vista com Samuel. As apostas seriam inevitáveis, e eu não teria mais desculpa. Seria apresentada a todos os primos, irmãos e tios de amigas da irmã até o Natal. Não queria nem pensar.

Samuel se aproximou de mim quando a pequena Jessie Ann Wood se afastou pedalando. Olhei para trás para ver se havia apagado a luz e fechei a porta com a chave.

— Aquela bicicleta é sua, não é? — Samuel perguntou, apontando minha velha bicicleta apoiada na parede lateral da igreja. Senti um arrepio nos braços. Ele não invadia meu espaço nem me tocava, e imaginei se os beijos da noite anterior haviam sido um deslize, um impulso produzido por muito luar e doces lembranças.

— Sim, eu vim pedalando. É mais fácil que andar. Minhas pernas estavam doloridas da corrida. Não estou acostumada com o ritmo forte. Você me tirou da zona de conforto duas vezes esta semana, minhas pernas estão acabadas. — Sorri com ironia.

— Nesse caso, eu sei do que você precisa.

Samuel pegou minha bicicleta e começou a andar em direção à velha caminhonete preta que havia emprestado de um colega. A bicicleta foi posta na carroceria.

— Do que eu preciso?

— Você já vai ver. Está com fome?

— Sempre — admiti com franqueza, e Samuel riu.

— Vamos comer, então.

242

Ele abriu a porta, e eu entrei do lado do passageiro, ajeitando a saia cor de violeta em torno das pernas. Samuel tocou o tecido amassado.

— Você sempre usa saia. Eu gosto disso. Não tem muitas mulheres por aí querendo ser femininas. É legal. — Ele tirou a mão do tecido e fechou a porta antes que eu pudesse responder com mais que um sorriso.

Samuel sentou ao volante e ligou o motor. Imediatamente as notas de "A canção de outono", de Tchaikovsky, invadiram o ambiente. Relaxei no banco de couro, ouvindo a música e me deixando sentir a melodia. Seguimos por alguns minutos em silêncio, antes de Samuel falar.

— No Iraque faz calor quase o tempo todo, e a areia é uma presença constante. Eu sonhava com o outono, com as manhãs frias e a minha avó levando o rebanho para longe de casa, andando antes do nascer do sol e congelando, sentando ao lado da fogueira e comendo carne-seca e bolo de fubá com chá navajo.

— Por isso você está ouvindo "A canção de outono"? — Sorri.

— Exatamente.

— Tchaikovsky recebeu uma encomenda para criar uma peça para cada mês do ano. Ele chamou o trabalho todo de *As estações*. Teve que arrumar um assistente para lembrá-lo quando era a hora de escrever o próximo "mês". Ele brincava que havia dois tipos de inspiração: uma que vinha do coração e outra que vinha da necessidade e de várias centenas de rubros.

— Ela voltou-ou... — Samuel falou cantando, e eu ri como uma criança.

— Eu tocava essa peça — falei com ar sonhador. — E sempre pensava no outono. — Olhei novamente para Samuel. — Senti a estação no ar hoje de manhã quando fomos correr.

— Por isso o seu rosto estava iluminado e você sorria tanto? Você parecia pronta para decolar. Achei que ia ter que te segurar para mantê-la ali comigo — Samuel brincou, olhando para mim por um segundo.

— Eu sempre fico ansiosa pela chegada do outono. — Tentei ser prática ao confessar o motivo para isso. — O Kasey e a minha mãe morreram no começo do verão... e acho que a estação me traz lembranças ruins. Fico sempre feliz quando ele acaba. — Girei os polegares com desconforto, mantendo as mãos apoiadas no colo. — O outono sempre foi uma chance de recomeço, para mim. Sei que não foi assim que a natureza o criou, que é justamente o contrário. As folhas caem das árvores, as flores morrem, o inverno se aproxima... mas amo o outono mesmo assim.

— O que aconteceu com o Kasey? — Samuel estava muito quieto, olhando para mim, para a estrada e para mim de novo.

— Você é bastante direto, não é? — Prendi o cabelo atrás da orelha.

— A minha avó Yazzie diz que os navajos não têm pressa. Temos todo o tempo do mundo. Nós nos movemos deliberadamente, no nosso tempo, e fazemos as coisas com precisão. A vida tem a ver com harmonia e equilíbrio. Acho que essa é a razão para eu ser um bom atirador, provavelmente. Posso esperar pelo tempo que for necessário. Mas agora não sinto mais que tenho todo o tempo do mundo. Não quero perder nada do tempo que eu tenho com você.

A expressão de Samuel não se alterou, e eu fiquei agitada com a declaração franca.

— Ele capotou o carro perto daqui. Tinha acabado de me deixar em casa. Foi na manhã seguinte à nossa formatura no colégio.

Samuel continuou em silêncio, me esperando continuar.

— Eu já pensei muito na ironia de ter desejado que ele passasse mais vinte minutos comigo naquele dia, que fosse me levar para casa, em vez de ficar em Nephi, como ele havia planejado. Eu tinha outra carona. Ele não estaria dirigindo de volta para Nephi se não fosse por mim. Troquei mais vinte minutos com ele por uma vida inteira. Irônico, não é?

— Você já pensou que ele podia ter capotado o carro lá em Nephi, e, se não tivesse te levado para casa, vocês não teriam nem aqueles vinte minutos? Há muitos jeitos de morrer, Josie. Você não colocou o Kasey no único caminho para a morte. — Samuel mantinha a voz e a expressão imutáveis, como se discutisse a altura do trigo nos campos por onde passamos ou as montanhas na nossa frente, como pareciam roxas sob o céu. — Tinha um cara com quem eu servi no Iraque, e a mãe não queria que ele fosse para lá. Ela tinha muito medo. Mas ele foi assim mesmo, é claro. Tinha se alistado e foi. O irmão mais novo dele, que ainda morava na casa dos pais, morreu em um acidente de carro quando ele estava fora. Esse meu amigo voltou do Iraque sem um arranhão. Isso é ironia.

Eu não sabia como responder, por isso não falei nada. Sabia que a conclusão de Samuel era verdade, mas um pouco de culpa serve para distrair da dor, às vezes. A dor havia enfraquecido ao longo dos anos, mas a culpa permanecia.

Chegamos a Nephi, e pensei que Samuel ia parar no Mickelson's. O restaurante tinha comida boa e ficava no limite da cidade, perto da saída da estrada, o que o tornava acessível para quem estava só de passagem e para quem morava ali. Eu me perguntava se encontraria algum conhecido lá dentro, alguém que se aproximaria com o pretexto de saber como eu estava. Odiava conversa mole e evitava as pessoas no mercado e em outros lugares, só para não ter que pensar em coisas para dizer. Gostava de gente, me importava com as pessoas e queria ser legal, mas não suportava ficar de bate-papo no telefone ou falando amenidades só para ser educada. Samuel passou pelo restaurante e seguiu em frente. Respirei aliviada e tentei imaginar aonde ele me levava.

— O meu avô me contou uma história interessante sobre uma lagoa aqui da região. Pensei em fazermos um piquenique. A minha avó Nettie preparou a comida, e deve ter muita coisa boa.

— A lagoa de Burraston?

— Isso.

Pensei em Kasey. Ele e os amigos subiam em uma árvore alta e pulavam na lagoa. Alguns galhos quase tocavam a água. Os garotos haviam construído uma plataforma alta na mesma árvore para ter de onde pular. A plataforma media cerca de sessenta por sessenta centímetros, e era incrível que ninguém tivesse morrido ali. Eles nunca conseguiram me convencer a subir na árvore. Eu era muito sensata. Assim, com o coração na garganta, eu os via subir nos galhos mais altos, se posicionar na pequena plataforma e se jogar na água gritando de pavor e alegria.

Seguimos pela velha estrada Mona e, na saída para a lagoa, tomamos a direção oeste na trilha de terra marcada por sulcos profundos e rastros de pneus. Como as aulas haviam começado, a área de acampamento estava vazia, assim como a pequena lagoa, onde não havia pessoas nem barcos. Não tinha vento, e o sol poente brilhava na superfície plácida da água, tingindo-a de um tom profundo de âmbar com reflexos escuros. Eu não ia à lagoa desde antes da morte de Kasey, mas não sentia nenhuma forte melancolia por voltar. Aquele havia sido um ponto de encontro, um lugar de diversão, e, exceto por termos trocado nosso primeiro beijo ali, não era um local que me fazia sentir especialmente nostálgica.

Olhando para a água agora, percebi que a lagoa era linda. Quieta e abandonada, parecia desabrochar em sua solidão. Continuamos sacudindo pela estrada até a bifurcação que nos levou para cima e para o outro lado da lagoa.

— Qual é o melhor ponto? — Samuel olhou para mim.

A lagoa de Burraston era, na verdade, lagoas de Burraston, com alguns espelhos d'água menores que nasciam da parte maior.

— Continue dando a volta até chegarmos ao outro lado da lagoa principal. — As árvores eram mais densas em alguns trechos, mais espalhadas em outros, e eu o orientei em direção à grande e famosa árvore sobre a água. Samuel parou o carro fora da estrada de terra e pegou um cobertor grosso e um cooler da carroceria da caminhonete, enquanto eu saltava da cabine e descia para uma pequena clareira na beira da água, onde achava que poderíamos fazer um piquenique.

O silêncio era rompido apenas pelos grilos que se aqueciam para a sinfonia noturna e por um ou outro mosquito que passava zunindo. Nunca tinha visto a lagoa vazia. Não me surpreendia descobrir que gostava muito mais dela assim. Samuel estendeu o cobertor, e ficamos sentados vendo a água bater nas pedras e galhos que cobriam a praia na base da grande árvore.

— Qual foi a história que o seu avô contou? — Reclinei-me no cobertor, apoiando a cabeça em uma das mãos, e olhei para ele.

— Acho que não tinha a ver com a lagoa. É mais sobre a cidade. Eu nunca vim para Mona quando morava aqui. Nunca tive motivo para isso. Quando quis saber do meu avô se havia lugares bons para pescar por aqui e ele mencionou a lagoa, eu perguntei sobre a cidade. Ele falou que Burl Ives, o cantor, foi preso aqui em Mona uma vez. Foi antes de o meu avô estar por aqui, mas ele acha a história engraçada.

— Nunca ouvi falar nisso!

— Foi na década de 40, e Burl Ives viajava para fazer shows. Acho que as autoridades não gostaram de uma de suas canções. Acharam que era obscena e o prenderam.

— Que música é essa? — Dei risada.

— O nome é "Foggy, Foggy Dew". Meu avô cantava para mim.

— Quero ouvir! — Desafiei.

— É libidinosa. — Samuel comprimiu os lábios, mas seus olhos brilharam, sardônicos. — Tudo bem, você me convenceu — disse sem que eu implorasse, e nós rimos juntos. Ele pigarreou e começou a cantar com um leve sotaque irlandês. A letra era sobre um solteiro que vivia sozinho e cujo único pecado havia sido tentar proteger uma jovem e bela donzela do orvalho nebuloso.

One night she knelt close by my side
When I was fast asleep.
She threw her arms around my neck
And she began to weep.
She wept, she cried, she tore her hair
Ah, me! What could I do?
So all night long I held her in my arms
*Just to keep her from the foggy, foggy dew.**

---

* "Certa noite ela se ajoelhou ao meu lado/ Quando eu dormia profundamente./ Jogou os braços ao redor do meu pescoço/ E começou a chorar./ Ela suspirou, chorou, desesperou/

— Ah, não! — Cobri a boca e dei risada. — Eu não teria mandado Burl Ives para a cadeia por isso, mas é bem engraçado.

— Os fuzileiros são as criaturas mais libertinas, grosseiras e bocas-sujas que se pode encontrar, e eu posso afirmar que essa canção não é obscena. Já cantei coisa muito, muito pior. Eu tentei me manter casto e virtuoso, e ainda tenho o apelido de Pastor depois de todos esses anos, mas fui corrompido. — Ele balançou as sobrancelhas.

— Gostei dessa música... — murmurei, brincando. — Cante outra coisa, mas sem o sotaque irlandês.

— Sem o irlandês? Essa é a melhor parte. — Samuel sorriu. — Tinha um cara do meu pelotão, a mãe dele nasceu e cresceu na Irlanda. Ele conseguia fazer o sotaque perfeito e cantava muito bem. Quando ele cantava "Danny Boy", todo mundo chorava. Todos aqueles fuzileiros durões e letais chorando feito bebês. Ele cantava um lamento irlandês, e eu gostava tanto da música que decorei. Na verdade, quando vi você na chuva há duas semanas, essa foi a primeira coisa que surgiu na minha cabeça. — O sorriso havia desaparecido, e os olhos estavam cravados no meu rosto. Seu humor era mercurial, e eu tinha dificuldade para acompanhar o ritmo das mudanças. Há poucos instantes ele cantava uma música atrevida com um sotaque forjado, e agora me olhava sério, intenso.

Sustentei seu olhar e tentei esperar. Depois de alguns momentos eu cedi.

— Você não vai cantar o lamento irlandês para mim?

— Depende — ele respondeu.

— Do quê?

— Você vai tocar para mim quando eu te levar de volta para casa?

Foi a minha vez de ficar séria. Eu não ignorava meus sentimentos por Samuel. Aonde tudo isso nos levaria, e queríamos ou podíamos chegar lá? Essas perguntas me faziam segurar as emoções. Eu conhecia o incrível poder da música e a disposição que ela podia criar. Prova A:

Ah, eu! O que eu poderia fazer?/ Então, a noite toda, eu a segurei em meus braços/ Só para protegê-la do nebuloso, nebuloso orvalho."

os beijos que trocamos na noite anterior, depois de Debussy lançar seu encanto. Eu não me sentia capaz de resistir a uma grande porção de Samuel regada a sinfonias. Não sabia se meu coração poderia suportar outro amor perdido.

— Acho que o lamento pode te deixar assustada. — O sol descia por trás das colinas a oeste. A voz de Samuel era tão mansa e quieta quanto as sombras que se intensificavam à nossa volta.

— Talvez... — Evitei seu olhar e estendi a mão para a cesta que Nettie havia preparado, porque precisava de sustento para não perder a cabeça com Samuel.

Nettie havia mandado grossos sanduíches de peru em pão caseiro, cookies com gotas de chocolate e, felizmente, nenhum quadradinho de limão. Ela havia incluído alguns pêssegos de seu pomar, e Samuel adicionou duas latas de Coca diet e uma garrafa de água. Começamos a comer sem falar mais nada. Eu deixava escapar um gemido de vez em quando.

— Tudo bem? — Samuel sorriu depois de um suspiro mais profundo.

— A comida é sempre muito melhor quando não fui eu que a fiz.

— Você é uma ótima cozinheira.

— É, eu sou — concordei, sem artifícios. — Mas existe uma magia em ter alguém para preparar o seu sanduíche. O sabor é melhor. Não consigo descrever.

— Ser fuzileiro me deu uma nova perspectiva sobre fazer a minha própria comida. O refeitório nem é tão ruim, quando podemos contar com ele, mas comida em caixa? Não, obrigado. No campo de treinamento a gente costumava chamar de nojeira em caixa. Prefiro saber o que tem na minha comida, e isso só é possível se eu mesmo a preparo.

— Você se tornou um maluco controlador, Samuel? — Mordi o pêssego depois de provocá-lo.

— Hummm. Sim, acho que sim. — Samuel olhou para a lagoa escura. — Quando você percebe que existem muitas coisas que não pode controlar, fica avarento em relação àquelas que é capaz de controlar.

Terminamos a refeição em silêncio enquanto as sombras cresciam, baniam a luz e os últimos traços de sol, até as estrelas começarem a brilhar no céu.

— Não acredito que estou aqui. — Samuel suspirou, os braços cruzados atrás da cabeça e o corpo esticado sobre o áspero cobertor militar.

— Por quê?

— Há um mês eu estava no Iraque. O tempo todo uniformizado, camuflado, de coturnos, colete à prova de bala, óculos, capacete. E eu nunca, nunca ia a lugar nenhum sem a minha arma e muita munição. Isso provoca um sentimento surreal. — Ele fez uma pausa de alguns segundos. — Vamos nadar.

— Quê? — Dei risada, mas engasguei quando o riso me fez inalar um pouco do suco do pêssego que eu comia.

— Eu quero nadar. Olha como as estrelas refletem na água. Parece que estamos olhando para o espaço.

— Você devia ver tudo isso de cima da árvore — falei sem pensar e de repente me arrependi da sugestão.

— Sério? — Samuel olhou para a grande árvore e imediatamente começou a tirar as botas e a calça.

— Samuel! — Senti o calor me inundar e não sabia se era vergonha ou curiosidade com relação ao que estava para ver.

— Vou subir na árvore e pular na água.

Suspirei. Devia ser coisa de homem. Por que todos os que eu conhecia tinham que subir naquela árvore e pular?

— Vem comigo, Josie. — Samuel me encarou, segurando a camisa nas mãos. Seu peito era largo e definido, os ombros e braços musculosos, e o abdome exibia gomos firmes que desciam até o cós da bermuda de boxeador. Olhei para minhas mãos quando falei, para não ficar de boca aberta.

— Ah. O máximo que eu fiz foi escalar alguns galhos, só para ver o efeito das estrelas na água.

250

— Hoje de manhã você disse que me seguiria. — A voz dele era brincalhona e leve. — Por favor?

Eu usava uma regata preta e decidi que a calcinha da mesma cor, combinada com a camiseta, seria tão discreta quanto um maiô. Não fiquei pensando muito. Sempre fui muito prática, sensata e prudente demais. Eu ia nadar. Deslizei a saia para baixo e saí dela ainda tirando as sandálias. Tive que me lembrar de respirar. Olhei para Samuel e ergui os ombros como se fizesse esse tipo de coisa todo dia.

— Se eu cair e acabar morta, você vai ficar muito triste — falei, tentando ser corajosa.

Como se sentisse meu desconforto, Samuel não ficou olhando para o meu corpo pouco coberto. Virou e subiu na árvore, como se fosse fácil, como se subisse alguns degraus. Tentei imaginar um jeito de ir atrás dele sem perder a dignidade. Ele estava perto da base, onde os galhos se abriam e subiam se afastando do tronco. Inclinando-se em minha direção, ele estendeu o braço.

— Segura no meu cotovelo que eu te puxo para cima.

Fiz como ele orientou, segurando o bíceps logo acima do cotovelo com as duas mãos. Ele se debruçou, segurou meu braço com uma das mãos e, segurando com a outra mão um galho bem grosso acima dele, começou a me puxar. Apoiei as pernas e subi, e em pouco tempo estava ao lado dele. Fácil. Estava me sentindo a própria She-Ra, a Rainha da Selva, a contraparte feminina do He-Man.

— Uau — suspirei, depois ri baixinho, como uma criança.

— Tem uma plataforma ali em cima. Está vendo?

— Ah, sim. Sei tudo sobre essa plataforma. Por favor, não me pede para pular de lá.

— Vou dar uma olhada. — Samuel subia pela árvore como um macaco antes que eu pudesse protestar. — Ela é bem firme — ele anunciou momentos depois.

Era firme. Estava lá havia gerações de malucos. Suspirei derrotada. Eu teria que subir e pular de lá com ele. Era tarde demais para recuar agora.

— Vem, eu te ajudo.

Eu sabia que ia cair dali. Garotas com a minha capacidade atlética não deviam subir em árvores. Na melhor das hipóteses, ia acabar enroscando a calcinha em um galho e ficar pendurada só de camiseta regata. Que horror. Eu não era esse tipo de garota. Tinha um traseiro bem decente, mas não acreditava que um traseiro pudesse parecer decente enquanto a dona subia em uma árvore. Na pior das hipóteses, ia acabar espetada em um galho pontiagudo como um porco no espeto. Sendo comigo, as duas coisas aconteceriam, e logo eu estaria empalada e sem calcinha. Já dava até para imaginar a manchete no jornal da cidade: "Mulher encontrada morta e seminua em uma árvore".

Dirigi toda a minha atenção para colocar pés e mãos onde Samuel determinava e, surpreendentemente, consegui me aproximar o suficiente para ele enlaçar minha cintura e me puxar para a plataforma. Estávamos lado a lado na pequena área de madeira fixada com pregos na base de galhos cruzados. A paisagem lá embaixo era de tirar o fôlego... e apavorante. O fundo preto da lagoa criava a ilusão de um céu infinito embaixo de nós. A superfície espelhada refletia as estrelas no firmamento lá em cima, e era como se estivéssemos no precipício de uma minigaláxia.

— Meu Deus — sussurrei, e o pânico gelou meu coração.

— É lindo. — Samuel também sussurrava, mas estava fascinado.

Fechei os olhos e me agarrei ao braço que continuava me amparando.

— Pronta? Vou contar até três...

— Não! Ainda não! Não estou preparada!

Samuel riu, mas eu estava apavorada demais para bater nele.

Mantinha os olhos fechados e fazia tanta força para isso que estava ficando com dor de cabeça. O rosto tenso negava a situação em que eu havia me metido.

Senti o braço de Samuel me puxar contra ele e depois sua respiração sobre minha boca. Ele cheirava a pêssego e pinho, e relaxei o rosto quando levantei o queixo para encontrar sua boca. Esqueci o medo.

Meio atordoada, passei os braços sobre os ombros fortes e enterrei os dedos na sedosidade de cabelos bem curtos. Ele me apertou com mais força, tirou meus pés da plataforma e, sem aviso, pulou. Eu caía... e gritava, e caía. Pouco antes de chegarmos à superfície, ele me soltou e caímos na água cheia de estrelas.

O instinto me fez bater as pernas com vigor e nadar para cima, ou na direção que eu pensava ser para cima. Senti Samuel ao meu lado, e ele segurou minha mão e me puxou. Emergimos juntos. Abri a boca e puxei o ar, cuspi porções de água e tirei o cabelo do rosto enquanto as pernas pedalavam furiosamente para me manterem à tona.

— Nunca mais faça isso!

— O quê? Beijar você, ou beijar você e pular da árvore? — Samuel falava devagar. Não estava ofegante. Na verdade, ele nem parecia se esforçar para não afundar.

— Ah! — Reagi furiosa. — Você me enganou! Não queria me beijar! Só queria me fazer pular de cima da árvore!

— Ah, eu queria te beijar. — A lentidão era ainda mais pronunciada. — Só matei dois pássaros com uma pedrada só. — Ele sorriu para mim, os dentes brilhando, e fiquei atordoada. Tão atordoada que parei de mover as pernas e afundei como uma pedra. Bati os braços e subi, cuspindo e afastando o cabelo do rosto outra vez. — Inclina o corpo para trás, Josie. — Samuel falava com tranquilidade enquanto se colocava ao meu lado. — Levanta as pernas e deita de costas. Para de espernear. Boiar é fácil.

— Para! Eu já sabia nadar quando você ainda usava boias na piscina do colégio! — Continuava furiosa.

— Muito engraçado. — Samuel riu.

Fiz como ele dizia, abri os braços e as pernas como se fizesse um anjo na neve, deitando a cabeça para trás e deixando o rosto fora da água. As estrelas cintilavam lá em cima.

— Pronto. — Samuel boiou do meu lado, os dedos tocando os meus enquanto flutuávamos na superfície calma da lagoa. A raiva desapareceu quando exalei devagar, tentando não prejudicar meu precário relacionamento com a água.

253

— Está vendo a Via Láctea? — Samuel levantou um braço e apontou.

— Ãhã.

— Minha avó diz que a Via Láctea é um caminho para os espíritos que deixam a terra e sobem ao céu. A lenda navajo diz que a Via Láctea foi criada quando Coiote, o Trapaceiro, ficou impaciente com a Primeira Mulher, que tentava arranjar as constelações no céu. A Primeira Mulher criou uma constelação para quase todas as aves, todos os animais e até para os insetos. Ela fez uma constelação para *Atsá*, a águia, e para *Ma'iitsoh*, o lobo. Ela criou uma cotovia, *Tsídiiltsoí*, para cantar para o sol todas as manhãs. Fez *Dahsáni*, o porco-espinho, que ficou encarregado de plantar todas as árvores nas montanhas. A Primeira Mulher organizou cada estrela formando um padrão de desenhos sobre um cobertor diante dela antes de mandar o Homem Fogo levá-las para o céu e tocá-las com sua tocha para que elas brilhassem. O Coiote queria ajudar, mas a Primeira Mulher disse que ele só criaria problemas. No fim, sobravam apenas pequenos fragmentos e pó de estrela no cobertor. O Coiote ficou nervoso, pegou o cobertor e o sacudiu, espalhando pó de estrela no céu e criando a *Yíkaisdahí*, a Via Láctea.

— Existe um nome navajo para todas as constelações? — Eu olhava para cima e tentava localizar as poucas que conhecia

— Sim. A minha avó contava a história de todas elas, por que a Primeira Mulher colocou cada uma em seu lugar e como elas foram nomeadas. Minha avó diz que as leis do nosso povo estão escritas nas estrelas. Ela diz que a Primeira Mulher espalhou as estrelas lá porque, ao contrário da areia que é levada pelo vento e da água que flui e muda, o céu é constante. Isso é o mais importante no céu. Ele é igual sobre as águas da costa da Austrália e aqui, sobre a lagoa de Burraston. Quando fui designado para ficar no *USS Peleliu*, nos dois primeiros anos no Corpo de Fuzileiros Navais, eu sempre subia no pequeno convés superior e recitava o nome de todas as estrelas e constelações que podia ver. Foi um jeito que encontrei de me sentir perto da minha avó, dormindo sob as estrelas, ouvindo os carneiros.

Éramos levados lentamente para a margem, e eu baixei as pernas e descobri que meus pés tocavam o fundo. A água agora cobria meu corpo até a altura dos ombros. Comparada à temperatura do ar, a água estava morna, e eu não tinha pressa para sair dali. Samuel continuava boiando, olhando para o céu. Pensei nele no meio do oceano, estudando o firmamento, confortando-se com pensamentos do único lar que havia conhecido. Meu coração doeu por ele.

— Eu gosto de ficar sozinha, mas odeio me sentir solitária. Isso parece bem solitário. Nesses momentos você se arrependia de ter escolhido ser fuzileiro?

— Não. Nunca me arrependi. Faria tudo de novo. Eu não tinha nenhum outro lugar para onde ir. Com os Fuzileiros Navais eu encontrei propósito, descobri que era útil, fiz bons amigos, perdi a autopiedade. Fiz o possível para ser um homem de quem você pudesse se orgulhar.

Parei de respirar. Samuel nunca me dava tempo de preparar a defesa. Simplesmente falava as coisas mais inesperadas do nada.

— Eu? — Meu tom refletiu meus próprios sentimentos de inadequação. Não queria ser a referência da virtude. Eu era cheia de defeitos.

Samuel ficou em pé.

— É, você. — A resposta foi contemplativa, e ele manteve o olhar distante. — Você era a régua pela qual eu media tudo. — Ele parou entre o que havia dito e o que estava prestes a dizer. Sua voz era baixa e solene quando continuou: — Eu não tinha certeza do que você diria na primeira vez em que apertei o gatilho e tirei a vida de outra pessoa, nem o que você pensaria e como se sentiria se soubesse sobre todas as vidas que tirei desde então.

A declaração foi tão inesperada que não contive uma exclamação de surpresa, e ele me encarou com os olhos brilhando, repentinamente intensos. Por um momento Samuel não disse nada, só contraiu a mandíbula como se engolisse as palavras que ainda precisava falar.

Depois virou e caminhou para a margem, e vi a água escorrer por suas costas e coxas quando ele saiu da lagoa. Samuel se sacudiu violentamente e pegou as roupas, vestiu a camiseta e o jeans.

Estava de costas para mim, e eu saí da lagoa sem saber o que tinha que fazer, mas certa de que ele precisava de alguma coisa que não era a minha censura. E eu nunca tive a intenção de censurá-lo. Ele só me pegou de surpresa.

Saí da água pingando e tremendo e passei as mãos pelas pernas para remover o excesso de água. Torci o cabelo e a camiseta e vesti a saia. Depois me envolvi com os braços para me aquecer e me cobrir. Samuel recolheu o piquenique abandonado, guardou tudo no cooler e pegou o cobertor, que me entregou. Ele me deu as costas enquanto, grata, eu punha o cobertor sobre os ombros. Ele voltou para a beira d'água, onde se abaixou e tocou a superfície prateada.

Minha voz era insegura quando falei:

— Samuel, era uma guerra. Você tinha que se defender.

Ele ficou em silêncio por alguns segundos antes de responder.

— Eu matei alguns homens em momentos de troca de tiros... Mas outros tantos eu matei mesmo, Josie. Eles nem sabiam que eu estava lá. Nesses momentos é mais difícil puxar o gatilho. Eu os observava pela mira do rifle, às vezes por dias seguidos, e, quando o momento chegava, ou eu recebia a ordem ou simplesmente atirava.

Samuel não se desculpava, e não havia pesar ou arrependimento em sua voz. Mas havia vulnerabilidade. Ele queria que eu soubesse.

Caminhei até a beira d'água e ajoelhei ao lado dele, tocando a superfície perto de sua mão, sentindo o frio beijar a palma. Toquei sua mão com a ponta dos dedos, pensando que ele poderia se esquivar. Minha pele cintilava pálida na escuridão cravejada de estrelas. Pus a mão sobre a dele, entrelaçando nossos dedos, claro sobre escuro. Vi quando ele me olhou com uma expressão cheia de dúvida. Inclinei-me em sua direção, os olhos nos dele, e respondi da única maneira que ele ouviria.

Beijei seus lábios com suavidade, como ele havia feito depois de lavar meu cabelo. Mas, desta vez, fiquei olhando em seus olhos, piscinas negras que refletiam a água junto da qual estávamos ajoelhados. Ouvi a mudança na respiração, mas, com exceção da mão que apertou a minha, nada mais mudou enquanto meus lábios tocavam os dele. Não fechei os olhos. Continuei olhando para ele, acalmando-o em silêncio.

— Você acredita realmente que o que faz a serviço do seu país, pelos homens com quem luta, é alguma coisa que tenha que me explicar? — Minha voz era pouco mais que um suspiro, meu rosto estava a um sopro do dele. — Você acha que tem que se justificar para mim? Para mim? Alguém que nunca teve que marchar centenas de quilômetros com muitos quilos nas costas, alguém que nunca foi alvo de tiros nem passou dias sem dormir? Alguém que não passou os últimos dez anos em condições inóspitas, com pouco conforto, e que nunca foi chamada para fazer coisas tremendamente difíceis para manter as pessoas seguras? — Eu o beijei de novo e toquei seu queixo com a ponta dos dedos molhados. — O que seria de todos nós sem pessoas como você?

Samuel olhava para mim, e a emoção comprimia os cantos de sua boca. Mesmo assim, ele não se moveu, não me beijou de volta.

— Lembra do que Deus disse a Davi? Como Ele disse que Davi tinha muito sangue nas mãos? — A voz de Samuel era um sussurro rouco.

— Não lembro. Me conta. — Eu lembrava a história de Davi, de seu desejo por Betsabá e do plano para matar o marido dela, e depois da morte dos filhos deles. A Bíblia era repleta de histórias assim. Quem achava o livro chato não havia lido além de Gênesis.

— Deus disse que Davi não podia construir o templo porque tinha muito sangue nas mãos. Permitiu que ele recolhesse o material para o templo, mas ordenou que Salomão, filho de Davi, o construísse.

— Não sei o que você está tentando dizer, Samuel. Você acha que tem muito sangue nas mãos? Que caiu em desgraça?

Ele só olhou para mim. Eu não conseguia acompanhar sua linha de raciocínio.

— Davi provocou a morte de Urias, o marido de Betsabá, porque ela esperava o filho de Davi, e ele a queria para si. Talvez esse fosse o sangue a que Deus se referia, o sangue que Deus não podia perdoar.

Não era o sangue que Davi derramou em guerras, dos que matou em batalhas.

— E eu sou diferente?

— Samuel! Como você pode se comparar a Davi? E, mesmo que se compare, Davi morreu nas boas graças de Deus. Temos o livro dos Salmos para provar que ele era um dos favorecidos. — Eu estava realmente confusa.

Desta vez o silêncio de Samuel durou alguns minutos. Eu estava ficando mais paciente, conseguindo esperar. Quando ele falou, o assunto parecia ter mudado, e minha cabeça deu uma cambalhota para acompanhar.

— Eu recebi uma carta da minha avó Nettie quando você ficou noiva, Josie. Ela achava que eu me lembraria de você. Mencionou o noivado superficialmente. Lembro onde eu estava quando li a carta, onde estava sentado, o que fazia nos momentos que antecederam aquele. Fiquei arrasado com a notícia. Eu estava fora havia quase cinco anos. Fazia dois que não te via. Você ainda era muito nova, eu achava que tinha tempo. Na minha cabeça, estava acompanhando tudo. Marcava o tempo com base nos seus aniversários. A Josie tem dezesseis anos... mas eu tenho vinte e um. A Josie tem dezessete, ainda é muito nova. E de repente, do nada, o garoto apareceu e você estava comprometida.

Fiquei olhando para ele de boca aberta, completamente abalada com o que ouvia. Samuel riu da minha reação atônita, e de repente as mãos molhadas seguraram meus ombros e me levantaram.

— Eu não sabia quem era o Kasey. A minha avó mencionou o nome e disse que era um garoto da cidade. Só lembro que fiquei furioso e quis ir atrás dele. Ainda tinha dois anos de contrato com os Fuzileiros Navais, mas tudo o que eu queria era voltar para Levan, matar o moleque e me declarar para você. Queria implorar para você não se casar com ele. Até escrevi uma carta pedindo para você me esperar.

— Não recebi carta nenhuma. — Meus pulmões queimavam. Percebi que estava segurando a respiração.

— Porque eu não mandei. Eu não podia. Não tinha esse direito.

Samuel segurou meu rosto entre as mãos. Estavam frias e ainda um pouco molhadas. Senti um arrepio quando seus olhos penetraram nos meus.

— Alguns meses depois disso, minha avó escreveu contando que o Kasey tinha morrido. Eu me senti muito mal porque, no fundo, havia desejado a morte dele. Quis que ele desaparecesse. Eu sou diferente de Davi?

Não consegui responder imediatamente. Minha cabeça girava com a paixão em sua voz e a intensidade do olhar. Ele interpretou meu silêncio perplexo como censura outra vez e soltou meu rosto.

— Desculpa, Josie. Eu não tinha a intenção de falar nada, mas não podia deixar você me beijar, me confortar e dizer que eu sou um bom homem sem saber de tudo isso. E o pior é que... eu fico *feliz* por ele ter partido. Não por ele estar morto. Não queria que fosse assim. Mas, sim, estou feliz por ele não estar mais aqui. E não sei que tipo de homem eu sou por conta disso.

— Um homem honesto. — Recuperei a voz, mas não sabia o que dizer além disso. Ele me olhou intensamente, e eu o encarei. — Nunca imaginei que você reagiria desse jeito... ou que pensou em mim depois de ir embora. Não sabia que... se importava — terminei desajeitada, incapaz de comunicar tudo o que sentia depois de ouvir sua confissão.

— Eu me importava e ainda me importo — Samuel respondeu. Sua boca desenhava uma linha dura, os olhos ainda fixos nos meus. Exalei bem devagar, com medo de desmaiar. A água que escorria do meu cabelo desceu pelas costas, e eu estremeci. Samuel segurou minha mão e voltamos à caminhonete. Ele parou para pegar o cooler, que acomodou na parte de trás enquanto abria a porta do passageiro e me ajudava a entrar.

Voltamos para Levan com o aquecedor ligado. A música que saía dos alto-falantes era suave, e ouvi uma nota de "Elegie", de Rachmaninoff. Sempre amei essa peça. Rachmaninoff era considerado um dos melhores pianistas de seu tempo. Sonja tinha uma gravação ao vivo dele tocando "Elegie", e cheguei a chorar quando a ouvi pela primeira vez. Fazia anos que não apreciava a amplitude expressiva e o lirismo rico dessa peça. Hesitante, aumentei o volume e deixei a música inundar a cabine, reverberar nos vidros.

— Essa é a minha peça favorita. O meu compositor favorito — Samuel comentou.

— Você sempre gostou de Rachmaninoff. — Lembrei a primeira vez em que ele ouviu o russo no ônibus, como reagiu ao poder e à intensidade de "Prelúdio em dó menor". — Rachmaninoff foi o último dos grandes românticos na música clássica. Ele desanimava frequentemente com a música moderna que se tornava popular. Uma vez, em uma entrevista, ele disse que a música moderna dos novos compositores era escrita mais com a cabeça do que com o coração. Tinha muito pensamento e nenhum sentimento. Ele disse que os compositores modernos "pensam, raciocinam, analisam e lamentam, mas não exaltam". — Levantei os dedos, desenhando aspas no ar. — Procurei a palavra "exaltar" no dicionário quando a Sonja me fez decorar essa citação. O significado de que mais gostei foi "tornar sublime, magnificar, elogiar, enaltecer". A música de Rachmaninoff nos enaltece, nos eleva.

— Adoro "Elegie", porque é o som da saudade.

Olhei para Samuel por um momento, emocionada com a simplicidade da descrição.

— Acho que essa música representa um lamento. Há quem diga que Rachmaninoff estava deprimido quando escreveu a peça, mas ela tem uma esperança tão acentuada que não acredito que tenha sido uma expressão de derrota, apesar da morosidade sugerida. Ele estava só... melancólico. — Sorri para Samuel enquanto refletia, tentando completar sua sinopse simples. — Rachmaninoff pensou em desistir no início da carreira. Sua filosofia tinha raízes no espiritualismo. Ele queria criar beleza e verdade em sua música, e tinha a sensação de que não conseguia. É irônico que ele tenha dado sua última entrevista importante em 1941, quando o mundo estava em guerra. O mundo precisava de verdade e beleza mais que nunca.

Atravessamos Nephi e seguimos pela ponte que ligava as duas cidades pequenas. Logo vimos as luzes de Levan piscando diante de nós

260

e entramos na cidadezinha sonolenta, seguimos por uma rua secundária cheia de buracos, passamos pelo bar e pela velha igreja e chegamos à rua pouco iluminada que nos levaria para casa.

Samuel parou na entrada da garagem de casa. Estava tudo escuro e vazio, meu pai já havia partido para Book Cliffs.

— Quer entrar? Você pode dar uma olhada se não tem nenhum ladrão lá dentro, e eu faço alguma coisa gostosa para a gente comer. Acho que tenho sorvete no freezer, posso fazer um pouco de calda quente.

Ele sorriu.

— Ladrão?

— Ah, sei lá. Estou sozinha, a casa está escura. É só dar uma olhada embaixo das camas e ver se não tem ninguém escondido dentro do armário.

— Você tem medo de ficar sozinha à noite? — Ele parecia preocupado.

— Não. Só queria te dar um motivo para entrar.

— E você não é motivo suficiente?

Senti o calor no rosto.

— Humm...

— Josie?

— Sim?

— Eu vou adorar entrar.

Descemos da caminhonete e entramos em casa. Acendi as luzes e pedi licença para me ausentar por um minuto. Corri até meu quarto e tirei as roupas molhadas. O que ia vestir? Moletom? Não. Pijama? Não! Peguei um vestido cor-de-rosa e ajeitei os cachos molhados com os dedos. Meu cabelo cheirava a água da lagoa. Eca! Borrifei um pouco de lavanda e prendi o cabelo com uma fivela para não dar a impressão de que estava caprichando demais. Desci a escada correndo e descalça. Acabei tropeçando e entrei na lavanderia de um jeito estabanado, girando os braços como um morcego do inferno. Consegui me apoiar na secadora e respirei fundo.

261

— Caramba! Calma, mulher!

Quando Samuel estava por perto, eu me transformava em um amontoado de arrepios e hormônios.

— Era só o que me faltava, cair da escada e passar o resto do tempo do Samuel em Levan pendurada em muletas — resmunguei.

Entrei na cozinha onde o havia deixado alguns minutos antes. Peguei manteiga, leite em pó, açúcar, baunilha e chocolate em pó enquanto conversávamos sobre nada em particular. Em pouco tempo o cheiro de calda quente dominava a cozinha, e eu suspirei satisfeita. Peguei duas vasilhas, servi duas bolas generosas de sorvete e reguei com a calda quente.

— Vamos comer! — anunciei, sentando e pegando a primeira colherada de sorvete.

Samuel riu, um som profundo que ecoou no meu coração.

— Que foi? — perguntei com a boca cheia.

— Você me faz rir.

— Por quê?

— É uma garota linda de cachos loiros e grandes olhos azuis. Está sempre de vestido e com as unhas dos pés pintadas, totalmente antiquada. Livros, música, tudo... Você é completamente feminina. Não esperava ver você comer desse jeito. E fez a mesma coisa mais cedo, na lagoa. Você gosta de comer. E eu imaginava que você era do tipo que põe um guardanapo no colo e come pequenas porções, como uma lady.

— Nada de lady! — Dei risada. — Adoro comer. Por isso eu corro todas as manhãs. Caso contrário, já teria me tornado uma grande musa de Rubens.

— Não sei bem quem é esse, mas tenho certeza de que você seria uma musa linda.

Samuel também começou a comer, e saboreamos o sorvete em silêncio até a última gota de calda quente. Contive o impulso de lamber o fundo da tigela. Samuel foi em frente.

— Essa calda ficou incrível — ele disse.

— É uma delícia! Receita da minha mãe.

Lavei as tigelas, e Samuel foi até a sala e sentou na banqueta do piano, me observando pela porta estreita que ficava de frente para a pia.

— Quer ir comigo visitar a minha avó?

— A Nettie? — perguntei, confusa.

— Não. Quer ir comigo ao Arizona conhecer a minha avó Yazzie? Olhei para ele e vi que a proposta era séria.

— Quando?

— Amanhã.

— Mas... eu trabalho no salão amanhã e... Quanto tempo ficaríamos fora?

— A sua tia não te daria alguns dias de folga?

— É claro que sim, não tenho nada marcado. Eu ficaria lá só para atender uma ou outra cliente que aparecesse sem marcar horário.

— Dilcon fica a mil e cem quilômetros daqui. Precisamos de um dia inteiro na estrada para ir, outro para voltar, e eu quero passar três dias lá. Cinco dias, então. Amanhã é sábado. Chegamos aqui na quarta à noite. Você acha que pode dar um jeito?

Mordi o lábio e pensei um pouco. Era tentador. As longas horas de estrada seriam incríveis. Conversar com Samuel era sempre revigorante, e a perspectiva de ouvir música e falar com ele por horas e horas era irresistível. Meu pai estava viajando. Não ia telefonar para casa. Não tinha sinal de celular onde ele estaria. Eu teria que cancelar as aulas de piano, mas o prejuízo não seria fatal. Não tinha nem onde gastar dinheiro. Acho que hesitei por tempo demais.

— Por favor, Josie. Quero que você conheça a minha avó. Já falei com ela sobre você. Acho que você vai gostar dela.

Virei para encará-lo.

— Tudo bem. Eu vou. Sempre quis conhecer a sua avó Yazzie. Mas não posso sair muito cedo. Preciso telefonar para a Louise e para os meus alunos.

— Ligue do caminho, Josie. Leve o celular. Eu passo aqui às seis da manhã.

E o "por favor"? O chefe Samuel estava de volta. Chefe não era a palavra certa. Ele era mais direto e objetivo, mas acusá-lo de ser autoritário me fazia sentir melhor, quando ele começava a dar ordens.

Samuel continuou:

— Quero chegar na reserva antes do anoitecer. Já é bem difícil achar o *hogan* da minha avó de dia. E ela pode estar em qualquer lugar. Liguei para o posto comercial quando voltei ao país e deixei um recado para ela. Disse para se preparar para me receber neste fim de semana. Ontem telefonei novamente, e o encarregado do posto disse que ela havia estado lá com um de seus tapetes e recebeu o recado.

— É assim que vocês se comunicam? — perguntei, incrédula.

— Funciona. Minha avó não sabe ler ou escrever, e ela não tem telefone.

Senti um desconforto, uma sensação de que essa reunião poderia ser bem estranha. Eram dois mundos muito diferentes. Samuel deve ter lido alguma coisa em minha expressão, porque se levantou e caminhou até onde eu estava, apoiada na pia. Ele tocou meu rosto com leveza.

— Não se preocupe. É fácil gostar da minha avó. Pense nisso como uma aventura.

Sorri meio hesitante.

— Vejo você amanhã — ele falou com voz rouca.

— Prometo levar jeans e botas — comentei com uma careta. Havia desistido das calças velhas e das camisetas de segunda mão fazia muito tempo. Ainda as tinha (em Levan, quem não tinha?), mas não eram minhas roupas preferidas.

— A minha avó também usa saia todos os dias... mas leva. A menos que você tenha uma saia longa que sirva para cavalgar — Samuel brincou. Depois se despediu e saiu, e ouvi o motor da caminhonete do lado de fora.

Subi a escada apressada e comecei a jogar coisas dentro da mala. Eram quase dez horas. Eu não ia conseguir dormir. Meu coração batia acelerado com a expectativa.

264

18
oratório

DORMI AGITADA E LEVANTEI PARA REFAZER A MALA VÁRIAS VEZES. Nunca estivera em uma reserva indígena. Não sabia de que ia precisar. Acordei antes de o despertador tocar e fiquei ali, cansada, arrependida de ter aceitado o convite, tentando entender o que havia provocado minha decisão tão impulsiva. Na verdade, eu sabia por que ia. Para ser bem honesta, tudo tinha a ver com passar mais tempo com Samuel, o que era completamente idiota. Samuel iria embora de novo. Logo. E eu ficaria em Levan. Logo.

Saí da cama, tomei banho e tentei me livrar daquela sensação de privação de sono. Fiquei pronta antes de Samuel chegar e sentei na varanda para esperar com Yazzie. Ele descansava a cabeça no meu colo e olhava para mim com cara de tristeza. Sabia que eu ia partir e que não o levaria. Samuel tinha telefonado na noite passada, pouco depois de ter saído de casa, para avisar que Nettie iria alimentar as galinhas e cuidar do Yazzie. Fiquei um pouco constrangida por ela saber que eu ia viajar com Samuel, embora estivesse grata por ele ter garantido os cuidados para Yazzie. O que ela pensava sobre o convite? Não queria saber, na verdade. Esperava que ela não comentasse nada com ninguém, mas imaginava que em breve a cidade inteira estaria sabendo.

265

Talvez até já tivessem outras novidades, quando eu voltasse. Suspirei profundamente, certa de que atrairia olhares curiosos por muito tempo, depois dessa pequena "aventura" que Samuel havia planejado.

Ele chegou às seis em ponto, e meu coração disparou quando o vi descer da caminhonete com um sorriso dançando nos lábios.

— Pronta?

Abracei Yazzie e saí da varanda levando a bolsa. Não sabia o que levar, mas sabia que chegar no *hogan* de Stella Yazzie com uma enorme mala de roupas e cosméticos seria bem errado. Levava o mínimo possível.

Samuel olhou para a valise com ar de aprovação e a pegou da minha mão enquanto avaliava minha velha Levi's. Decidi usá-la com uma túnica de gaze branca e brincos de argolas. Não consegui endurecer completamente o visual e calcei sandálias. Deixei as botas no chão, na frente do banco do passageiro da caminhonete, porque sabia que ia precisar delas quando chegássemos lá.

— Toda feminina — Samuel brincou.

— Ei, eu sei cavalgar, limpar o estábulo, tirar leite da vaca e enfrentar galinhas furiosas, senhor. Só que gosto de me vestir como mulher. Passei muitos anos usando as roupas velhas dos meus irmãos. Algum problema com isso?

— Não, senhora. Definitivamente, nenhum problema com a sua aparência. — Não havia mais nenhum sinal de deboche na voz dele.

Engoli em seco e tentei não sorrir.

Samuel havia abastecido a caminhonete antes de ir me buscar, e havia uma Coca diet no porta-copos esperando por mim, além de um saco de papel pardo de onde saía um cheiro maravilhoso.

— O pão de canela da Betty Suada! — gritei ao reconhecer o aroma.

— De quem? — Ele entrou na caminhonete e ligou o motor.

Contei sobre o apelido de Betty enquanto comia um doce e morno pedaço do paraíso.

— Queria ter sido informado desse apelido antes de cheirar os pães doces. — Ele forçou um arrepio de repulsa.

266

— Se você perdeu o apetite, eu posso comer o último — avisei lambendo os dedos. — Pode falar o que quiser sobre Levan, mas a cidade tem suas vantagens. As delícias da Betty Suada estão entre elas, suada ou não.

— Sinceramente, só tenho coisas boas para falar sobre Levan. — Samuel apoiou os antebraços no volante, pronto para a longa jornada.

— Sério? — Lembrei como o que a avó dele disse sentada à mesa da cozinha de casa anos atrás havia me deixado com uma impressão diferente. — Você acha que pode querer morar aqui um dia? — Mal acabei de falar e já me arrependi. As palavras davam uma impressão de desespero, como se eu quisesse fazer planos de casamento e procurar uma casa para morar. E não era nada disso.

Samuel olhou pela janela por um instante, depois para mim, a testa ligeiramente franzida.

— Não, Josie. Eu não quero morar aqui.

Pensei em abrir a porta e me jogar na estrada. Contive a urgência de me explicar. Tudo o que eu dissesse só aumentaria ainda mais o tamanho do buraco. Terminei de comer sem saborear o pãozinho e bebi metade da Coca. O silêncio desconfortável se manteve por alguns quilômetros, enquanto o sol subia preguiçoso sobre as colinas e estendia seus longos braços pelo vale sonolento à esquerda da longa faixa da I-15, por onde viajávamos. Percorreríamos uns cento e trinta quilômetros dessa estrada antes de pegar a I-70 e continuar para Moab, a leste, atravessando o vale Monument para entrar no Arizona.

Finalmente relaxamos o suficiente para conversar, e eu superei o desconforto quando começamos a falar sobre a vida de militar de Samuel. Eu tentava pensar em histórias engraçadas do cotidiano de Levan. Minha vida foi muito diferente da dele nos últimos anos, mas não me sentia distante de Samuel por causa de suas experiências, como quando lia as cartas que ele mandava no passado. Só queria saber mais, entendê-lo melhor.

Paramos para almoçar em Moab e voltamos à estrada em quinze minutos, levando os tacos para viagem. Samuel queria encontrar a avó antes do anoitecer, e ainda tínhamos muito chão pela frente. A paisagem ia se tornando mais austera e dramática. Grandes platôs e montanhas se erguiam das planícies como enormes castelos revestidos de densa rocha vermelha. Sempre tentei imaginar como os mórmons se sentiram quando seu líder declarou que o vale de Salt Lake era "o lugar". Eles tinham viajado muito e por tanto tempo, sofrido terrivelmente, só para acabar em um vale estéril, sem árvores e sem água. Como o coração de cada um deve ter vacilado, o desespero ameaçando dominar a todos. Mas eles resistiram e prosperaram. Agora eu me perguntava como as antigas tribos indígenas conseguiram viver e prosperar naquela paisagem desértica. Podia ser majestosa e ter uma beleza estonteante, mas era inóspita. Devo ter pensado alto, porque Samuel se debruçou sobre o volante e olhou para a paisagem à nossa volta antes de começar a falar.

— Os hopi têm uma lenda interessante sobre como vieram parar aqui.

— Hopi?

— Os índios hopi ocupam um território aqui na área das Quatro Esquinas, principalmente no alto do deserto do Arizona, que é uma região cercada por todos os lados pela nação navajo. Os hopi são pacifistas. Na verdade, hopi significa "povo pacífico e sábio". Essa história ilustra o tipo de aceitação humilde que caracteriza esse povo. Enfim, eles dizem que, quando os humanos rastejaram do submundo para este mundo, uma ave os recebeu com várias espigas de milho de todos os tamanhos e cores. A ave disse que cada tribo ou família devia escolher uma espiga. A espiga de milho definiria o seu destino. Por exemplo, os navajos pegaram a espiga amarela, o que significava que teriam muita alegria, mas uma vida curta. — Samuel parou de falar e olhou para mim. — Não tive muita alegria na vida, e espero que a outra parte também falhe. Enfim, todas as tribos começaram a escolher as espigas. Os utes pegaram o milho cinza, os comanches pegaram o vermelho. Os hopi ficaram de lado vendo todo mundo brigar pela melhor espiga, sem pegar nenhuma. Finalmente, restou apenas a espiga azul e pequena, a que ninguém quis. A espiga de milho azul previa um destino de muito trabalho e dificuldade, mas também previa vida longa e plena. O líder dos hopi pegou o milho azul e aceitou o destino de seu povo, e eles foram procurar um lugar para viver. Depois de um tempo, encontraram três mesas no deserto. O deus da morte, Masauwu, era o dono da terra. Ele disse que o povo podia ficar. Os hopi olharam em volta e disseram que a vida seria difícil ali, mas ninguém mais queria aquela terra, então ninguém tentaria tirá-los de lá.

Eu ri alto.

— Isso é que é ver o lado positivo das coisas.

— E eles estavam quase certos. Os hopi eram agricultores e, como criaram métodos bem-sucedidos de produzir milho naquele ambiente, eram constantemente saqueados por tribos ute, apache e navajo que queriam o milho deles.

— Ninguém queria a terra, mas todo mundo queria o milho?

— Isso.

Percorremos mais alguns quilômetros em silêncio, cada um perdido nas próprias reflexões.

— Eu gosto de como você sabe não só a sua história, mas a de outras tribos. É como ter o meu guia pessoal de tudo o que é indígena.

— A maioria das lendas indígenas é variação da mesma história. Podemos contá-las de um jeito um pouco diferente, ou ter a nossa visão das coisas, mas são todas semelhantes, especialmente entre as tribos que ocupam a mesma área geográfica. Os hopis têm muitas semelhanças religiosas com os navajos. Ambas as tribos dão muita importância às cerimônias religiosas. As duas religiões giram em torno de harmonia, do equilíbrio, da importância de ter um bom coração, o que basicamente é resultado de estar em paz com o povo e as circunstâncias de sua vida.

— *Hózhǫ* — lembrei.

Samuel se espantou, mas assentiu.

— Sim, *hózhǫ*. Como você conhece essa palavra?

— Lembro de ter conversado com você sobre harmonia há muito tempo. Pensei nisso muitas vezes depois. Até escrevi *hózhǫ* no meu Mural de Palavras.

— Imagina só: uma garotinha de Levan, Utah, com uma palavra em navajo escrita na parede.

— É, imagina. E então, Samuel?

— O quê?

— Você encontrou?

— O quê?

— Harmonia, equilíbrio, *hózhó*... seja qual for o nome. Você encontrou algo assim, já que passou todos esses anos fora?

Samuel olhou para mim por um momento, depois para a estrada.

— Essa busca é uma coisa contínua, Josie. A gente não encontra e guarda. É como manter o equilíbrio em cima de uma bicicleta. Uma coisinha qualquer pode fazer você balançar. Mas aprendi que grande parte da harmonia, para mim, está em ter um propósito. Também tive que superar muita raiva e muita tristeza. Quando te conheci, eu era cheio de raiva. Comecei a mudar quando o meu coração começou a amolecer.

— E o que amoleceu o seu coração?

— Boa música e uma amiga.

Senti meus olhos arderem um pouco e virei para o outro lado, piscando para afastar as lágrimas.

— A música tem um poder incrível.

— Assim como a amizade.

— Você também foi um bom amigo para mim.

— Não fui. Não cheguei nem perto disso. Eu fui desagradável e mesquinho, mas você não guardou rancor. Eu nunca consegui te entender. Era como se você me amasse, independentemente do que eu fazia. Eu não entendia aquele tipo de amor. Então tive uma experiência que foi uma lição. Você sabe que eu levei a Bíblia do meu pai quando fui para o Corpo de Fuzileiros. Eu tinha lido alguma coisa das escrituras sagradas. Ia virando as páginas, lendo aqui e ali, começando e parando. Acho que nunca falei com você sobre essa experiência. Talvez esteja em uma daquelas cartas que eu trouxe. Eu estava no meio do Afeganistão, em uma área onde acreditávamos haver um grande gru-

270

po de guerreiros talibãs. Tinha um em especial que queríamos pegar. Havia boatos de que o próprio Bin Laden estava por lá. Fui mandado na frente com outro atirador. Andávamos sempre em duplas, e nós fomos fazer uma varredura na região, procurar uma possível passagem para uma série de cavernas que os terroristas supostamente usavam como esconderijo. Passei horas a fio deitado de bruços olhando pela mira do rifle, e isso durou três dias. Estava exausto e irritado e queria explodir todo aquele país esquecido por Deus e voltar para casa.

— Deve ter sido horrível.

— Foi. — Samuel riu sem nenhum humor e balançou a cabeça. — Antes de ser mandado para essa missão de reconhecimento, eu estava lendo a parábola do filho pródigo. Aquilo me deixava furioso. Fiquei revoltado pelo filho que não tinha ido embora de casa, que era fiel e depois foi deixado de lado pelo pai. Eu acreditava entender o que Jesus tentava ensinar com aquela parábola. Na minha cabeça, aquilo tinha a ver com Jesus amar o pecador, não o pecado, com termos o seu perdão se nos arrependermos, voltarmos para ele e aceitarmos a sua cura. E eu sabia que tudo isso era verdade, mas pensava em como não era certo e não era justo, e em como o "bom filho" não merecia ser ignorado. Pensava até que a parábola de Jesus não era o melhor exemplo de acolher o pecador de volta ao ninho. Ele podia ter usado uma história melhor para ilustrar esse argumento. E lá estava eu, cansado, sem paciência e com essa história do filho pródigo na cabeça. E então eu vi o que parecia ser o alvo se aproximando daquela entrada com mais dois homens. Fiquei animado, porque pensei que finalmente alguém teria o que merecia. Dá para imaginar? Eu criticando mentalmente o mestre enquanto me preparava para estourar os miolos de um sujeito. Fiquei muito animado, recebi a ordem de atirar para matar, e de repente meu parceiro avisa: "Não é ele".

Samuel balançou a cabeça e continuou:

— Eu disse que era ele, insisti que era o homem e continuei querendo atirar mesmo depois de perceber que o sujeito não era o nosso alvo. — Voz e corpo estavam tensos, e Samuel balançava a cabeça, irredutível, levado de volta ao esconderijo em um país distante. — Eu estava me preparando para apertar o gatilho, e de repente, do nada, uma voz falou comigo, uma voz tão clara quanto a do meu parceiro, que estava bem ao meu lado.

Samuel faz uma pausa, e seu rosto foi tomado pela emoção.

— Mas não era o meu parceiro. Ele ainda cochichava desesperado, repetia que não era o nosso homem. A voz que eu ouvi falava só para mim, só eu podia escutá-la. E ela disse: "Quanto deves ao meu Senhor?"

O silêncio na cabine era denso, dominado por alguma coisa parecida com angústia. Eu não entendia o significado da pergunta, mas sabia que Samuel a havia entendido e esperei que ele controlasse as emoções antes de compartilhar o seu insight. Ele respirou fundo algumas vezes e continuou com um tom meio rouco, um pouco inseguro.

— A história do filho pródigo não é apenas sobre os pecados do filho que partiu e voltou. É sobre os pecados do filho fiel também. — Samuel olhou para mim, e eu olhei para ele, esperando que continuasse. — Naquele lugar, um canto rochoso do Afeganistão, eu estava tão envolvido com a necessidade de todo mundo ter o que merecia que quase matei um homem que eu sabia que não era um alvo. Ele podia estar procurando um bode perdido. Não importa. O que é importa é: O que cada um de nós realmente merece, Josie? A que temos direito? As palavras que eu ouvi naquele dia eram as parábolas que Jesus ensina a seguir no livro de Lucas sobre o administrador injusto. Eu tinha lido esse trecho logo depois da parábola do filho pródigo, mas fiquei tão impressionado com o que percebi como injustiça em uma parábola, que não li de verdade as palavras da outra. "Quanto deves ao meu Senhor?" Quanto? Quanto eu devo? A verdade é que eu nunca vou poder pagar a minha dívida. Nunca. Todos nós devemos *tudo* a Deus. Não existe tamanho de dívida. Não sou menos devedor do que o homem que quase perdeu a vida pelas minhas mãos. O filho mais fiel não é menos devedor que o seu irmão pródigo. Todos nós devemos tudo a Jesus Cristo. Mas, no fim da parábola, o pai amoroso diz ao filho zangado: "Filho, tu estás sempre comigo, e tudo que tenho é teu". Isso é amor. Dois filhos que não eram merecedores, ambos amados e aceitos. Naquele dia, com um lembrete sutil, um pai misericordioso me mostrou quanto eu não era merecedor... e me salvou, apesar disso. Foi nesse dia que eu comecei a realmente entender.

Soltei o cinto de segurança e deslizei para perto de Samuel no banco da caminhonete. Apoiei a cabeça em seu ombro e segurei sua mão direita com as minhas duas. Ficamos ali com lágrimas nos olhos, de mãos dadas, sem palavras por muitos quilômetros.

⁊⁊

CHEGAMOS A DILCON POUCO ANTES DO PÔR DO SOL. TUDO ERA muito parecido com qualquer outra cidade pequena. A paisagem era um pouco diferente, as placas anunciavam tapetes e joias navajos, mas, para falar a verdade, não parecia ser muito diferente de Levan. Andamos pela cidade atravessando ruas sem sinalização ou placas, passando por rebanhos de carneiros e um ou outro trailer de largura dupla. Contei algumas caminhonetes abandonadas. Vi um *hogan* com aparência descuidada no meio do nada e apontei para lá.

— Quando o dono de um *hogan* morre, ninguém mais mora nele. Lembra do *chįįdii*? Como o espírito mau permanece? Acreditando ou não no *chįįdii*, o respeito à tradição determina que o *hogan* deve ficar vazio para ser devolvido à mãe terra. Você vai ver alguns *hogans* abandonados. Hoje em dia, cada vez menos navajos moram em *hogans*. É mais confortável ter água encanada, eletricidade e temperatura controlada. Mas temos alguns tradicionalistas, sem dúvida. A minha avó Yazzie é uma.

Não entendi como Samuel sabia o caminho, mas ele foi entrando em ruas e saindo delas até percorrer uma via de terra para um *hogan* solitário com uma velha caminhonete marrom parada na porta. Um grande curral feito com estacas de zimbro unidas aleatoriamente ocupava um espaço ao norte do *hogan*. Havia uns cem carneiros, pelo menos, confinados no cercado. O *hogan* ficava de frente para o leste. A porta estava aberta, e as sombras criadas pelo sol poente envolviam a frente da casa, onde uma mulher pequena e idosa penteava o que parecia ser lã e a enrolava em torno de uma grande colher de pau. Ela não se moveu nem levantou de onde estava sentada quando paramos e Samuel desligou o motor. Descemos meio duros, e eu fiquei para trás, enquanto Samuel se aproximou da mulher, a tirou da banqueta e a segurou entre os braços. Lã e colher caíram no chão quando ela o abraçou, as mãos pequenas deslizando pelos braços e costas fortes, tocando seu rosto enquanto ela murmurava coisas que eu não conseguia entender.

Samuel a pôs no chão e virou para mim com a mão estendida. No idioma navajo, ele me apresentou a sua adorada *shimasani* Yazzie.

Vovó Yazzie tinha a beleza de uma madeira antiga. Quente e marrom, com uma sabedoria tão profunda que comecei a procurar nas linhas de seu rosto as respostas para questões maiores da vida. O cabelo era grande e grosso, preso no tradicional coque navajo. A camisa era roxa, meio desbotada e de mangas longas, e a saia era rodada, cheia de camadas e azul. Ela usava velhas botas amarradas de caubói e grandes anéis de prata e turquesa no dedo anelar das duas mãos enrugadas. Não era muito alta, devia ter um metro e meio, mas era forte e compacta. Um vento forte não a derrubaria. Na verdade, eu tinha a impressão de que poucas coisas a derrubariam.

Ela assentiu para mim de um jeito quase nobre, depois voltou a se concentrar no neto. Apontou seu *hogan* e nos convidou a entrar. O *hogan* era mais espaçoso do que eu imaginava. Um grande tear ocupava quase um lado inteiro. Do outro, havia um colchão, uma pequena cômoda com gavetas e um fogãozinho a lenha. A mesa grande e as duas cadeiras ocupavam a área da cozinha.

— Minha avó está preocupada, ela acha que você pode ficar mal acomodada aqui. Já expliquei que você nunca teve ninguém te cobrindo de cuidados, e que ela também não deve se preocupar. Falei que você só vai ficar desconfortável se ela estiver desconfortável. Acho que isso a deixou mais tranquila.

Era impressionante como Samuel me entendia.

Comemos uma refeição simples de pão frito e ensopado de carneiro. Senti meus olhos pesados quando fiquei sentada em uma das cadeiras da cozinha, ouvindo a conversa cadenciada entre Samuel e a avó. As mãos de vovó Yazzie estavam sempre ocupadas. Ela havia me mostrado, com a ajuda da interpretação de Samuel, o tapete em que estava trabalhando no tear. Ele tinha apenas as cores naturais da lã tecida no desenho complexo. Ela disse que misturava a própria tinta extraída de diferentes plantas, mas não havia usado nenhuma naquele tapete. O vermelho, o marrom, o preto e o cinza no desenho eram as cores da lã extraída de seus carneiros. Perguntei se ela planejava o desenho com antecedência. Samuel respondeu por ela, sem nem traduzir a minha pergunta.

— O padrão surge sozinho. A lã avisa qual será o desenho. Existem os padrões tradicionais, esqueci o que significam. Mas cada um conta uma história. Algumas são complicadas e envolvem padrões de detalhes muito complexos. Minha avó disse que esse é um tapete cerimonial.

Tudo isso fazia sentido para mim.

— Tecer é como compor música — comentei. — A música praticamente se cria sozinha. Você só precisa começar a tocar.

Samuel falou em navajo, contando à avó o que eu tinha dito e o que ele me disse. Ela assentia enquanto ouvia, concordando com a explicação e sorrindo para mim, provavelmente quando ele relatou o que eu falei sobre a música.

Naquela noite, Samuel dormiu na caminhonete, e eu dormi em um colchonete no *hogan*, com a avó dele deitada silenciosa ao meu lado. Naquela noite sonhei que eu sentava ao tear e tecia um tapete com estampas de espigas de milho vermelhas, amarelas, azuis e brancas. Havia uma ave pousada em meu ombro, e ela me disse para eu escolher meu destino. Cada vez que eu pegava uma espiga amarela, a ave bicava minha mão e cantarolava: "Não é para você! Não é para você!", com uma voz esganiçada de papagaio.

Passamos o dia seguinte em cima do cavalo, tocando o rebanho pelo cânion para pastos mais verdes. O inverno chegava mais cedo em lugares mais altos, e em um mês o rebanho ficaria confinado perto do *hogan* de vovó Yazzie. Acordamos antes do sol, e eu fiz o possível para ficar bonita, mesmo sem muitos recursos. Sabia que meus dias com Samuel estavam contados e queria que fossem importantes. Não havia examinado meus sentimentos por ele além do prazer de tê-lo de volta. Sabia que estava me enganando quando evitava pensar mais profundamente no assunto, mas simplesmente não podia considerar o que viria a seguir. Fazia muito tempo que eu não montava, e sabia que sentiria os efeitos no dia seguinte. Nunca havia tocado um rebanho caprino, e sabia que vovó Yazzie não precisava da minha ajuda, então fiquei para trás esperando orientações e, principalmente, desfrutando da companhia tranquila de Samuel e da avó dele.

O frio da manhã deu lugar a sol e céu azul, com uma lembrança sutil do outono no cheiro do vento. Quando chegamos ao vale onde o rebanho passaria várias horas, desmontamos e prendemos os cavalos, amarrando as patas traseiras juntas, e comemos um pouco de carne-seca e pão frito que havia sobrado da noite anterior. Depois descansamos enquanto os animais pastavam.

Estava cochilando, ouvindo a conversa entre Samuel e a avó dele sem entender nada, é claro, e sem sentir necessidade de entender. Samuel tocou meu braço e eu abri um olho.

— Tinha um carrapato em você. A minha avó disse que este ano eles estão terríveis.

Pensar em um carrapato grudando no meu braço foi tão eficiente quanto um balde de água gelada para acabar com meu sono. Sentei, passei as mãos nos braços e nas pernas e deslizei os dedos pelo cabelo.

— Você sabe por que o carrapato é achatado, não sabe? — Samuel estava sentado, apoiado em uma pedra grande. Não parecia preocupado com os carrapatos que andavam por ali.

— Nunca olhei para um por tempo suficiente para saber que ele é achatado — reconheci, ainda limpando a calça jeans.

— Outra história navajo... que a minha avó conta melhor que eu...
Mas a lenda diz que Coiote, o Trapaceiro, um dia estava andando quando encontrou uma velha. A velha diz a ele que tem um gigante por ali, e ele devia virar e ir embora. Ele responde que não tem medo de nada, muito menos de um gigante, e continua andando. Mas ele pega uma vara afiada, só por precaução, pensando que poderia precisar dela se encontrasse o gigante. Depois de um tempo, ele chega à boca de uma enorme caverna e, curioso como a maioria dos coiotes, entra para explorar o lugar. Depois de andar um pouco, ele vê uma mulher deitada no chão da caverna e pergunta qual é o problema. A mulher diz que está tão fraca que não consegue levantar. Coiote pergunta se ela está doente. A mulher responde que está morrendo de fome, porque está presa na barriga do gigante sem nada para comer. Coiote então quer saber que gigante é aquele. A mulher ri e diz que ele também está dentro da barriga do gigante. A caverna em que ele havia entrado era a boca do gigante. Ela explica que é muito fácil entrar, mas ninguém consegue sair. Sem saber o que fazer, Coiote continua andando e explorando. Ele encontra mais gente, todas fracas e famintas. Então diz a elas: "Se isso aqui é a barriga de um gigante, as paredes são feitas de músculos e gordura, então podemos cortar e comer a carne". Aí ele usa a vara afiada e os dentes para cortar a carne das paredes da barriga do gigante. Ele alimenta todas as pessoas, que ficam felizes. Elas dizem: "Agradecemos por nos alimentar, mas ainda não podemos sair". Coiote então fala: "Se essa é a barriga do gigante, o coração dele não pode estar muito longe. Vou encontrá-lo, perfurá-lo com esta vara e matá-lo". Uma das pessoas diz: "Vê aquele vulcão grande pulsando ali? Aquilo é o coração do gigante". Então o Coiote escala o vulcão e crava a vara nele. O gigante grita: "É você, Coiote? Para de me cortar e perfurar, e eu abro a boca e deixo você sair". Mas Coiote não queria apenas sair e se salvar, ele precisava salvar os outros também. A lava grossa começa a transbordar do vulcão, que é o coração do gigante. O gigante começa a tremer, e o Coiote diz para as pessoas que o vulcão está causando um terremoto e vai abrir a boca do gigante, então elas podem fugir.

Enquanto o gigante está agonizando, urrando de dor, as pessoas que estão presas em sua barriga fogem pela boca aberta. E assim o Coiote salva todas elas. — Samuel olhou para mim.

— É uma boa história... mas não entendi o que tem a ver com o carrapato.

— Ah, sim. — Ele sorriu. — O carrapato é o último a sair, e ele está se arrastando para fora quando o gigante morre e fecha a boca. Coiote precisa puxá-lo do meio dos dentes do gigante, e daí ele fica achatado.

— Ah, claro, faz sentido. — Ri alto. — Eu gosto disso nas lendas indígenas, elas parecem ser uma mistura do absurdo com o muito prático.

A avó de Samuel estava sentada ali perto, trabalhando com a lã novamente, e levantou a cabeça quando eu ri. Parecia ter acompanhado nossa conversa, e concluí que ela devia entender inglês, embora não falasse o idioma.

Ela falou comigo, mas eu não entendi. Seu rosto era gentil e as palavras eram suaves.

— Minha avó está dizendo que, como as histórias na minha Bíblia, as lendas têm lições escondidas, se você prestar atenção. A lição por trás da história é a parte mais importante. — Samuel traduziu para mim.

— Como as parábolas?

Vovó Yazzie balançou a cabeça para dizer que sim, como se entendesse minha pergunta. Ela falou comigo de novo, agora num inglês afetado, e eu ouvi com atenção, sabendo que era desconfortável para ela e que a tentativa era por mim.

— Coiote não sabe ele preso. — Ela olhou para a lã que estava cardando e não falou mais nada.

Olhei para Samuel esperando algum esclarecimento, sem entender o que a avó dele quis dizer. Ele ficou em silêncio por um momento, depois olhou para mim e apertou um pouco os olhos, incomodado com o sol que começava a invadir nossa sombra.

278

— Coiote estava dentro da barriga do gigante e nem sabia. Não percebeu que estava preso. Acho que era isso que a minha avó estava tentando dizer.

— Também dá para dizer que Coiote era o único que não estava preso. — Dei de ombros, sabendo que a interpretação da avó de Samuel o fazia pensar em mim. Meu estômago protestou contra essa constatação, e de repente me senti ansiosa para virar o jogo. — Ele não teve dificuldade para sair, mas sabia que não podia deixar ninguém para trás.

— Humm. Eu devia imaginar que você entenderia a história desse jeito. — Samuel tocou meu rosto de leve. — Sinto que estou novamente no ônibus tentando acompanhar o seu raciocínio. Você sempre esteve dois passos à minha frente.

— Você se sentiria melhor se a gente disputasse um braço de ferro? Eu não teria a menor chance. — Foi um alívio mudar o rumo da conversa.

Samuel riu alto, e a avó dele levantou a cabeça e olhou com carinho para o neto. Depois, relutante, olhou para mim, e seus olhos estavam cheios de perguntas.

19
crescen.do

DIZEM QUE HÁ LIGAÇÕES ENTRE MATEMÁTICA, MÚSICA E ASTRO-nomia. Alguns dos maiores compositores foram ávidos observadores dos astros. As conexões entre matemática e música fazem sentido, embora sejam mais em sincronismo, contagem e notas de uma linha. Na verdade, algo neurológico acontece no cérebro quando certos tipos de música são tocados. Dizem que essa mudança neurológica afeta de maneira positiva a habilidade matemática. Eu era fascinada pelo que alguns pesquisadores chamavam de efeito Mozart e usava esse estudo para convencer as mães de alunos com dificuldades a manter seus filhos nas aulas de piano.

Mas a única ligação que já fiz entre astronomia e música tinha a ver com como cada uma me fazia sentir. Quando olhava para o firmamento, sentia a mesma reverência que me emocionava quando eu ouvia boa música. Nunca alguém me ensinou sobre as estrelas como a avó de Samuel fez com ele. Quando aprendi o assunto na escola, os livros didáticos não me inspiravam, era como se algum trecho vital fosse omitido. A galáxia era um enigma para o qual todo mundo fingia conhecer a resposta, mas ninguém conhecia. Na escola, eu sempre ficava impaciente com fatos e números que pareciam sugestões sem valor para alguma coisa que estava além de palavras e explicações.

No nosso terceiro dia na reserva, depois do jantar, Samuel e eu escalamos uma rocha perto do *hogan* da avó dele quando o sol se punha. Quando o roxo no céu foi substituído pelo negro, vimos as estrelas cintilarem e despertarem acima de nós. Com a chegada da noite, a exibição ficou ainda mais dramática, e eu senti o conhecido fascínio que sempre experimentava quando contemplava o céu. Meus membros pesavam e a barriga estava cheia, e me senti satisfeita e relaxada como não me sentia havia muito tempo.

A avó de Samuel matou uma cabra para celebrar nossa visita e passou os dois dias anteriores cozinhando. Eu não era muito enjoada para comer, mas, quando Samuel contou que a avó usava praticamente tudo da cabra, duvidei da minha capacidade de participar do banquete. Até a vi fazendo bolos de sangue, e, apesar do nome horroroso, não eram ruins. Eram pesados e nutritivos, e tinham um cheiro delicioso enquanto eram preparados. Duas amigas da vovó Yazzie a ajudaram com as preparações, e me surpreendi com quanto eram parecidas com as mulheres da minha igreja, rindo, brincando e trabalhando lado a lado. Admirei a engenhosidade e a riqueza de recursos daquelas pessoas. Elas usavam até cinzas de zimbro para engrossar e fermentar o pão.

O banquete de cabra foi uma animada reunião das amigas de vovó Yazzie, e todas pareciam ter muito carinho por Samuel. A mãe dele também compareceu, mas parecia pouco à vontade e hostil com a mãe. Em alguns aspectos, parecia ser mais velha que vovó Yazzie, embora não tivesse mais que cinquenta anos, provavelmente. Linhas profundas e olhos encovados falavam de uma mulher triste. Samuel ficou feliz por vê-la e a abraçou com ternura, mas aceitou indiferente quando ela foi embora pouco depois.

Agora, deitada ao lado dele na pedra quente e lisa, olhando para o infinito céu noturno, perguntei sobre a mulher que era sua mãe.

— Ela ainda mora com o meu padrasto, mas eu não o vejo desde que saí daqui, no último ano do colégio. O *hogan* da minha *shimasani* é o território neutro onde minha mãe e eu nos encontramos algumas vezes nesses anos todos.

— Ela não parece gostar muito da sua avó.

— Minha mãe não consegue atingir a minha avó. Acho que ela tenta provocar uma reação para justificar seus sentimentos ruins. Mas minha avó ama a filha e oferece paz sempre que ela aparece. Infelizmente, minha mãe traiu a si mesma muitas vezes e está se transformando em um urso.

— Um urso?

— É outra lenda. Quando eu era pequeno, minha avó me contou a história de uma mulher que foi capturada pelo clã Urso. Eles eram humanos de dia e ursos à noite. A mulher se casou com o chefe desse clã e, depois de um tempo, depois de muitos anos morando com esse clã, começou a desenvolver pelos e se tornou um urso.

— E a sua mãe está se transformando no urso com quem ela se casou?

— Você entende depressa, Josie. Na lenda, o urso é altruísta e amoroso, e acaba morrendo pela família, mas sempre me impressionei com essa ideia de nos transformarmos naquilo que nos cerca. — Samuel suspirou. — Ou só é mais fácil culpar meu padrasto do que responsabilizar minha mãe pelo que ela é hoje.

— Acho que a lenda é mais verdadeira do que você percebe. Já notou como casais idosos ficam parecidos depois de muitos anos de casamento? — Dou risada ao pensar em alguns casais que vivem em Levan, em como parecem irmãos por causa da semelhança.

— Se você casar comigo, daqui a cinquenta anos meu cabelo vai enrolar e meus olhos vão ficar azuis? — Samuel brincou sem desviar os olhos das estrelas.

Meu coração disparou, e a ideia de envelhecer ao lado de Samuel desfilou por minha cabeça em imagens emocionantes. Sentei de repente, abracei os joelhos dobrados e tentei pensar em alguma coisa, qualquer coisa que tirasse aquelas cenas da minha cabeça e a melancolia do meu coração.

Se Samuel percebeu meu desconforto, não disse nada. Só mudou de assunto, embora acariciasse meu cabelo enquanto falava.

— Vou passar os próximos dois anos em Camp Pendleton, em San Diego, Josie. Eu aceitei uma missão na base com a divisão de atiradores. Vou ser instrutor, vou treinar e trabalhar com fuzileiros especialistas em tiro com rifle. Não vou ter que morar na base e não serei considerado ativo para deslocamentos com a unidade. Fui aceito na faculdade de direito na Estadual de San Diego, e posso frequentar as aulas à tarde e à noite.

Ele tinha tudo planejado. Sabia o que queria. Quando conversamos na cozinha da minha casa, depois de correr juntos, ele disse que ainda não tinha decidido o que ia fazer. Aparentemente, agora ele sabia. Eu me sentia orgulhosa dele e frustrada ao mesmo tempo.

— Como você faz isso, Samuel? — perguntei e me surpreendi com a nota de confronto em minha voz. — Como pode vir aqui visitar a sua avó, ver que ela está envelhecendo, saber que um dia ela não estará mais aqui, não saber se esta é a última vez que a vê, e simplesmente ir embora de novo?

— Você acha que a minha *shimasani* precisa de mim aqui, Josie? — Ele se sentou, e os dedos que brincavam com meu cabelo seguraram meu queixo, virando meu rosto em sua direção. — Acha mesmo que ela quer que eu fique?

Tentei soltar o rosto, mas ele se aproximou de mim e respondeu à própria pergunta.

— Eu não vou mudar nada ficando aqui. A minha avó sabe que eu a amo, e ela espera que eu siga em frente. Lembra que contei que quando eu nasci ela enterrou o meu cordão umbilical em seu *hogan*, para que eu sempre tivesse um lar?

Assenti.

— Esse lugar está no meu coração, mas não pode ser a minha casa, não agora, talvez nunca. Lembra como a minha avó sabia que a escolha estava errada e tirou meu cordão do varal de armas?

Assenti de novo.

— Existem muitos tipos de guerreiros, Josie. Eu tenho sido um tipo, e você conhece o ditado: uma vez fuzileiro, sempre fuzileiro. Mas agora eu preciso ser outro tipo de guerreiro para o povo navajo. Quero ser advogado e ajudar o povo nativo a recuperar suas terras, e não me refiro só aos navajos. Nosso governo não precisa de acres e mais acres de terra. Sabia que o governo dos Estados Unidos é dono de mais da metade das terras do Oeste? Até sessenta por cento de algumas propriedades. O governo simplesmente toma as terras em nome do povo, mas o que faz na verdade é tomar as terras do povo. Os fundadores do nosso país, bem como alguns dos grandes chefes indígenas, devem estar revirando no túmulo com essa apropriação de terras.

Samuel suspirou, frustrado, soltou meu rosto e passou a mão na cabeça.

— Eu não quero nem começar a falar, Josie. — Ele olhou para mim de novo. — Você acha que eu devia ficar aqui com a minha avó no *hogan*? É isso que você está dizendo? Ficar aqui e cuidar do rebanho? Acha que a minha avó ia pensar que eu a amo mais se fizesse essa escolha?

Eu me senti a mais ordinária forma de vida e balancei a cabeça.

— Não, Samuel. Desculpa. Nem sei o que eu quis dizer.

O silêncio à nossa volta era interrompido por uma ou outra gargalhada que vinha do *hogan* lá embaixo e por uma orquestra de insetos noturnos. Vários momentos se passaram antes de ele falar:

— Talvez a gente não esteja falando sobre mim, Josie.

Samuel esperou paciente por uma resposta, mas, depois de um tempo significativo, ele se levantou, estendeu a mão, e eu a aceitei e fiquei em pé também.

— Vamos sair cedo amanhã. É melhor a gente voltar e ver se sobrou um pouco de sorvete de bucho de cabra.

— Eca! — gritei, certa de que ele falava sério.

— É brincadeira, meu bem. Mas olho de cabra é bem saboroso. Nosso povo trata esse prato como uma iguaria.

— Samuel!

Sua risada aliviou o aperto em meu peito, e nós voltamos ao *hogan* da vovó Yazzie.

NÃO HOUVE LÁGRIMAS QUANDO SAMUEL E A AVÓ SE DESPEDIRAM na manhã seguinte. O sol espiava por cima das montanhas a leste enquanto eles falavam em voz baixa, a cabeça de Samuel no ombro dela, suas costas inclinadas para permitir o abraço. Eu me afastei, envergonhada com as lágrimas em meus olhos. Acho que eu só não gostava de despedidas.

Senti a mão em minha manga, virei e vi vovó Yazzie perto de mim. Seus olhos estudavam os meus, notando, tenho certeza, que eu ameaçava chorar. Ela tocou meu rosto com a mão quente e áspera. Quando falou, seu inglês era quase perfeito.

— Obrigada por vir. Samuel ama você. Você ama Samuel. Sejam felizes.

Pus a mão sobre a dela e a segurei por um momento. Depois ela se afastou, e meus olhos transbordaram. Virei apressada e entrei na caminhonete. Samuel devia ter escutado o que a avó disse. Estava perto, a poucos passos de nós. As bolsas e os colchonetes já estavam na caçamba da caminhonete, e um minuto depois ele entrou e ligou o motor.

Quando partimos, engoli algumas vezes, tentando conter o fluxo de lágrimas que não cessava. Abri o porta-luvas, peguei um punhado de guardanapos do Taco Bell e limpei o rosto, tentando desesperadamente conter as emoções desgovernadas.

— Ah, Josie. O seu coração é mole demais.

— Eu não costumo chorar desse jeito. Faz anos que não choro assim. Desde que você voltou, eu não consigo parar. É como se uma nuvem tivesse explodido dentro de mim, e toda hora chove.

— Vem cá. — Quando deslizei para perto dele, Samuel beijou minha testa e afastou meu cabelo do rosto molhado. — Talvez você deva relaxar e deixar chover por um tempo.

E foi o que eu fiz. Chorei até secar as lágrimas, até achar que não voltaria a chorar por muitos anos. Depois apoiei a cabeça na coxa direita de Samuel e dormi com a mão dele no meu cabelo e Conway Twitty cantando "Don't Take It Away" no rádio.

285

FIZEMOS UM BOM TEMPO NA VIAGEM DE VOLTA PARA CASA. Aparentemente, todas as lágrimas que chorei pesavam, porque me senti estranhamente leve e vazia na maior parte do trajeto. Samuel e eu conversamos sobre várias coisas, mas era uma conversa leve. Pegamos chuva forte, e depois um arco-íris cortou o céu. Isso deu abertura a mais uma lenda navajo, sobre os filhos da Mulher Mutante tentando chegar à Casa Turquesa do deus Sol, do outro lado da Água Grande. A história relata que eles seguiram a orientação da Mulher Aranha, quando chegaram à Água Grande, e com cânticos e preces mergulharam as mãos naquelas águas, e então um enorme arco-íris apareceu para levá-los ao deus Sol. A história também conta que os filhos haviam encontrado uma mulher pequena e ruiva, que parecia um escorpião e cuspiu quatro vezes nas mãos deles, mas era uma boa história mesmo assim.

As peculiaridades da lenda me fizeram pensar se muitas outras histórias indígenas começaram como verdade muito tempo atrás e foram distorcidas pela repetição de uma geração a outra, como a brincadeira do telefone sem fio que as crianças fazem. Elas sentam em círculo e uma criança cochicha algo no ouvido do colega ao lado, e essa criança repete para a próxima, e assim por diante, até a frase percorrer todo o círculo. Se o círculo for grande o bastante, a frase dita no final raramente tem a ver com a que foi falada por quem começou a brincadeira. Perguntei o que Samuel achava da minha teoria.

— É provável que isso tenha acontecido — ele concordou. — Não havia como registrar as histórias com precisão, porque não tínhamos uma linguagem escrita. Muitas lendas e histórias do nosso povo agora estão registradas, e acho que podemos dizer que esse é um ponto positivo da assimilação de crianças navajo pelas escolas americanas. Falamos e escrevemos em inglês, e assim preservamos a nossa cultura. Mas acho que a maioria das lendas não era verdade nem no começo. Não no sentido que você está imaginando, pelo menos. Muitas lendas eram histórias que o povo nativo contava aos filhos para criar um código de conduta que regulava a vida. Eles não tinham uma Bíblia para ensinar aos filhos sobre um salvador amoroso, sua reparação e a vida depois da que temos aqui. Acho que muitas lendas são uma tentativa de explicar o que eles não entendiam, inclusive de onde vieram e por que existiam. Eles queriam saber o que todos nós queremos saber. Quem sou eu? Por que estou aqui?

Pensei no que Samuel disse e em minhas perguntas desesperadas depois da morte de Kasey. Até ele morrer, eu nunca havia questionado realmente os planos de Deus para mim. Não havia questionado quem eu era e por que estava aqui até não poder mais olhar para o futuro com algum tipo de alegria ou expectativa, até precisar de ajuda para encontrar um motivo para continuar. Foi então que precisei das respostas mais que tudo, e a única que encontrei, minha única razão de ser, acabou sendo a necessidade do meu pai. Depois Sonja precisou de mim, e eu encontrei alguma alegria em servir, e aquilo me amparou. Até agora. Agora eu tinha perguntas de novo.

⁓

CHEGAMOS A LEVAN POR VOLTA DAS SEIS E MEIA DA TARDE. Eu me sentia exausta e imunda, mas odiava me separar de Samuel. Sugeri que ele voltasse à minha casa para jantar em uma hora, depois que nós dois tivéssemos tempo para tomar um bom banho, depois de vários dias nos limpando com um balde e uma toalha de mão.

Abracei e beijei meu cachorro feliz e entrei no banheiro evitando o espelho, porque aquilo que eu não via não poderia me ferir. Tomei um banho caprichado e saí do chuveiro me sentindo quase nova. Joguei no cesto de roupa suja todas as roupas que levara para a viagem de cinco dias e vesti uma saia e uma regata cor-de-rosa leve, e foi uma alegria me maquiar com um espelho de corpo inteiro pela primeira vez em dias. Meu nariz estava um pouco queimado de sol e havia sardas novas no rosto, mas quando terminei tudo ficou ótimo, e o cabelo brilhava em torno dos meus ombros.

Comecei a preparar a massa e pus um pouco de linguiça no micro--ondas para descongelar. Depois de fritar as linguiças, acrescentei molho de tomate caseiro que eu havia congelado algumas semanas antes e decidi que era o suficiente para a refeição simples. Corri até a horta, peguei os vegetais para a salada e estava levantando com o cesto cheio de produtos quando Samuel me surpreendeu entrando pela lateral da casa. Meu coração deu cambalhotas, e voltei a respirar antes que perdesse os sentidos. Como, depois de apenas uma hora longe, eu podia ficar tão desesperadamente feliz ao vê-lo? O cabelo negro brilhava, e a pele bronzeada era radiante quando ele sorriu para mim, um sorriso que provocou uma corrente elétrica que saiu do estômago e foi até os joelhos trêmulos. Senti a terra sob os pés descalços e sorri para ele.

Samuel parou na minha frente, pegou o cesto da minha mão, deixou no chão, ao lado dos meus pés, e me abraçou. Seu cheiro era maravilhoso, um misto de zimbro, sabonete e tentação. Fechei os olhos quando seus lábios encontraram os meus e permaneceram sobre eles por alguns minutos.

— Fiquei com saudade — ele murmurou, e eu vi a tristeza em seu rosto quando abri os olhos. Samuel beijou minha boca mais uma vez, depois pegou o cesto de vegetais, passou o outro braço em torno da minha cintura, e nós entramos em casa.

Comemos com Yazzie dormindo no chão e o som distante de um regador de grama vibrando além da janela aberta. Beethoven brotava do estéreo, e eu estava perdida na música e na comida havia algum tempo, quando Samuel parou de comer para prestar atenção em alguma coisa.

Olhei para ele e perguntei qual era o problema.

— Como é o nome disso?

— O quê? A peça?

— Não, o termo musical. Você me falou uma vez. Quando a música sempre volta àquele mesmo som.

— Nota tônica?

— Sim, acho que era isso.

— Seu ouvido ficou bem afiado. Está ouvindo a nota tônica, e ela é mais sutil nessa peça que em outros trabalhos.

— Explica para mim o conceito.

— Bom... a nota tônica é a primeira nota de uma escala, que serve como a base em torno da qual todas as outras giram e gravitam. Se uma canção tem uma base tônica forte, dá para cantar essa nota ao longo da música inteira, e ela vai se misturar com todas as outras e todos os acordes.

— É isso mesmo. Agora lembrei. — Samuel parecia estar refletindo seriamente sobre esse conceito de teoria musical, e eu olhava discretamente para sua expressão séria.

Lavamos e enxugamos a louça juntos. O *Quarteto para cordas n. 13*, de Beethoven, tocava atrás de nós. Ele foi até a sala e desligou o som enquanto eu guardava o último prato. Depois se dirigiu ao piano e levantou a tampa.

— Faz tempo que não ouço você tocar, Josie. Toca para mim? — Os dedos correram sobre as teclas.

— Não sei. Você nunca cantou o lamento irlandês para mim — brinquei, lembrando nosso acordo na lagoa de Burraston.

— Humm. É verdade. Tínhamos um acordo. Tudo bem... Eu *conto* para você o lamento. Não vou cantar. Mas você tem que me prometer uma coisa antes.

Esperei, olhando para ele.

— Tem que prometer que você não vai fugir.

Samuel se afastou da banqueta e, ereto e altivo, olhou para mim.

— Não quero que o poema te faça sentir desconfortável. Ele é sobre amantes. Pode te deixar assustada e fazer você fugir, ou pode fazer você se apaixonar por mim.

Corei e sufoquei uma risada, como se a sugestão fosse ridícula.

— Quer dizer que eu não posso fugir, mas posso me apaixonar por você?

— Depende.

— Do quê?

— Do motivo da fuga.

— Você está falando em código.

Ele deu de ombros.

— Combinado?

— Combinado. — Estendi a mão, mas meu coração deu um pequeno salto no peito.

Samuel fechou os olhos por um minuto, como se tirasse as palavras do fundo da mente, depois inclinou a cabeça em minha direção e começou a recitar:

Oh, a wan cloud was drawn o'er the dim weeping dawn
As to Josie's side I returned at last,
And the heart in my breast for the girl I lov'd best
Was beating, ah, beating, how loud and fast!
While the doubts and the fears of the long aching years
Seem'd mingling their voices with the moaning flood:
Till full in my path, like a wild water wraith,
My true love's shadow lamenting stood.
But the sudden sun kiss'd the cold, cruel mist
Into dancing show'rs of diamond dew,
And the dark flowing stream laugh'd back to his beam,
And the lark soared aloft in the blue:
While no phantom of night but a form of delight
Ran with arms outspread to her darling boy,
And the girl I love best on my wild throbbing breast
*Hid her thousand treasures with cry of joy.**

Um nó gigantesco se formou em minha garganta, e nós nos olhamos. Respirei fundo tentando controlar a emoção que despertava dentro de mim. Samuel percorreu a distância que nos separava.

---

* "Oh, uma nuvem clara pairou sobre o amanhecer chuvoso/ Quando para perto de Josie finalmente eu voltei,/ E o coração em meu peito pela garota que eu mais amei/ Batia, ah, batia alto e acelerado!/ As dúvidas e os medos dos longos anos de sofrimento/ Parecem unir a voz com a chuva que insiste/ Ainda em meu caminho, como um rio caudaloso,/ A sombra do meu verdadeiro amor lamenta e persiste./ Mas o sol repentino beija a névoa fria e cruel/ E a transforma em gotas brilhantes que dançam./ E o rio escuro volta ao leito rindo,/ E a escuridão se tinge de azul:/ Não é um fantasma da noite, só uma forma exuberante/ Que corre com os braços abertos para seu querido menino,/ E a menina que mais amo em meu peito pulsante/ Esconde seus muitos tesouros com um grito de alegria."

— Foi exatamente assim que aconteceu. Você surgiu do nada no meio de um temporal, e de repente estava nos meus braços.

— Você está tentando me seduzir, Samuel? — Era para ser uma brincadeira, mas minha voz saiu como uma súplica contida.

— Não. — A voz de Samuel era morna e intensa.

— E eu sou a "garota que você mais amou"? — De novo a tentativa espirituosa falhou, e não consegui dar às palavras a leveza desejada. Não queria que ele respondesse e desviei o olhar rapidamente, me aproximando do piano. Sentei e comecei a tocar *Fantasie-Impromptu*, de Chopin, os dedos correndo soltos pelo teclado, a música tão frenética e rápida quanto meu coração disparado. O segundo movimento transformou-se em uma adorável melodia, e eu toquei durante vários minutos com Samuel atrás de mim, imóvel. Quando a peça retomou o ritmo febril do movimento de abertura, ele tocou meus ombros, e tive que me esforçar para ir até o fim da execução.

— Você fugiu. E disse que não fugiria. — Samuel suspirou atrás de mim.

— Eu estou aqui.

— Seus dedos estão voando na tentativa de escapar.

Pus as mãos no colo e baixei a cabeça. A música era muito reveladora. Chopin havia acabado de contar a Samuel exatamente o que eu sentia, apesar de eu ter tentado evitá-lo.

Uma das mãos subiu do ombro até a nuca, e ele brincou com um cacho que ali repousava. Senti um arrepio.

— Toque mais alguma coisa.

— Você não pode me tocar. Não consigo me concentrar quando você me toca. — Minha voz era um sussurro, e odiei a expectativa quase infantil.

Samuel tirou as mãos dos meus ombros e se afastou sem responder, foi se encostar na porta da sala, de onde podia ver meu rosto enquanto eu tocava. Assim não era muito melhor. Tentei fechar os olhos para conseguir me concentrar. Sabia o que ele queria ouvir. Sabia o que eu queria tocar, mas temia que novamente a música abrisse meu coração e revelasse demais.

291

Deixei os dedos dançarem sobre as teclas, cedendo à vulnerabilidade que ecoava em minha primeira composição. Não escrevia nada havia muito tempo. Eu compunha loucamente até conhecer Kasey, depois me permiti ser uma menina de dezessete anos. Era jovem e estava apaixonada, não sentia a melancolia que induzia meus momentos mais criativos, e não queria compor. Queria ter dezessete anos. Gostei de viver de acordo com minha idade uma vez na vida. É claro, depois que Kasey morreu, melancolia não foi mais um problema. Mas meu dom havia estado estranhamente adormecido nos últimos cinco anos.

Agora *Canção de Samuel* brotava das teclas e preenchia o espaço à nossa volta. Eu a aperfeiçoava enquanto tocava, lembrando todos os antigos sentimentos. Uma menina apaixonada por alguém que não podia ter. Meu coração doía no peito, mas continuei. Não esconderia mais. Mantinha os olhos fechados, e as mãos sabiam o que fazer. As teclas eram frias embaixo dos meus dedos, e me perdi na doce agonia da minha canção.

De repente Samuel estava ao meu lado na banqueta, seu corpo longo se acomodando junto ao meu, minhas mãos se afastando das teclas quando seus braços me envolveram e os lábios capturaram os meus. Também o abracei, e com a mão direita toquei seu rosto. A cabeça estava em seu ombro, e ele me puxou para o colo, a boca se movendo sobre a minha com fervor.

Ouvi minha voz dizendo seu nome enquanto ele levava a boca para meu queixo e depois pelo pescoço, deixando uma trilha de beijos. Senti um arrepio, e minha mão segurou seu rosto com mais firmeza, empurrando-o para que eu pudesse ver seus olhos. Ele olhou para mim, e sua respiração era ofegante, o que não acontecia nem quando ele corria. Os olhos brilhavam e queimavam, e a boca estava entreaberta numa tentativa de controlar a respiração.

— Como vou cumprir a promessa se você continuar me beijando? — sussurrei com urgência.

— Que promessa?

Ele não tinha me soltado, ainda me apertava com força.

— De não me apaixonar por você — murmurei. O calor que brotava do meu ventre desafiou a gravidade e subiu para o rosto, já vermelho.

Samuel não respondeu, e eu me soltei do abraço. Ele me deixou ir. Levantei e me afastei.

Ele me seguiu, e eu caminhei para a porta.

— Josie.

— Sim?

— Você não me deixou responder à sua pergunta.

— Que pergunta?

— Se você é a garota que eu mais amei.

Foi a minha vez de ficar em silêncio.

— Você não é a garota que eu mais amei, Josie.

Senti meus ombros enrijecerem com a rejeição.

— Você é a única garota que eu já amei — ele concluiu em voz baixa.

Parei de respirar. Não acreditava no que estava ouvindo.

— Sei que eu estou apressando as coisas. Não consigo me controlar. Eu te vejo, te escuto, e tudo o que eu quero é te abraçar e te beijar, e eu... peço desculpas se estou te pressionando...

A voz dele sumiu. Eu não sabia como responder. Meu coração galopava, e apoiei a mão no peito, sobre ele, para reduzir o ritmo. As mãos de Samuel eram leves sobre meus ombros, e ele me virou. Olhei para aquele rosto e me perdi no que sabia que estava por vir.

— Eu quero que você vá comigo para San Diego. Quero que case comigo. Agora, na semana que vem, no mês que vem, quando você quiser. Pode fazer faculdade, ou só tocar piano o dia todo. Eu não me importo, desde que você esteja feliz e comigo. — As mãos dele emolduraram meu rosto e os olhos eram suplicantes.

— Primeiro você diz para eu não me apaixonar, e cinco minutos depois me pede em casamento! — Eu estava agitada, a euforia ameaçando me dominar enquanto as responsabilidades me agarravam pelo pescoço.

— Ah, Josie! Estou fazendo uma confusão, não é? Por favor, tente entender. Eu quero que você me ame, porque eu amo você, amo tanto que chega a doer. Mas, se você vai fugir, me amar só vai te fazer infeliz.

— Não sou eu quem vai embora, Samuel. Por que você não pode ficar aqui? Por que tem que partir? — Eu chorava como uma criança.

— Pelas mesmas razões que me impedem de ficar na reserva. Meu futuro não está aqui. Eu tenho compromissos com os Fuzileiros Navais, comigo, até com o meu povo. Não é aqui que eu sou necessário.

— Eu preciso de você!

— Então vem comigo.

— Não posso. Não posso ir embora. Precisam de mim aqui.

— Eu preciso de você — Samuel implorou, repetindo minhas palavras. — Preciso de você porque eu te amo.

Eu me sentia distante, como se visse de longe uma cena em um livro de Jane Austen. Havia tristeza, mas era uma tristeza solidária, como sinto sempre por alguém que sofre, quase como senti no funeral da minha mãe, como se ainda não fosse real. Eu me afastei de Samuel.

— Eu não posso ir com você — falei. — Sinto muito. — Minha voz pesava nos lábios, como naqueles sonhos horríveis em que a gente tenta falar, mas não consegue porque a boca não obedece.

Samuel mudou de expressão por um instante, como se estivesse bravo comigo, depois se tornou suave. Seus olhos mergulharam nos meus.

— Eu tinha medo disso. Percebi alguma coisa hoje enquanto ouvíamos Beethoven. Você é como a nota tônica. A nota em torno da qual todas as outras giram. Você é o lar. Sem você, a canção pode nem ser uma canção, sua família pode não ser uma família. É disso que você tem medo, não é? Quem vai ocupar o seu lugar, ser a base e a nota tônica, se você partir? É isso que você tem sido para mim desde que te conheci. A nota que eu conseguia ouvir mesmo quando ela não era tocada. Aquela para a qual eu gravitava depois de tantos anos. — Ele se inclinou e beijou o topo da minha cabeça. A mão segurou meu ros-

294

to, o dedo traçou o contorno do meu lábio inferior trêmulo. — Eu te amo, Josie.

Depois Samuel virou e saiu da minha casa.

Na manhã seguinte a caminhonete dele havia desaparecido, como naquele dia depois do parto da Daisy, anos atrás.

20
sen.sí.vel

FAZIA DUAS SEMANAS QUE SAMUEL TINHA IDO EMBORA, E EU ME mantinha ocupada o máximo possível. Cumpria todos os meus deveres regulares, cortava cabelos, dava aulas de piano e corria muitos quilômetros por dia. Além disso, colhia o que restava na minha horta. Depois fazia conservas com tudo até a madrugada, potes de beterrabas, tomates, vagens e picles. Fazia lasanhas e caçarolas e congelava em porções individuais. Quando não sobrou nada para fazer conserva ou congelar, eu reorganizava a despensa e arrumava tudo em ordem alfabética. Depois decidi que a casa precisava de uma faxina caprichada. Esfreguei persianas, lavei cortinas e limpei os tapetes com vapor. Depois fui para o quintal. Em outras palavras... eu estava péssima.

Ouvia as músicas que amava enquanto trabalhava. Não seria mais covarde. Se agia como uma maluca, tudo bem! Na minha cabeça eu me enfurecia e jurava que a partida de Samuel não me faria recorrer ao holocausto musical. Estava cheia dessa bobagem! Toquei Grieg até ficar com os dedos duros e me dediquei com frenesi a *Islamey*, de Balakirev, castigando os alto-falantes. Meu pai chegou durante uma dessas sessões, virou e saiu novamente.

No décimo quinto dia, fiz um bolo de chocolate digno do livro dos recordes. Gorduroso, calórico, com várias camadas e pesando mais que eu, coberto com creme de cream cheese e salpicado com muitas raspas de chocolate. Sentei para comer com um garfo grande e nem me preocupei se deixaria cair migalhas na roupa. Comi com uma gula vista apenas naqueles campeonatos de quem come mais cachorro-quente, aqueles bem competitivos em que a asiática miudinha acaba com todos os gordões.

— JOSIE JO JENSEN!

Louise e Tara estavam paradas na porta da cozinha, chocadas e revoltadas, mas também com um pouquinho de inveja. A *Rapsódia n. 2 em sol menor*, de Brahms, fazia minha pequena cozinha tremer. Comer bolo ouvindo Brahms era uma nova experiência para mim. Eu gostava. E voltei a comer, como se elas nem estivessem ali.

— O que a gente vai fazer, mãe? — Tara perguntou.

Tia Louise era uma mulher muito prática.

— Se não pode vencê-los, junte-se a eles! — disse ela, animada.

Tara e Louise pegaram garfos. Elas também não tiveram preocupação com a roupa e as migalhas. Comemos mais quando o ritmo da música se intensificou.

— CHEGA! — Meu pai estava parado na porta. Parecia zangado. — Eu mandei vocês aqui para fazerem alguma coisa! O que é isso? A revolta dos comedores anônimos?

— Ah, pai, pega um garfo — respondi, sem parar de comer.

Meu pai se aproximou, tirou o garfo da minha mão e o jogou na parede. Os dentes cravaram no revestimento e o garfo ficou balançando como uma espada em um torneio medieval. Depois ele puxou minha cadeira, me segurou por baixo dos braços e me levou para fora da cozinha. Tentei pegar mais um pedaço do bolo, mas ele gritou, um urro sobrenatural, e eu desisti de comer até ficar enjoada.

— Tara! Tia Louise! — gritei, desesperada. — Saiam daí! Esse bolo é meu! Vocês não podem comer mais sem mim!

Meu pai me empurrou para fora, para a varanda, e deixou a porta de tela bater. Sentei na cadeira de balanço limpando as migalhas de bolo da boca. Meu pai voltou para dentro de casa e de repente a música que parecia brotar de todos os cantos parou. Ouvi quando ele disse a tia Louise que ligaria para ela mais tarde, e depois a porta da cozinha bateu, indicando que minha tia e Tara tinham ido embora. Ótimo. Elas teriam comido o bolo inteiro. Vi como enfiavam as garfadas na boca.

Meu pai voltou e sentou ao meu lado no balanço. Ficamos ali em silêncio por um tempo, eu com os pés escondidos embaixo do corpo, ele com as botas no chão impulsionando o balanço. O ar da noite era mais frio do que há uma semana. O outono agora havia chegado, as folhas brilhavam em seus últimos instantes de vida. Senti o inverno se aproximando. O que Samuel havia falado sobre a Mulher Mutante e a primavera ser um tempo de renascimento? A Mulher Mutante organizava as estações, trazia vida nova. Essa estação não traria uma nova vida. Minha vida continuaria igual.

De repente me senti muito velha e cansada... e cheia. Vergonha e fadiga me invadiram, e segurei a mão do meu pai. Ela era machucada e grossa, quase tão morena quanto a de Samuel. Como eu amava as mãos do meu pai! Como eu o amava. Fiz meu pai se preocupar comigo. Olhei para o rosto dele e vi as emoções que ele sentia refletidas nos olhos. Puxei sua mão para o meu rosto e apoiei a face na palma calejada. Seus olhos se encheram de tristeza.

— Josie Jo. O que eu vou fazer sem você? — A voz dele era cansada.

— Não vou a lugar nenhum, pai. — Minha voz tremeu quando pensei em Samuel.

— Sim, meu bem, você vai. — A emoção deixava a voz dele embargada. — Vai ter que ir. Não vou mais permitir que você fique aqui.

Senti tudo em mim se quebrar, desabar em pequenos pedacinhos aos meus pés. A mão que ainda segurava a dele caiu no meu colo.

— Você não quer que eu fique com você, pai? — Minha voz tremeu, e eu mordi o lábio inferior.

— Meu bem, não importa mais o que eu quero. Eu deixei você cuidar de mim e dos seus irmãos desde que tinha nove anos! Não posso permitir que você continue.

298

— Pai! Você cuidou de todos nós! Eu só fiz a minha parte.

— Fez mais que a sua parte, Josie. Você nunca foi criança. Não depois da morte da sua mãe. Você sempre teve sabedoria e maturidade suficientes para me fazer pensar que podia tomar as próprias decisões. Mas é o seu coração que comanda, Josie, não a cabeça. Você ficaria aqui para sempre, só para cuidar de mim e se manter fiel a um amor que nunca vai ser correspondido. Não nesta vida. O Kasey foi embora, meu bem. E não vai voltar.

— Eu sei, pai, eu sei... Só não sei como dizer adeus desta vez. Não é como foi com a mamãe. Eu sabia que ia acontecer, mesmo ainda sendo criança. Eu sabia que ela ia morrer. Sabia que ela teria que me deixar. E sabia que ela esperava que eu continuasse vivendo, aprendendo e amando. Mas agora eu não sei como dizer adeus — repeti e engoli um soluço. Meu pai me abraçou, como havia feito há quatro anos quando me encontrou ali com o vestido de noiva que tinha sido da minha mãe.

Ele me embalou, afagou minhas costas e meu cabelo enquanto eu chorava em sua camisa. Eu achava que não ia mais chorar. Não queria mais chorar por Kasey. Mas sabia que não era por ele. Chorava de pena de mim, e isso era ainda pior. Esfreguei o rosto com raiva e cobri os olhos com as mãos fechadas, tentando parar.

— Eu estou apaixonada pelo Samuel, pai.

O pé dele parou por uma fração de segundo, depois continuou dando impulso no balanço.

— Eu pensei nessa possibilidade. Você tem se comportado de um jeito estranho. — E me levantou de seu peito, para observar meu rosto. — Mas, meu bem... não é cedo demais para saber? Ele chegou na cidade há um mês.

Ri alto, uma risada ríspida e sem humor.

— Eu amo o Samuel desde que tinha treze anos, pai — respondi olhando para ele, sorrindo da expressão chocada. Toquei seu rosto para tranquilizá-lo. — Não se preocupe. Não foi assim.

Voltei a me apoiar em seu peito e contei a nossa história de amor. Porque era isso, uma história de amor.

— O Samuel e eu nos conhecemos no ônibus escolar. Sentávamos juntos. Durante oito meses, íamos para Nephi e voltávamos de lá juntos, e acabamos virando amigos. Nós nos apaixonamos acompanhados de Beethoven e Shakespeare. Falávamos sobre livros, preconceito, princípios e paixão. Nossa amizade era única. Eu não sabia como ele era especial, até que o Samuel foi embora. Não percebi que estava apaixonada por ele. Só queria meu amigo de volta. E ele ficou muito tempo longe. O suficiente para eu acreditar que ele não ia voltar nunca mais. O suficiente para eu me apaixonar de novo. Na segunda vez, com o Kasey, eu já tinha idade para saber o que era. Dei valor ao que tínhamos, e isso tornou ainda mais dura a perda. Eu já tinha me apaixonado antes, e sabia como era perder alguém.

— Eu nunca soube nada sobre o Samuel, Josie. — A voz do meu pai era incrédula.

— Ninguém sabia, pai. Eu não sabia como contar. Achei que você ia ficar bravo se eu falasse. Ele tinha dezoito anos e era metade navajo, e isso teria te deixado ainda mais incomodado, porque você não sabia nada sobre quem ele era e de onde tinha vindo. Eu era a sua garotinha de treze anos. Entende o dilema?

— Entendo. Não deve ter sido fácil — meu pai concordou, rindo. Ficamos em silêncio balançando mais um pouco.

— E agora, Josie? — ele perguntou. — Onde está o Samuel? Meu coração ficou apertado.

— Eu falei que não podia me casar com ele, pai. A minha casa é aqui. Ele é fuzileiro, tem responsabilidades. Ele não pode ficar, eu não posso ir. É isso. — A coragem em minha voz era falsa.

— É por causa do que você disse antes, Josie?

— Como assim?

— Sobre não saber como dizer adeus desta vez. Por que você não consegue? Você acabou de dizer que ama o Samuel, que o amava antes mesmo do Kasey. Por que abrir mão do Samuel, se o Kasey não está mais aqui?

— Nunca fui eu que parti, pai. — Não sabia como explicar. Meu pai me olhava sério, esperava. — Todo mundo me deixou. A mamãe,

300

o Samuel, o Kasey, até a Sonja. Eles foram embora. Eu fiquei. Não sei como ir embora. Sinto que é errado. É errado deixar a Sonja, deixar você, e sinto que superar o Kasey é como uma traição.

— Não acha que ele ia querer que você continuasse vivendo?

— Não sei. Ser deixada para trás é horrível.

— Você não está raciocinando direito, meu bem. — Ele fez uma pausa, e compreendi que meu pai se preparava para o que ia dizer. — Eu sei que parte do seu dilema tem a ver com me deixar. Eu não quero isso, Josie. Sou seu pai, e você não vai passar o resto da vida aqui por lealdade a mim. Crescer e sair de casa não é a mesma coisa que abandonar, você tem que entender.

A voz dele era firme, e decidi não discutir.

— Você acha que o Kasey te amava, Josie?

— Eu sei que sim, pai.

— Eu também sei que sim, meu bem. Mas não sei se você teria sido tão feliz quanto pode ser, se tivesse casado com ele.

Fiquei perplexa.

— O que você está falando?

Meu pai nunca havia duvidado da minha relação com Kasey.

— O Kasey era um bom rapaz. Era tudo que um homem quer para a filha. Teria sido leal e esforçado, trabalhador. Teria sido amoroso e fiel e teria se comprometido com você para sempre.

— Mas...?

— Mas você teria sido muito sozinha. E teria passado a vida toda lutando contra esse sentimento.

— Eu nunca me senti sozinha com o Kasey!

— Mas teria sido, meu bem. Você tem fome de... de coisas que eu não entendo. Tem a música no sangue. Você vê beleza em coisas que outras pessoas nem valorizam. E você precisa de compreensão e... conversas profundas, e de alguém que consiga acompanhar essa sua cabeça! Quando era pequena, você me perguntava coisas estranhas sobre Deus e o universo... coisas que me confundiam. Uma vez você estava brincando com um quebra-cabeça no chão, acho que tinha cinco ou seis anos. Você parou e ficou olhando para o quebra-cabeça por muito tempo. Depois me perguntou: "Pai, você acha que esse quebra-cabeça se montaria sozinho, se eu sacudisse do jeito certo?" Eu respondi que não, que isso não aconteceria. Lembra o que você disse?

Balancei a cabeça.

— Você disse: "Bom, então o mundo não pode ter acontecido do nada. Alguém teve que montar". Eu pensei nisso durante duas semanas. Caramba, Josie, eu não entendo metade do que você diz! E sei que o coitado do Kasey Judd também não tinha ideia de nada na maior parte do tempo.

Eu não sabia o que dizer. Fiquei ali, boquiaberta.

— Você disse que o Samuel e você se apaixonaram acompanhados de Beethoven e Shakespeare. — Meu pai se inclinou para a frente, pôs uma das mãos sobre o meu joelho e olhou para cima, para as estrelas. Quando voltou a falar, sua voz era rouca de emoção. — O que o Samuel faz quando você fala com ele, Josie? O que ele diz? Escuta como nenhuma outra pessoa consegue escutar?

Vi as lágrimas nos olhos de meu pai. Toquei seu rosto, profundamente emocionada com tanta compreensão. Uma compreensão que nunca esperei dele. Lágrimas corriam por meu rosto e pelo pescoço.

— Sabe o que eu acho, Josie? Deus vê o seu coração. — Nós dois chorávamos. — Ele levou o Kasey por algum motivo. O Kasey não era para você. E você jamais teria enxergado isso sozinha. Eu sei que você pensou que Deus tinha lhe dado as costas, mas ele estava cuidando de você. Preparou para você alguém que é capaz de amar cada pequena parte sua. E eu não quero que você passe a vida toda comedida, compartilhando doses de você que as pessoas possam aceitar. Se o Samuel é o homem capaz de aceitar tudo isso, até a última gota... espero que você saiba onde ele está... porque eu torço para você encontrá-lo.

Meu pai levantou e se dirigiu à porta de casa, esgotado pela emoção daquela noite. Ele precisava dos cavalos como eu precisava de "Ode à alegria". Com a mão na maçaneta, ele virou para trás e olhou para mim.

— Tem uma coisa escrita na parede do seu quarto. Lembro de ter lido. Está lá desde sempre. É uma escritura, acho... mas você a modificou um pouco. Alguma coisa sobre o que é o amor verdadeiro. Se você e o Kasey tiveram um amor verdadeiro, Josie, ele não ia querer que você ficasse aqui.

Meu pai suspirou. Já tinha dito o que precisava dizer e queria encerrar a conversa.

— Eu te amo, Josie. Não fique aqui por muito tempo. Você precisa dar um jeito naquela sujeira de bolo lá dentro. — Ele sorriu e entrou, atravessou a casa para sair pela porta dos fundos, para ir buscar o consolo dos amigos equinos.

— O amor verdadeiro é sofredor, é benigno. O amor não é invejoso, não trata com leviandade. Não se ensoberbece. Não se porta com indecência, não busca os seus interesses, não se irrita, não suspeita mal. O amor verdadeiro não folga com a injustiça, mas folga com a verdade. Tudo sofre, tudo crê, tudo espera, tudo suporta! — sussurrei as palavras para mim mesma e, por fim, encontrei um jeito de dizer adeus.

Querido Samuel,

Quando duas notas complementares são tocadas ou cantadas na altura perfeita, um fenômeno ocorre. As frequências relacionadas se quebram, como luz passando por um prisma, e é possível ouvir sobretons. É quase como vozes de anjos cantando em perfeita harmonia. Pode ser difícil ouvir, elas aparecem e desaparecem como uma recepção de rádio ruim, mas estão lá, um milagre esperando para ser descoberto. Na primeira vez em que as ouvi, eu pensei em você e quis contar que finalmente tinha ouvido um trecho da música de Deus. Quando estou com você, um fenômeno semelhante acontece. Eu ouço música.

Aonde quer que você vá, eu vou. Só quero estar com você. Quer casar comigo?

Te amo.

Josie

POSLÚDIO

Eu me casei com Samuel Yates um mês mais tarde, um dia depois do feriado de Ação de Graças, na linda capela de Levan. Samuel tinha um amigo, um fuzileiro, que tocava piano de ouvido. Ele estava no país na época do nosso casamento e, depois de ouvir *Canção de Samuel* algumas vezes, conseguiu tocá-la perfeitamente enquanto eu entrava na igreja. Sonja não pôde comparecer, mas estava ali naquela canção. Lembro o que ela disse quando a toquei com a alma e o coração tanto tempo atrás: "Se eu não te conhecesse bem, diria que está apaixonada".

Samuel estava lindo em seu uniforme azul. As duas avós e a mãe dele sentaram juntas e choraram juntas. Meu pai e Don Yates estavam igualmente emocionados. A capela estava cheia de familiares e amigos. Até os pais de Kasey estavam lá. Gosto de pensar que ele e minha mãe também compareceram, que puderam visitar nosso reino por um momento.

Usei o vestido que fora de minha mãe e prendi o cabelo sob um longo véu branco, o mesmo em que havia me enrolado anos atrás na cadeira de balanço da varanda de casa, onde chorei pela noiva que eu nunca seria.

Tara foi minha única madrinha, usou um vestido amarelo e espalhou pétalas de rosas ao percorrer o corredor central. Quando chegou a hora, entrei na igreja com passos comedidos e caminhei em direção a Samuel, e seu rosto refletia a alegria que a minha alma cantava. Ele estendeu a mão para mim e segurou a minha quando meu pai me entregou, depois foi sentar ao lado de tia Louise no primeiro banco da igreja. Eu chorava e segurava a mão de Samuel.

Trocamos os votos simples recitados por incontáveis gerações, mas ele me surpreendeu recitando os versos do meu Mural de Palavras, o trecho de Coríntios, versículo 1, capítulo 13. Enquanto ele falava as palavras com devoção emocionada, eu pensava que Deus havia me trazido até esse dia e para esse homem.

Quando fomos declarados marido e mulher, Samuel pôs um anel no meu dedo, uma aliança de prata com quatro pedras, uma para cada uma das quatro montanhas sagradas da nação navajo. Seu pai havia dado aquele anel à mãe dele.

Beijei Samuel como meu marido pela primeira vez, e ele cochichou alguma coisa no meu ouvido. Eu o encarei, e ele repetiu a palavra em voz baixa.

— É meu nome navajo — ele disse.

Toquei seu rosto com um gesto reverente.

— Você é a minha mulher, a pessoa mais próxima de mim. Tem que saber o meu nome, porque agora ele também é seu.

Meu coração estava tão pleno que eu não conseguia falar.

— Eu também tenho um nome navajo para você, Josie. Escolhi há muito tempo. Minha *Chitasie*.

— O que significa?

— Professora.

NOTA DA AUTORA

Como a personagem principal deste livro, eu também cresci em Levan, Utah. Minha família se mudou para lá pouco antes de eu completar seis anos. Não tínhamos família em Levan, e foi uma série de estranhas coincidências que nos levou para lá. Levan é um grande lugarzinho, cheio de gente maravilhosa, e ocupa uma posição especial no meu coração. Lá tem uma igreja muito antiga e bonita, construída no começo do século XX. Tinha mesmo um "centro comercial" e o bar do Peter. O Armazém do Shepherd existia de verdade e também havia uma velha escola. O cemitério de Levan fica a pouco menos de um quilômetro da colina Tuckaway, e a maioria das descrições é bem fiel.

Todo autor deve escrever sobre o que conhece, e, embora eu tenha usado muitos sobrenomes que você ainda vai encontrar em Levan, me esforcei para criar o clima local e o jeitão da cidade sem usar pessoas e seus nomes reais nesta história. Qualquer semelhança é mera coincidência, e não foi intencional representar nenhuma pessoa real viva. Os eventos e os personagens descritos neste livro são completamente fictícios.

As histórias e lendas dos navajos e demais nativos americanos são contadas com o maior respeito e sem nenhuma intenção de infringir direitos autorais. A canção usada no livro não é uma canção navajo de verdade, embora eu tenha tentado transmitir o sentimento de muitas de suas canções antigas. Sou fascinada pela cultura nativa americana há muitos anos. Fui professora do segundo ano, passei um trimestre inteiro lecionando para os nativos e me apaixonei pelos meus alunos.

Uma pessoa sábia uma vez me disse que, se não conhecemos as histórias dos outros, não podemos aprender a amar e a respeitá-los.

Descobri que isso é verdade. Quanto mais entendo uma cultura ou um povo, mais aprendo a amá-los. Quaisquer enganos ao contar essas histórias devem ser creditados a mim, e erros na representação do povo e da cultura não foram intencionais. Fiz o melhor que pude para simplesmente informar meus leitores sobre uma porção fascinante da nossa herança americana, em grande parte desconhecida. Existiram mesmo "code talkers" navajos. A história deles é incrível. Minha esperança é provocar o interesse pelos índios navajos, que promova mais estudo e respeito por esse povo. Há muitos sites e livros por aí que tratam do assunto.

Ao Corpo de Fuzileiros Navais dos Estados Unidos: palavras não bastam! Obrigada por serem quem são e pelo que fazem. Acredito que vocês salvam muitas vidas, não só nos campos de batalha, mas em suas próprias fileiras. Em meu livro, os Fuzileiros Navais deram a Samuel um lar e algo em que acreditar. Lá ele encontrou seu objetivo. Sei que isso acontece com muitos jovens. E, novamente, erros e caracterizações falhas relacionadas ao Corpo de Fuzileiros Navais ou a seus procedimentos e história são de minha inteira responsabilidade e não foram intencionais.

Finalmente, a música que Josie tanto adora tocar e ouvir existe de verdade. Eu adoro muitos grandes compositores e tentei dar vida a eles e às suas músicas em meu livro. Recomendo o livro *Spiritual Lives of the Great Composers*, de Patrick Kavanaugh. Experimente também ouvir algumas músicas mencionadas na minha história. Acredito que muitas dessas composições podem mudar vidas.

Espero que você tenha gostado de ler *Correndo descalça* tanto quanto eu gostei de escrever.

Impresso no Brasil pelo Sistema Cameron da Divisão Gráfica da
DISTRIBUIDORA RECORD DE SERVIÇOS DE IMPRENSA S.A.